TODO MUNDO NESTE TREM É SUSPEITO

TODO MUNDO NESTE TREM É SUSPEITO

BENJAMIN STEVENSON

Tradução de Jaime Biaggio

intrínseca

TÍTULO ORIGINAL
Everyone on This Train Is a Suspect

COPIDESQUE
Angélica Andrade

REVISÃO
Ilana Goldfeld

DIAGRAMAÇÃO
Ilustrarte Design e Produção Editorial

CIP-BRASIL. CATALOGAÇÃO NA PUBLICAÇÃO
SINDICATO NACIONAL DOS EDITORES DE LIVROS, RJ

s868t

Stevenson, Benjamin
Todo mundo neste trem é suspeito / Benjamin Stevenson ; tradução Jaime Biaggio. - 1. ed. - Rio de Janeiro : Intrínseca, 2026.

Tradução de: Everyone on this train is a suspect
ISBN 978-85-510-1647-3

1. Ficção australiana. I. Biaggio, Jaime. II. Título.

CDD: A823
25-100731.0 CDU: 82-3(94)

Carla Rosa Martins Gonçalves - Bibliotecária - CRB-7/4782

[2026]

EDITORA INTRÍNSECA LTDA.
Av. das Américas, 500, bloco 12, sala 303
22640-904 – Barra da Tijuca
Rio de Janeiro – RJ
Tel./Fax: (21) 3206-7400
www.intrinseca.com.br

Para Jerry Kalajian,
por transformar vidas

Não pode haver mais de um detetive — isto é, mais de um protagonista da dedução; um *deus ex machina*. Reunir a mente de três, quatro ou por vezes até de uma gangue de detetives para se debruçar sobre um problema não só dispersa o interesse e rompe o passo a passo da lógica como se aproveita do leitor de forma injusta. Se há mais de um detetive, o leitor não sabe quem é seu parceiro na dedução. É como fazê-lo disputar uma corrida contra uma equipe de revezamento.

Regra 9, "Vinte regras para escrever histórias de detetives", de S.S. Van Dine, 1928.

Uma continuação é a admissão de que você foi reduzido a uma imitação de si próprio.

Don Marquis

O INTERIOR DO GHAN

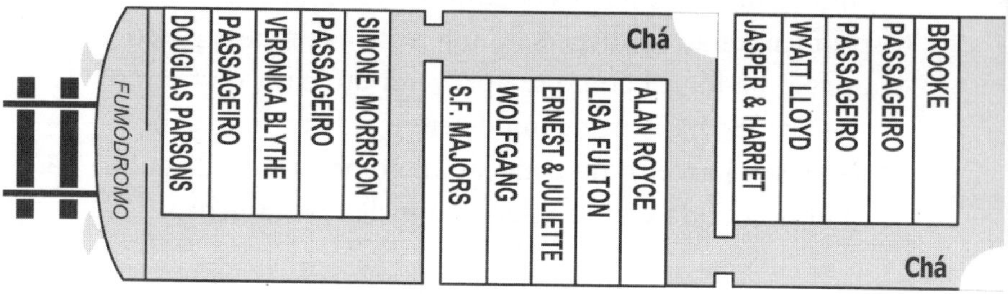

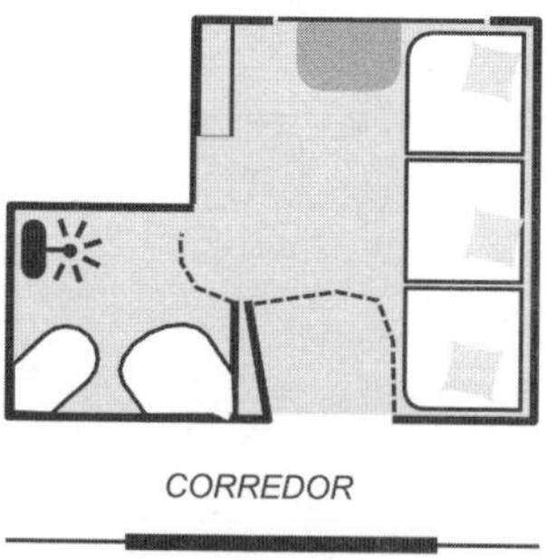

Cabine de dia

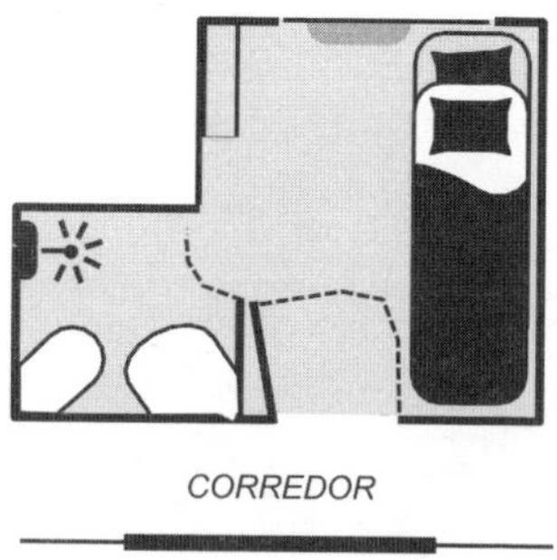

Cabine à noite

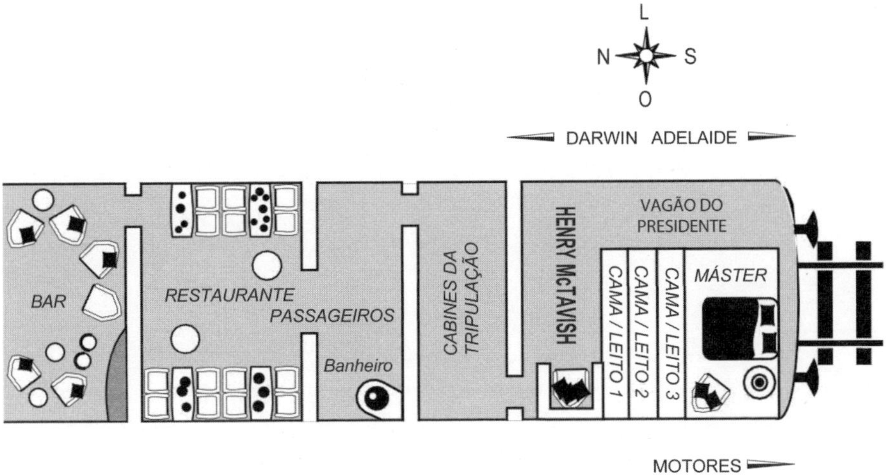
L
N
S
O
DARWIN ADELAIDE
BAR
RESTAURANTE
PASSAGEIROS
Banheiro
CABINES DA TRIPULAÇÃO
HENRY McTAVISH
VAGÃO DO PRESIDENTE
CAMA / LEITO 1
CAMA / LEITO 2
CAMA / LEITO 3
MÁSTER
MOTORES

Darwin
Katherine
Alice Springs
AUSTRÁLIA
Manguri
Adelaide

FESTIVAL AUSTRALIANO DE AUTORES DE MISTÉRIO, PROGRAMA DO 50º ANIVERSÁRIO

O FAAM dá boas-vindas muito especiais ao nosso convidado de honra: Henry McTavish, autor best-seller internacional da série de histórias do detetive Morbund.

"Impossível de largar e de superar: McTavish não tem igual."
– *The New York Times*

Ernest Cunningham: *Todo mundo da minha família já matou alguém*, livro de memórias de Ernest Cunningham, nos fez mergulhar fundo na história de um dos *serial killers* mais notórios da Austrália, o Língua Negra. Atualmente, ele está escrevendo um romance.

Lisa Fulton: O romance de estreia best-seller de Lisa Fulton, *O equilíbrio da justiça*, abalou os alicerces da ficção criminal quando foi lançado, vinte e um anos atrás, com sua fúria incandescente e verdade brutal, e entrou na pré-lista de indicados à categoria feminina do prêmio Justice in Fiction de 2003. Atualmente, ela está escrevendo seu tão aguardado segundo romance.

SF Majors: Os emocionantes livros de suspense de SF Majors cativaram o mundo com sua complexidade psicológica, reviravoltas e guinadas de arrepiar. Entre seus títulos, está *Reviravoltas e guinadas*, best-seller do *The New York Times* cujos direitos de adaptação para filme foram comprados pela Netflix. Seu *thriller* para jovens adultos *Minha dupla do laboratório é um serial killer* vai virar musical na Broadway. Na juventude, ela lia e relia os três únicos livros disponíveis na biblioteca da escola de sua cidadezinha. Atualmente, mora em Blue Mountains com seu parceiro e dois cachorros.

Alan Royce: Autor da série da doutora Jane Black, que consiste em onze romances e três novelas, Alan Royce foi patologista forense antes de ser catapultado ao estrelato por suas histórias policiais, e traz para as páginas sua experiência com necrotérios e autópsias. "Duro, verdadeiro e implacável. Uma estrela em ascensão." *Time*, 2011.

Wolfgang: Vencedor do prêmio Commonwealth Writers de 2012; indicado ao Bookseller's Favourites de 2012; finalista de Melhor Ficção Literária de 2012 no Prêmio Goodreads; entre os melhores livros da Amazon de 2012; finalista do prêmio Justice in Fiction de 2003 na categoria feminina (sob concessão especial); indicado ao prêmio Miles Franklin de 2015; indicado ao Independent Library Choice Awards de 2015; concorreu ao prêmio Archibald Packer de 2018; menção honrosa no Prêmio Internacional de Poesia, Região Oceânica, de 2020. Seu próximo projeto é um projeto de arte interativa chamado *A morte da literatura*.

PRÓLOGO

De: EcunninghamEscreve221@gmail.com
Para: <EDITADO>@penguinrandomhouse.com.au
Assunto: Prólogo

Oi, <EDITADO>,

Sinto muito, mas prólogo nem pensar. Eu sei que é comum em romances criminais, que serve para fisgar o leitor e coisa e tal, mas aqui me parece meio golpe baixo.

Eu sei *como* fazer a cena que você quer que eu escreva, isso, sim, claro. Um olhar onisciente vasculharia a cabine destruída, detendo-se sobre os sinais de luta: os lençóis espalhados, o colchão virado, a marca da mão ensanguentada na porta do banheiro. Acrescenta-se o vislumbre fugaz de pistas – três palavras rabiscadas com pressa em tinta azul num manuscrito, em contraste com o escarlate das gotas que pingam da arma do crime; o bastante para provocar, mas vago o suficiente para não entregar nada.

A imagem final seria do corpo. Sem rosto, lógico. É preciso afastar a vítima do leitor no início. Talvez um borrifo de algum pequeno detalhe, um item pessoal como uma peça de vestuário (o cachecol azul, de repente, não sei bem) à qual o leitor possa ficar atento conforme a trama se adensa.

É isso: o livro, o sangue, o corpo. Iscas preparadas. Fim do prólogo.

Não é que eu não confie nos seus critérios editoriais. Só me parece excessivamente sem sentido repetir uma cena que virá mais à frente só para fins de suspense. É como dizer: "Oi, a gente sabe que este livro demora um pouco a engrenar, mas vai chegar lá." E o coitado do leitor fica só tentando se manter a par até chegarmos ao assassinato.

Bem, a cena em questão é o segundo assassinato, mas você entendeu.

Só fico cabreiro de entregar demais. Então, sem prólogo. Pode ser?

Grande abraço,
Ernest

Obs. 1: Depois do que aconteceu, acho que é bem óbvio que vou precisar de um novo agente literário. Em breve entro em contato para falar especificamente disso.

Obs. 2: Sim, é preciso incluir o programa do festival. Acho que há pistas importantes ali.

Obs. 3: Uma questão gramatical – sempre achei curioso que *Assassinato no Expresso Oriente* tenha esse título, já que os assassinatos ocorrem *dentro* do trem, não *em cima* dele. *Morte sobre o Nilo* também seria mais correto, imagino, já que ninguém se afoga. Ao mesmo tempo, é claro que a gente fala que está *no* trem ou *no* avião. Estou sendo preciosista, mas acho que minha pergunta é: usamos *neste* ou *dentro deste* no nosso título? Isso porque a maioria dos assassinatos acontece *dentro* do trem, fora aquele que é no teto, claro – aquele é literalmente *no* trem, em cima dele. Exceto pelo parceiro do velho e por aqueles que morreram com ele, mas isso é num flashback. Faz sentido?

MEMÓRIAS

CAPÍTULO 1

Pois é, voltei a escrever. O que é boa notícia, imagino, para quem queria um segundo livro, mas menos auspiciosa para as pessoas que tiveram que morrer para eu poder escrevê-lo.

Estou começando da minha cabine no trem, porque quero deixar algumas coisas registradas antes que comece a esquecê-las ou exagerá-las. Estamos parados, mas não numa estação, simplesmente parados nos trilhos a cerca de uma hora de Adelaide. O extenso deserto vermelho dos últimos quatro dias deu lugar primeiro ao cinturão dourado do trigo e depois ao verde exuberante dos terrenos de fazendas de pecuária, transformando um horizonte até então plano num oceano de grama nivelada salpicado pelo giro lento e constante de dezenas de turbinas eólicas. Já deveríamos ter chegado a Adelaide a esta altura, mas tivemos que parar para que as autoridades pudessem levar os corpos. Digo levar, mas acho que a principal razão do atraso é que está difícil encontrá-los. Ou ao menos todos os pedaços.

Então estou aqui adiantando minha escrita.

Minha editora diz que continuações são capciosas. Existem certas regras a seguir, é preciso dar um contexto tanto para quem já leu meu outro livro quanto para quem nunca ouviu falar de mim. Me disseram que não posso entediar quem está voltando nem deixar nada de fora que possa vir a confundir os novatos. Não sei bem qual desses você é, portanto vamos começar com o seguinte:

Meu nome é Ernest Cunningham e já fiz isto antes. Quer dizer, escrever um livro. Mas solucionar uma série de assassinatos também.

Na época, aconteceu naturalmente. A escrita, não as mortes, cujas causas foram o oposto de *naturais*, é claro. Entre os sobreviventes, julguei ser o mais qualificado para contar a história, pois já tinha algo que, com boa vontade, poderia chamar de uma "carreira" na escrita. Escrevia livros sobre como escrever livros — regras para a escrita de livros de mistério, mais precisamente. E eles estavam mais para panfletos do que para livros, se você fizer questão de honestidade. Autopublicados, vendidos na internet a um dólar. Não é o sonho de todo escritor, mas pagava as contas. Aí, no ano passado, quando tudo lá na neve aconteceu e a imprensa veio atrás de mim, achei que não custava pôr em prática um pouco do que sabia e tentar passar tudo para o papel. É evidente que contei com a ajuda dos princípios norteadores das histórias de mistério e assassinato da Era de Ouro estabelecidos por autores como Agatha Christie, Arthur Conan Doyle e, em particular, um sujeito chamado Ronald Knox, que instituiu "Os dez mandamentos da ficção policial". Knox não é o único com uma lista de regras: ao longo do tempo, vários autores já tentaram montar um esquema para este tipo de história. Até Henry McTavish tinha o seu.

Se você acha que ainda não conhece essas regras, vai por mim: conhece, sim. São intuitivas. Eis um exemplo: estou escrevendo aqui em primeira pessoa. Isso significa que, para ter me sentado e escrito a respeito fisicamente, é porque sobrevivi aos acontecimentos do livro. Primeira pessoa equivale à sobrevivência. Desde já peço desculpas pela ausência de suspense quando quase bato as botas no Capítulo 28.

As regras são simples: nada sobrenatural; nada de gêmeos-idênticos-surpresa; o assassino deve ser introduzido logo no início da trama (aliás, eu já fiz isso e o primeiro capítulo ainda nem terminou, embora imagine que você tenha pulado as preliminares) e ser um personagem de peso suficiente para impactá-la. Esta última é importante. Lá se vão os dias em que o mordomo era o culpado: se é para jogar limpo, o assassino deve ter nome, um que apareça com frequência. Para provar meu argumento, aviso que o nome do assassino, em todas as suas formas, será usado exatamente 108 vezes a partir daqui. E, acima de tudo, a essência de cada regra se resume ao seguinte: *de maneira alguma* ocultar do leitor verdades óbvias.

Por isso estou falando deste jeito. Sou, talvez você tenha reparado, um pouco mais tagarela que o típico detetive desses livros. É porque não vou esconder nada. Afinal, estamos em um mistério que joga limpo.

Assim, prometo ser aquela coisa rara nos romances policiais modernos: um narrador confiável. Da minha parte, pode contar com a verdade em cada reviravolta. Sem enganação. Também prometo dizer a temida frase "foi apenas um sonho" só uma vez, mesmo assim num contexto que creio torná-la permissível.

Lamentavelmente, escritor nenhum se deu ao trabalho de elaborar regras específicas para continuações (sabe-se bem que Conan Doyle teve o maior prazer de aniquilar Sherlock Holmes, trazendo-o de volta a contragosto só pelo dinheiro), por isso trafego sozinho por esta via. Ajuda, só a da minha editora, que parece se pautar por conselhos do departamento de marketing.

Seu primeiro conselho foi o de evitar repetição. É sensato — ninguém quer ler as mesmas tramas batidas, recicladas inúmeras vezes. Mas o segundo conselho foi não entregar um livro completamente distinto do primeiro, pois os leitores vão esperar mais do mesmo. Só para reiterar: não tenho qualquer controle sobre os acontecimentos do livro. Só estou pondo no papel o que ocorreu, de forma que essas duas regras são difíceis de seguir. Devo ressaltar uma repetição acidental na coincidência curiosa de que ambos os casos tenham sido resolvidos por uma instância de pontuação. No ano passado foi um ponto-final. Desta vez, uma vírgula salvou a pátria.

E que tipo de livro de mistério seria este se não tivesse ao menos um anagrama, código ou enigma? Então tem isso também.

Minha editora ainda me avisou para incluir referências suficientemente sedutoras ao outro livro para deixar os leitores com vontade de comprá-lo também, mas sem entregar o final. Ela chama isso de "marketing natural". Em continuações, pelo jeito, a questão é unir duas coisas: ser novo e familiar ao mesmo tempo.

Já estou quebrando as regras que mencionei. O romancista de mistério da Era de Ouro S.S. Van Dine recomenda que só haja uma pessoa a solucionar o crime. Desta vez, há cinco aspirantes a detetive. Mas é isso que dá pôr seis autores de policiais em um mesmo ambiente. Quando digo seis autores e cinco detetives é porque um é a vítima do assassinato. Mas não a de cachecol azul; a outra vítima.

Diria que Van Dine estaria se revirando no túmulo, se bem que isso quebraria uma das regras gerais a respeito do sobrenatural. Ele ficaria bem imóvel, então, mas ainda assim decepcionado.

Se me permitem a repetição, não cabe a mim determinar quais regras quebrar, já que estou simplesmente catalogando o que ocorreu. Como fui me deparar com outra trama de mistério labiríntica, só Deus sabe. E as mesmas pessoas que me acusaram de lucrar com o extermínio gradual da minha família estendida por um *serial killer* no último livro (marketing natural, estão vendo?) provavelmente me acusarão da mesma coisa aqui. Gostaria que não tivesse acontecido, tanto agora quanto na época.

Fora que todo mundo odeia continuações: elas vivem sendo acusadas de não passarem de imitações baratas do que veio antes. Visto que os assassinatos anteriores aconteceram em uma montanha nevada e estes num deserto, quem riu por último fui eu: não tem como ser uma imitação barata porque pelo menos peguei um bronzeado.

Hora de reforçar minha reputação de narrador confiável. A ficha criminal deste livro inclui assassinato, tentativa de assassinato, estupro, roubo, invasão de propriedade, adulteração de provas, conspiração, chantagem, fumo no transporte público, cabeçada (acho que o termo técnico seria *agressão*), arrombamento (sim, diferente de roubo) e uso inapropriado de advérbios.

Eis mais algumas verdades. Sete escritores embarcam em um trem. Ao final da linha, cinco sairão dele vivos. Um, algemado.

Contagem de corpos: nove. Um pouco menos do que da última vez.

E eu? Desta vez não mato ninguém.

Vamos começar. De novo.

CAPÍTULO 2

Testemunhar o assassinato (ousaria chamar de execução) público de outro autor me deixou menos apavorado do que quando minha agente literária me avistou na plataforma lotada da estação de trem, avançou a cotoveladas em meio à multidão e quis saber:

— E o novo livro?

Simone Morrison era a última pessoa que eu esperava encontrar no terminal de Berrimah em Darwin, pois a agência dela ficava a quatro mil quilômetros dali. Ela trouxera Melbourne consigo, com seu casaco que era uma mistura ridícula de sobretudo com jaqueta puffer gigante. Ainda assim estava mais bem-vestida do que eu, com minha bermuda cargo e camisa de manga curta abotoada, que o vendedor na loja de equipamentos de pesca tinha me dito que era "de malha respirável". Sempre acreditei que isso fosse um pré-requisito óbvio para roupas, mas comprei do mesmo jeito. O problema foi que, apesar de haver sido bem anunciado que nossa jornada teria "partida ao nascer do sol", eu presumira erroneamente que o calor de rachar do clima tropical do Território do Norte valia para todas as horas, inclusive a aurora.

Não valia.

E, embora já fosse dia, estávamos do lado oeste do trem, uma serpente de aço furtiva que encobria todo o horizonte, de forma que um solzinho meia-bomba não iria esquentar ninguém; o sol teria que se esforçar pra valer. A única parte do meu corpo que estava aquecida era a mão direita — esfolada na época dos crimes do ano anterior e só parcialmente bem graças a uma vultosa doação da minha nádega esquerda —, que estava com uma luva acolchoada para proteger a pele sensível. No geral, meu figurino combinava mais com um personagem de *Jurassic Park* do que com alguém prestes a fazer uma viagem de trem, e me peguei ao mesmo tempo desejando que o sol se apressasse e com muita inveja do aconchegante cachecol azul de lã que Simone trazia enrolado no pescoço.

Digo que a agência de Simone é em Melbourne, mas nunca vi o escritório: até onde eu saiba, ela toca o negócio a partir de um reservado em um restaurante italiano do centro. Certa vez Simone ajudara o chef de lá a publicar um livro de culinária, que vendeu o suficiente para ele arrumar um trabalho na TV, e então fora recompensada com uma reserva permanente e um vício em álcool. Sempre que eu me acomodava no assento de vinil vermelho à sua frente, ela erguia um dedo para eu esperar enquanto terminava de digitar um e-mail no notebook (a fúria com que aquelas unhas impecáveis atingiam as teclas me dava pena da pessoa do outro lado), tomava um gole de seu café alcoólico preto feito alcatrão (mas com uma mancha de batom rosa-choque na caneca, um sinal enervante do nível de limpeza dos utensílios no local, pois ela só usa vermelho) e então dizia, ignorando por completo o fato de na maioria das vezes ter sido ela a me chamar até ali: "Por favor, me dê boas notícias." É chegada a ombreiras, clareamento dental, suspiros pesados e brincos de argola — não nessa ordem.

Dito isso, não tenho como criticar sua capacidade. A gente se conheceu depois de eu assinar o contrato de publicação de *Todo mundo da minha família já matou alguém*, quando ela me convidou para almoçar e me pediu para levar o documento. Eu me sentei em silêncio enquanto ela o folheava sublinhando itens e resmungando uma série de variações de "inacreditável", até lembrar que eu também estava presente, ir até a última página e dizer: "É a sua assinatura mesmo? Tipo, ninguém forjou nem nada? Foi você quem leu e concordou", ela sacudiu as folhas e ergueu as sobrancelhas, "com isso?".

Fiz que sim.

— Fico surpresa que saiba escrever livros, porque certamente não sabe ler. Cobro quinze por cento.

Não entendi se era uma oferta ou um insulto. Ela voltou a atenção para o notebook e eu, julgando-me dispensado, me levantei do ruidoso assento de plástico achando que nunca mais iria ter notícias dela. Uma semana depois, um documento que sugeria interesse de uma editora alemã e até o desejo de algumas pessoas de fazer uma série de TV chegou à caixa de entrada do meu e-mail. Havia ainda uma oferta por outro livro de mistério. Uma ficção desta vez.

Ela não havia perguntado e eu não havia expressado interesse algum na escrita de um romance, nem fazia ideia do que escrever. E o detalhe era que teria que ser rápido. Mas admito que o adiantamento proposto me contagiou — era muito superior ao que eu recebera antes — e por isso aceitei. Além disso, pensei na época, poderia ser bom variar em vez de escrever sobre gente de verdade matando uns aos outros.

Obviamente não foi o que aconteceu.

Eu sabia que Simone levava seu trabalho a sério, talvez a sério *demais*, mas sempre imaginei que, se os editores sentem metade do medo que eu sinto dela, deveria ser grato por ela estar do meu lado. E, sim, já fazia uns dois meses que eu vinha me esquivando dos seus telefonemas e mensagens de texto cobrando novidades a respeito do romance. Mas ir atrás de mim em Darwin pareceu exagero. De qualquer forma, perguntar a um escritor a quantas anda o livro é como detectar batom no colarinho dessa pessoa. Não faz sentido algum perguntar, afinal ninguém responde com sinceridade.

— Tudo bem com ele — falei.

— Mal assim, é? — questionou Simone.

Juliette, minha namorada, postada ao meu lado, apertou meu braço em sinal de empatia.

— Ficção é... mais difícil do que eu achei que seria.

— Você aceitou a oferta deles. *Nós* aceitamos a oferta deles. — Simone fuçou a bolsa de mão, puxou um cigarro eletrônico e deu uma baforada. — Eu não reembolso comissão, você sabe.

Na verdade, eu não sabia.

— Você se despencou até aqui só pra me atazanar, então?

— Nem tudo tem a ver com você, Ern — disse ela, emanando um eflúvio de aroma de mirtilo. — Se a oportunidade bate à porta, eu a deixo entrar.

— E não tem lugar melhor do que o meio do deserto pra circular em torno de algumas carcaças — contribuiu Juliette.

Simone grunhiu uma risada, parecendo mais lisonjeada do que ofendida. Ela gostava de ser confrontada, eu é que não tinha autoconfiança para fazer isso. Mas Juliette sempre lhe proporcionara os gracejos combativos de que ela gostava. Simone se inclinou para a frente e deu um daqueles abraços à meia distância em Juliette, como quem ergue uma criança que está urinando, e completou com beijos no ar nas duas bochechas.

— Sempre gostei de você, querida. Mas você me fere com a verdade. Pelo visto, ainda não está convencida de que precisa de uma agente, certo?

— Pode continuar a circular. Estou bem sozinha.

— Você tem o meu telefone.

Aquilo só podia ser mentira, porque nem *eu* tinha o telefone dela. Era ela quem me ligava de um número privado, não o contrário.

— Não tenho passagem pra você — falei, me intrometendo. — Juliette é o meu "mais um". Mas, pra começar, como foi que te deixaram pegar o ônibus de traslado? Sinto muito por você ter se despencado até aqui...

— Eu não pego ônibus de traslado. E tenho outros clientes, Ern, não é só você — zombou Simone. — Wyatt arranjou as coisas pra mim. — Ela espichou o pescoço para observar a plataforma. — Cadê os outros?

Eu não sabia quem era Wyatt, apesar de que o tom dela sugeria que isso era uma falha minha. O nome não remetia a nenhum dos outros autores que eu tinha visto no programa. Se bem que eu só o havia folheado e não lera muitos dos livros: precisava admitir que estavam todos amontoados na minha mesa de cabeceira. Se a maior mentira de um autor é a de que sua escrita vai de vento em popa, a segunda maior é a de que já está na metade do livro novo do colega.

Eu lembrava que havia outros cinco escritores no programa do Festival Australiano de Autores de Mistério. Escolhidos a dedo pelo evento para cobrir, como o site apregoava, "cada faceta da escrita policial moderna", eram três autores populares daquela seara cujos romances cobriam os gêneros *thriller* médico, *thriller* psicológico e drama de tribunal, além de um peso-pesado da literatura indicado ao prêmio Commonwealth Writers e do grande chamariz, o fenômeno escocês que até eu conhecia de nome, Henry McTavish, escritor da série de histórias do detetive Morbund. E havia eu, em jornada dupla nas categorias "estreante" e "não ficção", pois meu primeiro livro havia sido rotulado como um *true crime* de memórias. Juliette, ex-proprietária do resort nas montanhas onde ocorreram os assassinatos do ano anterior, também havia escrito um livro sobre os acontecimentos, mas estava ali como minha convidada. Seu livro havia vendido mais do que o meu, e ela, devo admitir, escreve muito melhor. Mas não é parente de um *serial killer*, e esse tipo de publicidade tem um valor inestimável, o que faz com que seja eu quem receba convites assim.

Se você acha estranho estarmos zanzando por uma estação de trem, sendo que eventos literários geralmente ocorrem em bibliotecas, auditórios de escolas ou qualquer sala do clube militar local que esteja suficientemente vazia para acomodar um *puta-que-pariu-esquecemos-totalmente-que-vinha-um-autor-dar-palestra-hoje*, tem razão. Mas naquele ano, para celebrar seu quinquagésimo aniversário, o festival aconteceria no Ghan, a famosa rota ferroviária que corta quase exatamente no meio o imenso deserto australiano. Originalmente uma rota de carga, seu nome deriva de uma contração de "Afghan Express", em tributo aos que exploraram a Austrália no passado em lombo de camelo, cruzando o deserto vermelho muito antes da existência de trilhos de aço e motores a vapor. Para escancarar a mensagem, as laterais de diversos vagões haviam sido adornadas com a silhueta vermelha de um homem de turbante montado num camelo.

Embora nome e logotipo possam atestar o espírito aventureiro, longe estão os dias de suor e poeira. O trem havia sido reformado pensando sempre em conforto, luxo e artrite — tinha se transformado em um destino turístico prestigiado mundo afora, um hotel opulento sobre trilhos. Ao longo de três dias e quatro noites, viajaríamos de Darwin a Adelaide, com passeios externos pela paisagem intocada do Parque Nacional Nitmiluk, pelo distrito subterrâneo de Coober Pedy e pelo centro vermelho da Austrália, Alice Springs. Um local tão singular quanto extravagante para um festival literário, e metade da razão para eu ter concordado em comparecer foi porque jamais conseguiria bancar a viagem por conta própria: as passagens não custavam só os olhos da cara, mas o rosto inteiro.

Se essa foi metade da razão, outro quarto foi a esperança de que quatro dias imerso em conversas literárias pudessem acender algo em mim. Que a musa saltasse de trás do bar justo quando eu estivesse brindando com Henry McTavish em pessoa, ele que não aparecia mais em eventos públicos, e meu novo romance se revelasse. Eu compartilharia a ideia na mesma hora com Henry, pois àquela altura nós já estaríamos chamando um ao outro pelo primeiro nome, é lógico, e ele ergueria seu copo de uísque e diria: "É, rapaz, quem dera eu tivesse pensado nisso."

Expor aqui minha ridícula esperança na jornada me dá os mesmos calafrios de vergonha que se tem ao ver fotos antigas em redes sociais — *como foi que eu postei isso?* —, e não só por causa do perfil terrivelmente clichê de um escocês que atribuí a McTavish sem nem o ter conhecido ainda. Imagino ser óbvio que McTavish e eu não chegaremos ao ponto de chamarmos um ao outro pelo primeiro nome. Apesar de minha inspiração ainda assim vir de um drinque com ele, de certa forma. Talvez eu seja clarividente, no fim das contas.

Outra coisa: estou ciente de que minha motivação só tem três quartos — metade é financeira e um quarto criativa —, como devidamente mencionado por minha editora de olhos de lince. Ela também apontou que meu número de escritores não bate com a quantidade que haverá no trem — eu disse que sete subiriam a bordo —, mas essa é outra história. Juliette também é escritora, lembre-se. Juro que sei fazer contas. Com frações sempre tive um pouco mais de dificuldade, mas vai por mim, a gente chega no outro quarto.

Simone continuava de olho na multidão à procura do outro cliente. Cerca de cem pessoas zanzavam pela plataforma, mas eu não sabia distinguir quem eram os escritores ou, visto que o festival ocuparia apenas alguns vagões, sequer diferenciar turistas comuns de gente ligada ao evento. Os funcionários, todos com camisetas listradas de vermelho e branco e coletes de *fleece* com estampa de camelo, haviam começado a direcionar vários grupos para áreas diferentes da plataforma. Uma moça que para chegar aos vinte anos ainda tinha certo caminho a percorrer arfava, passava as mãos pela frente da calça como se a estivesse passando a ferro e aparentemente se desculpava com um homem que, a julgar pela forma como olhava para o relógio, presumi ser seu supervisor. Não dava para ouvir o pedido de desculpas, mas a linguagem de sinais da humilhação é universal.

Uma funcionária com uma prancheta nos abordou.

— Cunningham — anunciei, observando sua caneta percorrer a lista de nomes.

Simone informou seu nome por cima do meu ombro e logo acrescentou:

— Mas talvez eu esteja nas cabines da Gemini.

— Cabine O-3 — declarou a Prancheta. — Fácil de lembrar: é oxigênio!

— Ozônio — corrigi, pois oxigênio na verdade é O2.

— Correto, você está na Camada de Ozônio — disse a Prancheta, animada.

Atrás de mim, Juliette fingiu um espirro para disfarçar a risada. Prancheta não reparou ou não ligou; apontou a caneta para Simone e disse:

— P-1. Mas a entrada é pelo O. E aviso logo que é uma caminhadinha — completou e bateu em retirada rumo ao grupo seguinte.

— Depois a gente se vê — disse Simone, acenando e ainda olhando para todos os lados.

— Acho que o aviso sobre a distância era pra clientela mais velha — sugeri, andando com Juliette para o vagão seguinte. Estávamos entre os mais jovens ali, com umas duas décadas de vantagem. — A gente aguenta caminhar ao longo de um trem inteiro.

Logo caí na real. O vagão à nossa frente era o A. À direita, os icônicos veículos propulsores vermelhos, duas enormes locomotivas. À esquerda, o trem se contorcia e nem dava para ver até onde chegava. Equivocadamente, atribuí isso à curvatura em vez da distância; logo aprenderia que o trem se estendia por quase um quilômetro. Nossa caminhada foi de um desânimo gradual ao passarmos por outros sete vagões — incluindo os de bagagem, tripulação, restaurante e bares —, sem chegar nem à vogal seguinte.

Por volta do G, um ronco gutural ressoou e por um segundo o medo de que o trem estivesse de saída nos fez apressar o passo. Foi quando vi um Jaguar verde cruzar o estacionamento, subir no meio-fio e parar diretamente ao lado do trem, cavando marcas espessas na grama. Dada a desfaçatez, imaginei que seria Henry McTavish a saltar de dentro, mas quem emergiu foi um homem de pernas e braços longilíneos. Inacreditavelmente, seu cabelo conseguia ser ao mesmo tempo revolto e ralo, algodão-doce num furacão, e sua silhueta magra e comprida tornava seus movimentos angulares e irregulares, como se ele tivesse saído de um daqueles filmes antigos com bonecos de argila em animação *stop motion*. Concluí que o sujeito parecia um dono de posto de gasolina que fala para a garotada bonita de férias sobre o atalho cruzando o deserto, danem-se os canibais à espreita e vários outros assassinos medonhos. Comentei exatamente isso com Juliette.

— Não, esse é o Wolfgang. E acho que a ideia é parecer mais gênio excêntrico do que duende lascivo — respondeu ela.

A resposta dela acendeu uma luzinha. Wolfgang — só isso, tal como Madonna, Prince ou mesmo o Elmo da *Vila Sésamo* — era o escritor de prestígio do grupo, o tal que fora indicado ao prêmio Commonwealth Writers. Pedigree à parte, sua presença no festival me surpreendera, pois seus livros geralmente não se encaixavam no gênero policial. Suponho que sua releitura de *A sangue frio*, de Truman Capote, em formato de romance em versos rimados o tenha classificado.

— Os livros dele claramente vendem bem — acrescentou Juliette, erguendo uma sobrancelha enquanto o Jaguar voltava a pegar a estrada, rugindo. — Melhor do que os nossos, pelo menos.

Tive que concordar. Meus royalties estavam mais para uma perua. De segunda mão.

Desviamos de fotógrafos ao passarmos pelo L — gente que tirava selfies junto ao camelo vermelho ou panorâmicas pegando toda a extensão do trem — e ficamos admirados com a quantidade de viajantes equipados com lentes telescópicas quase comicamente gigantes, por pouco sem perder o equilíbrio sob aquele peso, parecendo Pinóquios mentirosos ao erguerem seus trambolhos até a altura dos olhos. Em termos de aumento, o telescópio Hubble não é nada comparado aos equipamentos de um nômade aposentado.

Na altura do vagão N já estávamos suando. O sol já tinha nascido e se espalhava como uma gema de ovo por cima do trem, esticando nossas sombras por sobre a plataforma. Uma lufada de ar veio por trás e nos deu um safanão enquanto um carrinho de golfe nos ultrapassava, Simone pendurada na lateral, com o cachecol azul ao vento, feito um playboy marrento destruindo caixas de correio no carro do amigo. O carrinho parou à nossa frente na porta do O e ela saltou, notando minha perplexidade com toda a clareza, mas dizendo como quem não estava nem aí:

— O que foi? É pra isso que eles existem. Você precisa se habituar aos privilégios de viajar de primeira classe, Ern.

Outro funcionário munido de prancheta havia surgido com uma escadaria em miniatura e ajudava as pessoas a subirem e entrarem no vagão, pois a plataforma ficava na altura dos trilhos. Ao lado das portas dos vagões, havia uma série de degraus, uma escada que levava ao teto. Adoraria dizer que passo o livro inteiro sem subir nela, mas nós sabemos que o conceito da arma de Tchekhov se aplica tanto a lareiras quanto a escadas.

Entramos na fila. Wolfgang estava à nossa frente, graças ao atalho que tomara, e ponderei se seria ele que Simone esperava.

Minha agente devia ter pressentido que eu estava pensando nela, pois se virou.

— Vai, pergunta de uma vez o que você está querendo.

— Eu não... como é que você...

Hesitei. Estava pensando em lhe perguntar algo desde que ela me surpreendera na plataforma, mas nem de longe estava pronto para ir em frente com aquilo.

— Você respirou fundo três vezes, como quem está prestes a dizer algo, aí deu pra trás. Tá parecendo um adolescente tentando convidar alguém para sair. Vê se para de sussurrar no meu ouvido feito uma chaleira e desembucha.

— Bom... — Pigarreei, ligeiramente incomodado porque eram para as deduções sherlockianas nestes livros serem minhas, afinal são meus livros. — Queria te pedir um favor.

— Você sabe que você me paga, não é? Favores são pra amigos.

— É trabalho — respondi. — Mas fiquei mordido por você não achar que somos amigos.

— Amigos pra sempre. Só não me pede pra te ajudar a se mudar. Fala logo de uma vez.

— Ele queria que você o apresentasse ao Henry McTavish. — Como sempre, Juliette me salvava indo direto ao ponto. — Você já trabalhou pra ele, não é?

— Pesquisou bem. — Simone parecia ao mesmo tempo impressionada com o conhecimento de Juliette e um pouquinho incomodada por ter sua mística reduzida a algo tão corriqueiro quanto um currículo. — Fui editora dele, um tempão atrás. O primeiro livro dele caiu no meu colo quando passei um ano no Reino Unido com a Gemini em uma espécie de programa de intercâmbio entre editoras. Ele me pressionou a trabalhar diretamente com ele. Uma merda de esquema. — Com um risinho, ela se voltou para mim. — É fã do escocês, então?

Ela soava, ou talvez fosse minha imaginação, levemente decepcionada. Ainda estou aprendendo sobre o mundo dos livros e onde me encaixo nele, mas na época até eu já sabia que McTavish era a palavrinha de gosto mais amargo no mercado editorial: *popular*. É o paradoxo do clube dos autores: aparentemente, ser bom a ponto de ser popular implica em ser popular demais para ser bom.

— Um pouco — menti.

McTavish era meu escritor vivo favorito. O detetive fictício dele, Morbund, é o mais próximo que há hoje em dia de Holmes ou Poirot. É o tipo do personagem que soluciona o caso no Capítulo 2 e segura a onda até o fim, esticando o processo para desvendar as mentiras de todos. Ele já teria resolvido o assassinato que estou contando, apesar de não ter acontecido ainda.

— Não precisa de mim pra isso. Vocês vão estar numa mesa juntos — respondeu Simone. — Vão se conhecer.

— Estava na esperança de que você soubesse o caminho das pedras. Pra um elogio.

A palavra caiu dos meus lábios feito uma granada. Eu me referia àquele tipo de elogio que serve de aval para a editora utilizar no marketing ou até colocar na capa. Quanto mais famosa é a pessoa na capa, melhor para o marketing (e, sejamos sinceros, para o ego). Sou grato a uma excelente autora de mistério chamada Jane Harper por figurar na capa do meu primeiro livro e esperava poder contar com McTavish para o segundo. Sim, apesar de ainda nem tê-lo escrito.

Simone bufou.

— Henry não escreve elogios.

— Eu só tinha pensado...

— Elogio. Não. Acabou. — Ela pôs a mão no meu ombro e, surpreendentemente, atenuou o tom de voz. — Foca em algo mais produtivo. Não precisa ficar à caça de elogios pra um livro que você nem escreveu ainda. Vai ter quatro dias pra ficar sentado por aí. Usa esse tempo. Bota alguma coisa no papel.

— Mas entããão... — interferiu Juliette, franzindo o nariz de forma cômica. — Se ainda estamos nessa de favores, seria um mau momento pra pedir ajuda pra arrastar aquele sofá?

Eu agradecia a Juliette por saber exatamente o que a situação pedia, e as risadas afastaram o inevitável mal-estar. Minha mão foi de maneira subconsciente para o bolso, em busca do conforto de uma pequena caixa de feltro que eu guardava ali.

Pois aí está: o quarto que faltava. Minhas motivações para aquele retiro luxuoso, criativo e, quem sabe, romântico estão todas somadas agora.

Mais gente entrou na fila atrás de nós. O sol incipiente passou por trás de uma nuvem e o suor da caminhada secou gelado em nosso pescoço. Juliette estremeceu. Simone reparou, tirou o cachecol e o estendeu para ela.

— Aqui, querida.

Juliette aceitou e começou a enrolá-lo em volta do pescoço, movendo os lábios sem emitir som num rápido agradecimento justo quando Simone foi chamada para a frente da fila.

No último degrau, ela se voltou para nós como quem acaba de pensar em algo.

— Tenta cinco mil palavras até o fim da viagem. São só mil e uns quebrados por dia.

— Não são só as palavras. É a coisa toda da ficção — respondi, numa reclamação fraca. — Eu não invento essas coisas do nada. Pessoas meio que precisam morrer.

— Eu faço ele cumprir o prazo — disse Juliette, atrás de mim.

— Você fica bem de azul — comentou Simone, analisando o efeito do cachecol em Juliette, e depois se virou para mim. — Pelo jeito, então, devo cruzar os dedos e torcer pra que alguém morra, é isso?

E desapareceu no interior do trem.

CAPÍTULO 3

Devo apresentar Juliette Henderson.

Nosso início não foi dos mais românticos, cadáveres à parte. O encontro fofo típico de cinema foi quando eu, motorista de cidade desgraçadamente mal preparado, tentava chegar a um resort para esquiadores e ela parou o carro para me ajudar em meio à sujeira e à lama. No fim das contas, o resort era dela e, ainda que eu tenha contribuído para a destruição, nos demos bem durante o frenesi midiático que se seguiu. A maioria das pessoas que leu meu primeiro livro ficou surpresa por estarmos juntos. "Tinha certeza de que ela era a assassina!", dizem. Acho que ela bem se orgulha disso.

Juliette é um palmo mais alta do que eu e tem pernas que estão sempre em cima de esquis, joelhos que pagam um preço por isso (ela só tem 41 anos, mas eles estalam feito o som da Roda da Fortuna) e maçãs do rosto sardentas e sempre queimadas de sol que denotam uma vida ao ar livre. Acabou vendendo o terreno do resort por uma quantia assombrosa e usou o tempo livre que ganhou para escrever um livro sobre o que aconteceu por ali. Tem dinheiro para nunca mais precisar trabalhar de novo, mas teima em dizer que não está aposentada, só à espera da próxima aventura. Ao menos é o que diz quando pergunto se sente falta das montanhas.

É difícil decidir qual tarefa é mais árdua, se sobreviver a uma campanha de lançamento de livro ou a um *serial killer*, mas como passamos juntos por ambos nestes últimos quinze meses, nos apaixonamos profundamente um pelo outro. Desde aquele momento em que me ajudou a afixar correntes às rodas vacilantes do meu carro, é ela quem me aponta o caminho. Um resultado bem satisfatório para duas pessoas que só começaram a se chamar pelo nome depois do primeiro assassinato.

E, sim, eu me orgulho dessas frases, ainda que sejam meio cafonas. Eu as havia escrito com antecedência, não para um livro, apenas para poder memorizá-las a fim de usar junto com a caixinha de feltro no meu bolso.

Dentro do vagão O, nós nos afunilamos em fila única ao longo de um corredor mais apertado do que eu esperava. Mão dupla não rolava, e eu logo aprenderia que, se alguém viesse na direção contrária, era melhor se espremer na pequena cozinha (que armazenava não só chá, café e uma chaleira, mas um machado numa janela de vidro de emergência contra incêndio e uma alavanca com as instruções "Para parar o trem, puxe para baixo") e esperar a pessoa passar. O corredor tinha painéis que imitavam madeira e carpete verde-esmeralda. As portas das cabines — cinco no nosso vagão — ficavam de um lado, e do outro havia amplas janelas que começavam na altura dos quadris. Eu descobriria que o lado das cabines era alternado de um vagão para o outro, e menciono isso aqui porque tem lá sua importância. As da "camada de ozônio", onde a maioria dos autores ficaria, eram no lado oeste do trem.

A cabine em si era apertada, mas confortável. Um grande assento de pelúcia cor de lima, do tamanho de um sofá para três pessoas, ocupava metade do aposento. No momento apropriado seria convertido em cama, e, na parede atrás do assento, dava para ver as alças por meio das quais concluí que o beliche de cima era baixado. Eram camas de solteiro, próximas o suficiente uma da outra para que sentar-se de supetão ou assanhar-se um pouco pudessem resultar numa cabeçada. Sem muito espaço para atividades românticas.

— Nenhuma porta tem tranca — disse Juliette, virando a maçaneta, talvez pensando o mesmo que eu. — Deve ser uma medida de segurança.

Em retrospecto, posso informar que não há trancas em muitas portas por todo o Ghan, exceto nos banheiros (havia um compartilhado na nossa seção), no Vagão do Presidente e, presume-se, no compartimento do maquinista. Se você está esperando uma história de mistério num quarto fechado, não é o caso. Os quartos de todos estavam à plena disposição de quem quisesse entrar e sair.

Nossa cabine também tinha um pequeno armário e, dentro dele, um minicofre e um espelho, bem como um pequeno nicho na altura do chão para as malas (só nos fora permitido levar bagagem de mão para o aposento). Mesmo com tão poucos itens, a circulação de dois adultos pelo espaço remanescente exigia certo contorcionismo. O banheiro parecia de avião: tudo medido com absoluta precisão de forma que a tampa do vaso sanitário se levantava a um milímetro da pia e a porta, ao abrir, roçava em ambos. Ao contrário de um avião, porém, não havia necessidade de uma tela ou de uma televisão na cabine principal — um janelão seria nossa fonte de entretenimento, a exibir o país que iríamos cruzar.

No assento havia um panfleto, e eu o peguei. Era o programa do festival, com todos os convidados listados de um lado e o cronograma de atividades do outro. Fiquei perplexo ao me dar conta de que, para os convidados do evento, as saídas regulares do trem — as águas cristalinas do desfiladeiro de Katherine, as trilhas de terra vermelha de Alice Springs — haviam sido substituídas por "conversas" a bordo. Apesar de que, pelo jeito, ainda exploraríamos Coober Pedy, a cidade subterrânea de garimpo de opala, o que era um alívio.

Vasculhei os nomes e tentei memorizá-los. Já havia encontrado Wolfgang, cuja biografia tinha pedigree literário alto demais para incluir a frase "mora em Blue Mountains com seu parceiro e dois cachorros" e continha uma lista de prêmios tão densa que haviam diminuído a fonte só para caber tudo. Eu conhecia o trabalho de Henry McTavish. Os outros três eram Lisa Fulton, que escrevia suspenses de tribunal, Alan Royce, que escrevia policiais de base forense, e SF Majors, que escrevia *thrillers* psicológicos e morava em Blue Mountains com seu parceiro e dois cachorros.

— Pode ficar com a vista — disse Juliette. Ela futucou embaixo da janela até encontrar uma trava e fazer deslizar para cima uma pequena mesa que estava dobrada contra a parede. Apontou para ela com um floreio típico de mágico. — Tcharã! Aquelas mil palavras não te escapam.

Nem o bom humor dela era capaz de me animar, mas valorizei sua tentativa a ponto de fazer todo um teatrinho, pegando meu notebook e meu caderno e instalando-os junto à janela. Juliette sentou-se perto da porta e começou a folhear um exemplar de divulgação do novo *thriller* psicológico de SF Majors, para o qual lhe haviam pedido um elogio. Parecia uma tentativa deliberada de impedir qualquer conversa comigo. Vesti a carapuça e abri o caderno.

Para ser sincero, minhas anotações eram escassas. Ainda que tivesse estudado todas as regras da ficção de mistério bem-sucedida, não tinha nem a sugestão de trama ou de personagem aos quais aplicá-las. Da última vez eu simplesmente havia escrito o que tinha acontecido. Agora precisaria extrair tudo, Deus me livre, do meu próprio cérebro. A única coisa escrita no meu caderno era uma lista de observações estruturais: o que teria que se passar em cada parte do livro e a que altura da contagem de palavras esses acontecimentos deveriam transcorrer.

Eis minha lista:

10 mil palavras: apresentar personagens, vítimas e suspeitos

20 mil palavras: explorar motivos (observação: noventa por cento das pistas para solucionar o crime já presentes)

30 mil palavras: ASSASSINATO

40 mil palavras: suspeitos identificados, investigados, interrogatórios

50 mil palavras: pistas falsas + desenvolvimento de personagens (romance?)

60 mil palavras: um segundo assassinato

70 mil palavras: sequência de ação? (necessário incluir: momento TUDO ESTÁ PERDIDO*)*

80 mil palavras: mistério solucionado

Eu organizara tudo daquela forma na esperança de que, dividido em partes menores, não parecesse tão intimidador. Da última vez que Simone quis saber sobre o andamento, eu chegara a ter confiança suficiente para lhe enviar aquilo por e-mail, ao que ela respondeu *Ótima ideia, de volta ao básico*. Na época, achei que isso estava mais para um endosso e menos para o esculacho que provavelmente foi. Mas naquele momento só o que a lista fazia era me lembrar do volume de palavras à frente. Oitenta mil daquelas coisas irritantes. Precisaria pegar uns cem trens.

Respirei fundo, mudei de página e escrevi: *Ambientação: Trem*.

E então escrevi logo abaixo: *Já foi feito antes*. Óbvio.

Caso você esteja se perguntando, até aqui estamos em mais de seis mil palavras. Faltam umas três mil e tal até me certificar de que você já conhece todo mundo que precisa: vítimas, assassinos e suspeitos. Em vez disso, estou só perdendo tempo, escrevendo sobre como fico encarando uma página em branco, preocupado em não perder tempo. Não há outra coisa a fazer senão começar. Sem distrações.

Meu telefone tocou.

Só uma observação rápida: se você espera que esta continuação seja repleta de personagens da minha obra anterior, escolheu o livro errado. Eu entendo, é bonitinho quando todos os favoritos retornam para a continuação, mas isto é vida real. Dá para imaginar como seria implausível se todos os sobreviventes da minha família estendida simplesmente se vissem no coração de outra trama de assassinato? Já é azar o bastante — ou sorte, do ponto de vista do talão de cheques de Simone — ter acontecido *comigo* duas vezes, quanto mais com eles. Minha ex-mulher, Erin, e eu temos uma boa relação, mas atualmente estamos mais para conhecidos do que para uma dupla solucionadora de crimes. Seria difícil fazer minha mãe, Audrey, meu padrasto, Marcelo, e minha irmã de criação, Sofia, se animarem com a possibilidade de passar uma semana dentro de um trem. Na verdade, estão todos num casamento na Espanha. Para ser sincero, se não se importassem em me fazer um favor e se deparassem com um assassinato por lá, eu bem poderia usar a viagem e o desconto no imposto em prol de outro livro.

Meu argumento é: não existem participações especiais na vida real.

Atendi o telefone. Era meu tio Andy.

Você precisa saber algumas coisas sobre Andy. A primeira é que ele é horticultor, ou seja, sua função é fazer a grama crescer em campos de futebol. Talvez em contraste com a lentidão desse trabalho, faz amigos com muita rapidez e tende a refletir a personalidade da pessoa com quem está falando em vez de ser ele mesmo, na esperança de que isso o torne mais cativante. Infelizmente, é mais comum que o torne apenas um caso de peito estufado com baixa convicção. Bem de acordo com sua profissão, é um homem em quem todo mundo pisa.

É ainda um homem crente de que juventude é um peixe possível de se recapturar. Nós andávamos achando que talvez tivesse feito as pazes com sua safra de origem (ele tem cinquenta e tantos), pois finalmente havia raspado o cavanhaque horrível, mas essa esperança logo caiu por terra quando ele surgiu de cabelo platinado. Todos mordemos a língua, exceto Sofia, sempre pródiga em farpas, que perguntou o que o assustara tanto.

Atendi a chamada em vídeo e me deparei quase com um exame de imagem das narinas de Andy. Revirei os olhos para Juliette enquanto ele tentava se entender com a câmera. A imagem girou, borrada, e sons confusos disfarçavam uma discussão velada que ocorria ali perto do microfone, as críticas partindo de minha tia Katherine, certamente.

Katherine é irmã caçula do meu falecido pai. Por conta de um trágico acidente, uma juventude desregrada foi transformada numa vida adulta travada. Ela é uma defensora das regras: seu signo deve ser Diretora de Escola. Para ela, é Deus no céu e os árbitros na terra. Ela é o tipo de pessoa que diz, sem a menor ironia: "Como você esqueceu? Estava na agenda!"

Katherine fica genuinamente feliz quando tem algo para consertar, e por isso Andy, portador do desafortunado distúrbio de fazer quase tudo errado, é sem dúvida o seu par perfeito.

Outra coisa que você precisa saber sobre Andy é que ele não gostou muito de como foi retratado no primeiro livro. Teima em dizer que eu o pintei como um cabeça de vento abilolado e que seu papel na elucidação do mistério foi maior do que dei a entender. Ele me acusou de emasculá-lo; repetiu tanto essa palavra que tive certeza de que ele havia acabado de descobri-la e de que Katherine lhe ensinara o significado. Tinha encrencado em especial com uma passagem onde me referia a ele como *um homem inacreditavelmente entediante*. Ressaltei que tecnicamente eu havia usado inacreditável no bom sentido, mas nem ele caiu nessa. Portanto, vou tentar melhorar desta vez.

— Ernest! Como você está, parceiro? — perguntou Andy, elegantemente.

— Acabamos de embarcar no Ghan. — Movi a câmera para que ele pudesse ver a cabine. — Só esperando a partida.

Andy assoviou.

— Ê, cara sortudo. Adoraria fazer essa viagem um dia. Não sei se você sabe — ele baixou o tom de voz, como se fosse segredo —, mas eu sou considerado meio que um ferroequinólogo amador.

É raro que o vocabulário de Andy me confunda, mas aquela palavra eu tive que pesquisar depois. É uma forma decididamente lânguida de se referir a alguém como tendo interesse por "cavalos de ferro", ou seja, trens. Não deveria ter me surpreendido que Andy, para quem a altura da grama é uma paixão, também fosse fã de trens.

— De qual classe da NR é? Chuto que uma tonelada e meia?

— Sendo bem sincero, Andy, não entendi uma única palavra do que você disse. Acho que talvez você tenha confessado ser um fera entomólogo.

— Fer-ro... — começou a repetir as sílabas pausadamente, mas alguém falou alguma coisa ao fundo, uma espécie de *vai logo pro que interessa*, e ele pigarreou.

— Oi, Katherine! — gritei, para que ela me ouvisse mesmo distante da tela.

— Estou ligando por um motivo profissional — informou Andy. Já me preocupei de imediato; eu e Andy não temos qualquer associação profissional. — Tenho um cliente e estava querendo te consultar.

— Eu não entendo muito de campos de futebol.

— Não, é um tipo diferente de cliente. É um mistério. Nisso você é bom.

Cliente. Mistério. Tais palavras me confundiam mais do que *ferroequinólogo.* Aos poucos foi ficando evidente o que ele queria me dizer.

— Andy — comecei —, por favor, não me diga que você...

— Larguei tudo! Estava de saco cheio de tanta...

Grama, fiz com a boca para Juliette. Ela riu.

— ... burocracia. A questão é que agora eu tenho outras opções, já que solucionei todos aqueles assassinatos lá na neve.

— Andy, fui *eu* que solucionei os assassinatos.

— Bom, a gente solucionou juntos. Apesar do que você disse no seu livro. Né? — Ele riu, num apelo para que eu concordasse.

Continuei impassível.

— E tinha gente interessada em saber meus próximos passos, sabe como é. Se daria para eu ajudá-las.

— Por favor, não me diga que você abriu...

— Minha própria agência! O nome é *Andy Resolve*! — disse, todo animado. — Sempre quis ser detetive.

— Não é assim que funciona.

— Tá, investigador particular.

— Você não precisa de uma licença ou algo do tipo?

— Preciso?

Não sabia dizer. Nunca havia pesquisado a respeito. Juliette, ligada na conversa, ergueu o celular. Havia achado o site de *Andy Resolve!*, em que o nome estava disposto em fonte gigantesca em forma de bolha, como se fosse uma loja de brinquedos. Logo abaixo havia uma foto de Andy com chapéu fedora e um charuto apagado nos lábios. Naveguei pela página checando a descrição, que dizia: *Mundialmente famoso por ter solucionado os assassinatos da família Cunningham, deixe que Andy te ajude com os seus problemas desta vez! Nós resolvemos o irresolvível!*

— Então, tenho um cliente e estou meio empacado. E Katherine disse...

— Andy. — Eu balançava a cabeça de um lado para o outro. — Essa é uma má ideia.

— Sabia que você ia dizer isso. — Afastando-se da tela, ele continuou: — Sabia que ele ia dizer isso! — Após um "tsc, tsc", voltou a me encarar. — Eu nem sei por que ela acha que eu preciso da sua ajuda. Já resolvi um caso de sequestro.

— Sério? — Fui péssimo em esconder a surpresa.

— Bom, era um cachorro. Mas eu o localizei. Namorado desprezado.

— Sempre o namorado desprezado — dissemos eu e Juliette em uníssono.

— Quem escreveu a biografia do seu site? — Rolei mais uma vez a página. — Está horrível.

— Robôs, cara. Eles conseguem fazer qualquer coisa.

— Não estou querendo te desanimar, mas você pensou direito nisso? — perguntei.

Andy se irritou.

— Então você é o único que pode lucrar com todas aquelas mortes? Eu estava lá também, lembra? Mas eu que vá pra terapia e lide com os meus traumas discretamente enquanto você escreve esses livros hypados, saca os cheques, aparece na TV, viaja de trem...

A última queixa parecia pequena comparada às outras e eu estava mais para contar tostões do que para "sacar cheques", mas tive que admitir que ele tinha razão. Eu havia processado meu luto e meu trauma em público, e ainda que a verdadeira razão pela qual escrevi fosse para me lembrar de tudo, e *deles*, de uma forma que só é possível por meio de tinta e papel, de fato aquilo me rendera um pouco de dinheiro. Se Andy queria faturar um pouco em cima da infâmia, iludido ou não, eu seria hipócrita em discordar.

— Ok — concedi. — Esse cliente...

— Sabia que você não ia me deixar na mão! — O vídeo sacudiu como se tivesse sido atingido por um terremoto e percebi que Andy estava fazendo um "isso!". — Pois é, é uma velhinha, sabe?

Ela é florista, um troço assim, e alguém arrombou a loja dela. Preciso descobrir quem foi.

— Ok.

— Ótimo. — Andy sorriu, cheio de expectativa. — Entããão....

— O meu ok foi pra indicar que eu ouvi, não pra anunciar que sei quem foi.

— Ok — disse Andy.

Quero ressaltar aqui, enquanto escrevo, que Andy está dificultando muito a tarefa de apresentá-lo de forma mais positiva do que no primeiro livro.

— Andy, olha só, eu não tenho como te dizer quem cometeu um crime sem ter nada em que me fiar. Antes de qualquer coisa, você precisa de uma lista de suspeitos.

Andy olhou para baixo, para algo fora do campo de visão da câmera, e percebi que ele estava escrevendo.

— Boa ideia — balbuciou.

— Você não tem suspeito nenhum?

— É, quer dizer, tem muitos possíveis...

— A população da região metropolitana de Sydney não é uma lista de suspeitos em potencial, Andrew.

— É fora do estado — disse Andy, orgulhoso. — Sempre quis ir à Tasmânia. Fora que é com tudo pago!

— Você tá passando a perna nessa mulher — respondi. Ouvi-o sugar os dentes, senti que a descompostura já era suficiente e acrescentei, apressado: — E as pistas?

Ouvi o arranhar do lápis no papel novamente. Imaginei um grande caderno de anotações amarelo com as palavras *Resolução de crimes: Lista de tarefas* rabiscadas no alto e, mais embaixo, os dizeres *Suspeitos* e *evidências*. Torci para a velhinha não ter pagado antecipado.

— Quer dizer, eu a interroguei — disse Andy, por fim. — Estava meio abalada e tal, mas o marido ajudou muito mais. — Ele fez uma pausa. — Espera aí. Talvez aquele fosse o irmão dela.

— Tem uma grande diferença entre marido e irmão, Andy. Você precisa ser específico. Palavras importam.

Qualquer autor de mistério lhe dirá que a escolha de palavras é crucial. É trocar a palavra *marido* pela palavra *irmão* e uma história muda drasticamente; ainda que uma confusão do tipo pudesse aumentar o grau de devassidão daquela cena de roubo doméstico, o melhor era ele não errar. E, já que falamos de escolha de palavras, a cliente de Andy era botânica, não florista. Embora eu possa estar sendo rigoroso em apontar esse fato, a diferença é grande entre uma florista incestuosa e uma botânica idosa. E eu prometi exatidão.

— Vamos começar com algo mais fácil. Qual é o nome dela? — perguntei.

— Éééé.... — Andy bateu os dentes enquanto procurava por uma anotação em algum lugar. Por fim, disse "Poppy", que não é o nome dela. Ah, os detalhes...

— Ok, então a Poppy...

— Agora estou na dúvida se o nome dela é Poppy ou se ela falou em "poppy" porque vende aquelas sementes de papoula.

— Andy...

— Ou talvez...

— Talvez o nome seja Poppy e ela venda as sementes.

— Sim, era o que eu estava dizendo... — Às vezes, conversar com Andy é como ver uma corrida de obstáculos em que os atletas passam pelas barreiras sem saltar e acabam arrastando as placas pelo caminho: não importa qual seja o obstáculo, ele avança aos tropeços. — Mas o estranho é que você tinha que ver como era a segurança daquele lugar. Câmeras de monitoramento, fechadura com teclado... cara, é uma fortaleza. Para uma florista! — Lembrete: botânica. — Estranho, né?

— Você acha que essa segurança toda é por outro motivo? E que seja o que for, é disso que o arrombador estava atrás?

— Essa é a teoria que tenho em mente. — Ele parecia bem orgulhoso de si, ou ao menos o interior de suas narinas parecia. Eu tinha de concordar que o argumento e a coleta de evidências não eram das piores. Ele tinha conseguido saltar um dos obstáculos. — Ou é isso... ou é tipo um fetiche em flores. Tipo uma coisa sexual.

Retiro o que disse: ele seguia batendo com os tornozelos nas barreiras.

— Então já sei o que foi — rebati sem rodeios.

Ele se animou.

— Sério?

— Não, Andy. Suspeitos e evidências. Faz algumas perguntas. Me liga de novo quando souber, pra início de conversa, o nome certo da vítima. Aí eu tento te ajudar.

Quando desliguei, meu assento deu um solavanco e um longo e lento rugido se projetou do piso enquanto as rodas ganhavam vida e se moviam alguns centímetros. Uma voz crepitou de um intercomunicador, que percebi ser embutido no teto. Juliette ergueu os olhos do livro.

— Senhoras e senhores, bem-vindos a bordo do Ghan. Sairemos de Berrimah dentro de quinze minutos. Por favor, compareçam ao *lounge* para as boas-vindas, a oportunidade de conhecer seus anfitriões e para chá e café a gosto. E oferecemos boas-vindas muito especiais ao Festival Australiano de Autores de Mistério, que está celebrando o seu quinquagésimo aniversário conosco. Com o mínimo possível de assassinatos, por favor.

— Bom título — disse Juliette, vestindo um suéter e pegando o cachecol azul de Simone. — *O mínimo possível de assassinatos*.

— Por falar em mínimo, escrevi algumas palavras. Vamos fazer um intervalo? — perguntei, ciente de que eu não merecia intervalo nenhum.

Juliette teve o bom senso de não perguntar sobre a honestidade por trás da minha definição de *algumas*. Ela assentiu. Eu me levantei. Ela bloqueou a porta. Pôs as mãos nos meus ombros, se inclinou para a frente e me beijou no rosto.

— Eu sei que você tá estressado. Em primeiro lugar, acho que precisa parar de se preocupar com o McTavish. Não fica preocupado com essa bobagem de elogio. Pensa nisso *depois* que tiver escrito o livro. Falando nisso, confia em mim. As ideias vão aparecer.

Fiquei surpreso por sentir meu rosto corar e o sangue subir ao pescoço. O ato de contemplar uma página em branco pode fazer você se sentir sozinho; não estava preparado para o efeito de simplesmente ouvir de alguém que não estava. Então assenti.

Ela me sacudiu delicadamente.

— E, se não aparecerem, tudo bem também. Dá pra você passar esses quatro dias só olhando a vista da janela, se quiser. Ou pode escrever. Mas a gente vai passar esses dias juntos. Então o mínimo possível de *mimimi*, ok?

Fiz que sim e consegui balbuciar:

— Obrigado pelo papo reto.

— É puro egoísmo — respondeu ela, sorrindo. — Se você ficar a viagem inteira emburrado, vão ser quatro dias bem longos. Porque assim que esse monte de metal começar a se mover, estamos presos aqui dentro.

CAPÍTULO 4

Nós nos juntamos a um bando de gente que avançava devagar pelo corredor de mão única, o que fez com que aquilo parecesse mais a fila do correio do que o início de uma viagem de férias. Já no vagão seguinte, o sujeito à nossa frente apalpou os bolsos e lançou um olhar desamparado para a porta de sua cabine, da qual se afastara apenas uns poucos metros, até aceitar que a corrente estava contra ele. Reconheci tal olhar como o mesmo que Juliette me lança sempre que engatamos a ré no carro para sair de casa. Aliás, esse não é um comentário sexista; me recuso a ser o tipo do protagonista masculino que faz comentários sarcásticos sobre esquecimentos da namorada. Só menciono porque isso terá importância para a trama.

Passados mais dois vagões com acomodações, o bar apareceu na saída do corredor. Até ali, era o vagão mais espaçoso: as paredes eram ladeadas por reservados marrons na altura dos quadris, havendo ainda alguns poucos assentos giratórios e, mais para o final do bar, bancos redondos, todos aparafusados para manter a harmonia com o movimento do trem. O bar em si era bem ao estilo retrô, revestido em madeira, com prateleiras de destilados atrás e copos pendurados acima. Juliette, prevendo que os assentos seriam disputados, garantiu duas cadeiras para nós junto à janela voltada para o leste, onde havia uma nesga de luz solar e uma mesa microscópica, não maior do que um livro de bolso. Tudo era compacto, em consonância com o design voltado para maximizar o espaço — a dobra do assento era na altura das minhas coxas, e não próximo aos joelhos, o que não era propriamente desconfortável, mas me passava uma sensação de estar visitando a casa de um hobbit.

O vagão continuou a encher, e fiquei feliz de termos nossos assentos. O ar estava carregado com vozes: o burburinho sedativo da conversa generalizada unido ao tom ligeiramente mais elevado das apresentações exageradamente entusiasmadas: *que prazer te conhecer!* Por cima de tudo, uma cafeteira atrás do bar gania à beira do colapso, soando como se não estivesse devidamente preparada para servir um vagão cheio de autores por meia semana. Na prateleira dos destilados, reparei numa garrafa de vodca três quartos vazia, também pega desprevenida.

Juliette apoiou o cachecol no encosto da cadeira e foi até o bar buscar café para nós. A fila era grande e a garota naquela função — a mesma jovem que passava a roupa com as próprias palmas das mãos na plataforma — parecia sobrecarregada.

Observei o restante da clientela. Percebi que o vagão O, onde ficava nossa cabine, era o do meio dos três situados entre o bar e o fim do trem (uma vez que o P ficava mais para o fim e já havíamos passado pelo N), totalizando cerca de trinta pessoas, embora eu também tivesse reparado em gente entrando no vagão por detrás do bar, sugerindo haver cabines próximas aos motores, o que possivelmente dobraria o número de presentes. Ao subtrair os seis escritores do festival e seus convidados, não sobrava muito público. O fato de ser o quinquagésimo aniversário do evento era provavelmente uma desculpa para o excesso, pois estava bem claro não se tratar de um festival tradicional, do tipo que depende da venda de ingressos. Talvez também tivesse sido por isso que conseguiram organizar uma edição em um local tão caro: havia sido prometido aos participantes um grau de intimidade incomum em tais eventos. Refeições, drinques e momentos de socialização com os escritores: uma oportunidade para todos se soltarem juntos. Isso acabaria por se revelar verdadeiro — se você contar ser assassinado e assassinar como se soltar —, então pelo menos todo mundo teria aquilo por que pagou.

Tentei sentir o clima do grupo para melhor avaliar como o resto do meu fim de semana prolongado provavelmente transcorreria. Ou, para ser mais específico, qual aspirante a escritor (amargurado pelos anos de rejeição das editoras, agarrado a um manuscrito à mão manchado de café e disposto a empurrá-lo para você a qualquer momento) seria melhor evitar. Um ar celebratório tomava o vagão, com a animação típica de férias que acompanha a frase *são cinco da tarde em algum lugar* e a taça de champanhe que você nem queria mas pegou assim mesmo pois parece ser um sinal adequado de que está disposto a se divertir. Não era nem hora do café da manhã ainda, mas isso não importava para a maioria. Férias, afinal de contas, são basicamente pantomimas extravagantes para justificar um vício. Um grupo de três mulheres grisalhas que se apoderaram de um reservado fez tilintar as taças num brinde acompanhado de vivas e risadas que parecia provar minha teoria.

De acordo com minha colinha estrutural, se eu quiser jogar limpo, já estou estourando o limite de palavras para apresentar vítima(s), assassino(s) e suspeitos, e temo estar devendo em ao menos duas categorias. Portanto, vou aproveitar a oportunidade para circular pelo vagão.

Como ainda não reconhecia todos os autores, a única característica a conectar os presentes em que pude pensar foi a escolha de bebida: cafeína ou champanhe. Portanto, começo por aí.

Champanhe:

- Um homem mais velho, mas não idoso, aboletado num reservado para dois logo à minha frente — óculos de armação dourada e barba meio ruiva e meio grisalha —, tinha uma taça de espumante na mão e outra cheia diante do assento vazio à frente.
- SF Majors, que reconheci pela fotografia no exemplar de divulgação de Juliette, vestia terninho cinza-claro e estava com o cabelo preto bem preso em um rabo de cavalo — uma roupa mais adequada para ir ao tribunal do que para uma viagem de férias e séria demais para o espumante intocado em sua mão.
- Uma mulher de cabelo escuro chanel e blusa adornada com flores locais estava jogando no celular, espremida no último

assento do mesmo reservado das senhoras assanhadas, e fazia o possível para ignorá-las. A julgar pelo esforço para ficar na dela, a identifiquei como escritora: Lisa Fulton, por eliminação.

Café:

- Um homem de olhar ansioso e braços e pernas longilíneos, de mais ou menos quarenta anos, cujos ombros tinham a curvatura de um operador de TI que passa o dia debruçado sobre o computador e ameaçavam engolir sua cabeça feito o casco de uma tartaruga, observava o recinto e apontava cada autor para uma mulher. Esta aparentava a mesma idade, tinha cabelo cacheado disposto num coque bagunçado, com uma mecha pendendo de cada lado do rosto feito uma moldura, e assentia de forma cortês mas desinteressada, como se ele estivesse explicando a história pregressa de personagens de *Star Wars*, o que me fez pensar que devia ser sua esposa. Esse era fácil de adicionar à categoria "fã".
- Uma mulher que nem de longe parecia ter idade suficiente para curtir ou custear tal viagem mexia seu cappuccino preguiçosamente e lia uma edição de bolso de *Misery: Louca obsessão*, de Stephen King. A princípio me pareceu se tratar de uma universitária, mas aceitei a possibilidade de que só tivesse cara de nova, e assim devia ser assessora de imprensa, pois havia optado por algo não alcoólico, apropriado para o horário de trabalho, e usava uma camiseta com a frase *Tanto faz assentir ou piscar se o cavalo é cego*, estabelecendo uma ligação direta entre ela e os romances do detetive Morbund, de McTavish.
- Um homem baixo e atarracado de suspensório colorido. Sem dúvida um escritor, a julgar pelo figurino peculiar por si só, mas também por estar escrevendo em um caderno. Muito provavelmente Alan Royce.

E, sem se encaixar em categoria alguma, Wolfgang, plantado a sós numa pequena alcova junto ao bar, segurando uma taça de vinho escuro como sangue, que ele cheirava com ar infeliz.

Avistei Juliette carregando com cuidado dois cafés chacoalhantes de volta para nossa mesa. Dentre as pessoas cuja presença era esperada, Simone não havia se dado ao trabalho de comparecer — socializar não fazia o seu estilo —, de forma que Juliette levara o cachecol à toa. Henry McTavish também não estava à vista. Eu me sentia confiante de que havia identificado corretamente Alan Royce e Lisa Fulton como os que procuravam ficar mais sozinhos em meio aos grupos e que, como eu, ostentavam a expressão de quem estava meio que sentindo o clima do ambiente e meio que tentando decidir se ainda dava tempo de sair do trem.

Receio que eu vá quebrar minha própria regra aqui. Livros de mistério como este só jogam limpo se todas as cartas estiverem na mesa desde o início, por assim dizer, e eu não consegui apresentar todo mundo devidamente até o limite autoimposto das primeiras dez mil palavras, das quais passei agora há pouco. Alguém importante ficou de fora.

Senti uma mão no meu ombro.

— Seu livro vendeu bem — disse um homem de seus sessenta anos, não tão alto, mas o suficiente para projetar-se sobre mim em meu assento de hobbit.

Era o mesmo sujeito que havia apalpado os bolsos ao sair da cabine. Bem-vestido, com terno e sapatos de couro, usava o colarinho aberto com gravata de seda azul-marinho afrouxada. Seu sotaque era importado — inglês —, e ele falava movido pela crença de que volume equivalia a sentido. Isso, para um homem que parecia acreditar que tudo o que tinha a dizer era importante, significa alto.

Aprendi que as pessoas às vezes mencionam como o seu livro está se saindo quando não querem fazer um elogio puro e simples. Soa como um elogio, mas não passa de uma observação. Existe uma diferença entre *você está bonito hoje* e *fiquei sabendo que você é modelo*, por exemplo. E eu não gostei da forma como ele falou — quase de forma maliciosa, zombeteira.

— Fiquei bem contente por ele ter encontrado um público — falei, optando pela humildade em vez de responder na mesma moeda. — Desculpe — estendi a mão —, acho que não fomos apresentados.

— Você é o menino da Simone, né?

— Ernest — respondi, escolhendo não ser propriedade de Simone.

— Isso, Ernest. — Era como se ele estivesse concordando que meu nome de fato era o que era. O sujeito percorreu o vagão com o olhar, murmurando. Suas frases tinham certa propensão a jorrar umas por cima das outras; o forno que preparava a fala a partir do pensamento a deixava malcozida: proferia esboços. — Bons números. Bem publicado. Ela não está por aqui?

Percebi que ele olhava para o cachecol azul, disposto sobre o assento vazio. Ele o reconhecera.

— Ah, não, a gente vai devolver isso pra ela.

— Ok. Bom, já que estou aqui... — Ele fez uma pausa, abaixou o corpo e o tom de voz. — Olha só, eu queria aproveitar a oportunidade pra pedir desculpas pela nossa pequena indiscrição.

— Acho que a gente não se conhece. — Fiz que não importava, confuso. — Não tem por que pedir desculpas.

— Quer dizer, não é *educado*. Mas não é algo que a gente consiga policiar, concorda? E acho que somos todos adultos. Certo? E o seu livro... bem, ele não é pra todo mundo. Por outro lado, eu sempre digo a ele pra interagir mais na internet. Então acho que é um começo.

Eu continuava sem saber ao certo a que se devia o pedido de desculpas, mas certamente era dos mais fracos que já havia aceitado.

Ele espirrou e limpou o nariz com as costas da mão.

— Alergia — explicou, como quem se justifica. Um pedido de desculpas bem melhor do que o outro que tentava fazer.

— Mil desculpas, mas... — Apontei para o meu peito. — Sou Ernest Cunningham e minha lista de desafetos é bem pequena. Então, a não ser que você seja o cara que bateu na traseira do meu carro duas semanas atrás, e aí vir até aqui pra pedir desculpas me parece excessivo, acho que estamos provavelmente quites.

Reparei que Juliette engrenara uma conversa com Majors e torci para que se apressasse e viesse me socorrer.

— Claro. Devo me apresentar. — Ele ajeitou a gravata e fungou mais uma vez. Seus olhos estavam ligeiramente vermelhos. Para ser sincero, parecia estar chegando de um outro tipo de viagem que não de trem. Por fim, segurou e apertou minha mão. — Wyatt Lloyd. Sou dono da Gemini Publishing. Eu publico...

De repente, ouviu-se uma comoção no bar.

— Tá tudo incluído, não tá? — gritou um homem com sotaque vagamente escocês. — Se eu quiser a garrafa, me dá a garrafa.

Eu só conseguia ver as costas corpulentas e a roupa de tweed do dono da voz, mas o tom da ordem, de alguém mais do que habituado a perguntar às pessoas se sabiam quem ele era, me deu uma impressão de que lá estava o grande chamariz do festival, Henry McTavish.

— Bom, eu publico *aquilo ali* — disse Wyatt, voltando-se para a confusão e erguendo as sobrancelhas. — Você não teria um anti-histamínico aí, teria? — Ele remexeu os bolsos e retirou um pequeno pacote branco. — Jasper me arrumou esses, mas não adiantam nada.

Olhei para o nome dos remédios.

— Bem, é porque esses são pra enjoo, não pra rinite alérgica.

— Porra. — Ele espirrou novamente e então virou para a discussão no bar. — Melhor eu ir lá dar um jeito. Que bom a gente ter posto isso em pratos limpos. E, se você vir a Simone — ele girava a cabeça de um lado para outro —, diz que estou procurando por ela.

Ainda sem ideia do que havia sido posto em pratos limpos, me contentei em dar um sorriso cauteloso, embora admita que me sentisse enferrujado. A sensação era de estar mais deslocado do que nunca, pois, se ali fosse de fato meu lugar, eu devia ter sabido — como Simone claramente esperava — quem Wyatt era. Sabia que a Gemini Publishing era grande, baseada no Reino Unido, mas com uma roupagem australiana. A editora basicamente se erguera sobre os ombros de McTavish. Seus outros autores — Royce entre eles — haviam ganhado exposição por tabela. E agora eu sei que Wyatt, o descobridor de McTavish, viera a se tornar sócio da editora por causa disso. Ele se dera ao trabalho de ir falar comigo e minha reação havia sido fazer piada? Não dar a mínima? Reproduzi a conversa de novo na mente, com a sensação (irracional, pois eu já tinha editora) de ter estragado tudo. Era bem evidente que eu ainda estava aprendendo as regras de etiqueta dos autores.

Wyatt seguiu para o alvoroço. McTavish havia acabado de dar um safanão na mão que um homem de colete com estampa de camelo calmamente depositara em seu ombro. A mim restaram um vagão cheio de escritores e uma lista de chamada agora completa. Suspeitos: presentes. Vítimas: presentes. Assassino(s?): presente(s).

CAPÍTULO 5

Juliette acomodou-se em seu assento e sorveu seu café *flat white* com o alívio e a sede de uma viajante que acabara de cruzar o deserto.

— Deus do céu — disse ela. — Acabei de mentir pra SF Majors. Falei que já estava quase no fim do livro dela. — Ela virou o pescoço para se certificar de que ninguém estivesse perto a ponto de conseguir ouvi-la. — *E* que estava gostando.

— Não está?

— Não faço ideia. Li umas três páginas. Ela até que escreve bem. Mas estou com uma sensação incômoda de que vem por aí uma daquelas reviravoltas em que o narrador em primeira pessoa estava morto o tempo todo.

Eu a encarei, achando graça. Aquilo contrariava uma das regras mais óbvias das histórias de mistério que jogam limpo.

— Nada de fantasmas.

— Não é?! Nada de fantasmas, porra. *Thrillers* psicológicos hoje em dia não precisam seguir regra nenhuma. Eu não devia ter dito nada, mas estava tentando preencher o silêncio. Agora vou ter que escrever a porra de um elogio pra ela. — Depois de tomar meio café num gole, Juliette fechou os olhos por um segundo. — Este lugar é um caos. McTavish quer uísque na veia e a pobre daquela garota no balcão parece estar usando uma máquina de café pela primeira vez na vida. E não está gostando de ser tratada como se fosse o mordomo pessoal dele. Desculpa eu ter demorado tanto. Como estavam as coisas por aqui?

— Conheci Wyatt Lloyd. — Apontei-o com a cabeça, caso Juliette não soubesse quem era, mas ela pareceu entender sem precisar olhar. — O editor do McTavish.

— Sim, achei que poderia ser, quando a Simone o mencionou mais cedo. Quatro dias num festival parece meio abaixo do patamar de um bambambã. Os autores é que vão até ele, ele não precisa vir até os autores. — Juliette deu de ombros. — Vai ver tem algum negócio com o McTavish. Do que vocês falaram?

— Pois é, foi bem estranho. — Sorri. — Ele *pediu desculpas*.

— Caramba. — Juliette fez uma pausa, como alguém que não entendeu uma piada que acabou de ser contada. Suas maçãs do rosto estavam mais tensas do que deveriam estar. Então ela percebeu a minha expressão e relaxou. — Você tá levando numa boa, então. Muito nobre da sua parte. Que alívio.

— Levando o que numa boa?

O copo de Juliette parou a meio caminho da boca.

— Você não acabou de dizer que ele pediu desculpas?

— É, o engraçado é isso. É absurdo. — Eu me sentia um comediante tentando desesperadamente recuperar a plateia e tendo como única opção dobrar a aposta na piada e torná-la engraçada por pura força de vontade. *Era* engraçado, não era? — Deve ter achado que eu era outra pessoa. Não faço ideia do motivo de ele pedir desculpas.

Juliette coçou a testa e sugou o ar entre os dentes.

— Você não viu, então?

— Vi o quê?

— Desculpa, Ern, achei que você não estava no estado de espírito certo...

— Estado de espírito certo *pra quê*?

Um bater de palmas ruidoso nos interrompeu. O funcionário que estivera dedicado a desarmar McTavish exigia a atenção da cabine. Um chapéu Akubra de vaqueiro repousava sobre sua cabeça, e o cabelo pendia abaixo dele como videiras. As mangas dobradas da camisa revelavam antebraços atléticos e musculosos, do tipo capaz de conter tanto uma ovelha durante a tosquia quanto um escocês alcoólatra descontente. Ele esperou o recinto se acalmar — a mesa de senhoras rebeldes foi a que levou mais tempo — e então escancarou os braços.

— Convidados — começou, e reconheci a voz como a do intercomunicador —, em meu nome e no da minha equipe, quero dar as boas-vindas ao início da nossa jornada histórica a bordo do Ghan. Convido vocês a refletirem sobre os donos originários das muitas terras que vamos cruzar durante a nossa viagem, entre os quais o meu povo, os Arrernte, cujas terras vocês devem conhecer como Alice Springs, e o povo Larrakia, em cuja terra iniciamos nossa expedição hoje. — Ele fez uma pausa para uma rodada de aplausos. — Meu nome é Aaron e sou o Diretor da Jornada. Espero que nós venhamos a nos conhecer bem ao longo dos próximos quatro dias. Estarei aqui caso precisem de algo, bem como a Cynthia — e apontou para trás do bar —, que vai mantê-los cafeinados e bêbados. De nós dois, portanto, é ela que vocês querem por perto.

A reação foi o semirriso adequado à expectativa básica de uma pausa seguida de um sorriso num discurso formal.

— E agora a parte emocionante. Nossa seção do trem tem o privilégio especial de receber o Festival Australiano de Autores de Mistério em seu quinquagésimo aniversário — aplausos — para uma viagem cheia de revelações brilhantes sobre a mente de alguns dos melhores escritores do país. — Aplausos. — Partiremos em mais um instante, e a primeira sessão, um encontro com todos os autores convidados, vai ser ao meio-dia. — Ele fez uma nova pausa, mas as palmas haviam perdido o gás e desta vez a resposta se limitou ao lento bater de umas poucas mãos. — Mas antes de a parte divertida começar, vamos servir o café da manhã.

Foi o que reviveu os aplausos, talvez com o maior entusiasmo registrado até então.

— Este festival engloba oito vagões, incluindo este bar, o restaurante Rainha Elizabeth e o Vagão do Presidente, que pegamos emprestado para esta viagem especial com nossos amigos do Indian Pacific. O Ghan hoje conta com duas locomotivas que puxam 35 vagões com extensão de 780 metros e peso total de 1.415 toneladas.

Eu esperava decepção por parte das pessoas com a troca do café da manhã por estatísticas. Fiquei surpreso ao ouvir o burburinho da plateia, que indicava tanto interesse quanto concordância, como se vários ali coçassem o queixo e assentissem, *sim, eu estava achando mesmo esse o peso apropriado para a jornada*, o que me ensinou uma lição a respeito de amadores que já deveria saber: todo mundo é especialista.

Aaron continuava a listar números, e logo percebi pelas costas arqueadas dos convidados, inclinadas para a frente em sinal de concentração, que os colegas de Andy na ferroequinologia achavam aquela declamação chata de dados uma coisa absolutamente emocionante.

— Ao longo de nossa jornada de 2.979 quilômetros, esperamos usar 75 quilos de perca-gigante, 62 quilos de queijo, mais de mil garrafas de vinho — com essa informação, as aposentadas indóceis deram uma leve animada — e aproximadamente quarenta mil litros de combustível.

Mais uma vez, seguiu-se um burburinho de opiniões decerto bem-informadas sobre o combustível necessário para a viagem, desta vez com um toque de discordância (é fácil de identificar — o burburinho fica um semitom mais baixo): *Eu sugeriria que daria para fazer com 39 se otimizassem os motores.*

— Espero que tenham comprado com cupom de desconto — sussurrou Juliette, inclinando-se para a frente.

Eu dei uma risadinha, o que atraiu a atenção de Aaron e, portanto, do restante do grupo.

— Alguma pergunta? — O questionamento era sincero, mas impossível não se sentir na berlinda.

O rosto de Juliette enrubesceu.

— Desculpa, foi só uma piada. — Como Aaron continuava a sorrir gentilmente para nós, ela acrescentou: — Só achei que talvez vocês precisassem de um cupom... pro combustível. Quatro cents por litro, sendo quarenta mil litros... é um belo desconto.

Nada como uma explicação detalhada para matar a graça de uma piada. Juliette obteve uma ou outra risada, mas notei um passageiro nos olhando horrorizado, como que chocado com nossa ousadia em brincar com algo tão crucial quanto quantidades de combustível.

Juliette foi salva de uma humilhação ainda maior por um solavanco do vagão, violento o bastante para sacudir os que estavam de pé e fazê-los agarrar os encostos dos assentos mais próximos. Seguido a isso, veio o rugido metálico do despertar de 1.400 toneladas, e a paisagem começou a se mover horizontalmente pelas janelas.

— Acho que esse é o meu sinal pra encerrar por aqui. Só um aviso: é provável que vocês vejam um pouco de fumaça de vez em quando. Pode ser ao longe, pode ser mais perto do que gostariam. Não há motivo para pânico. São fogueiras naturais, ainda que acesas deliberadamente, para ser honesto. — Houve uma pequena comoção, claramente o efeito desejado, e ele sorriu. — Acreditem se quiserem, nosso pequeno incendiário é um *pássaro*. O milhafre, mais precisamente. Eles saem à procura de fogueiras, catam gravetos em chamas e os soltam sobre trechos de grama seca. Uma vez que o fogo toma conta da área, capturam os roedores em fuga. Portanto, se virem fogo, contanto que não seja a bordo do trem, não há nada com que se preocupar! — Aaron gesticulou na direção do vagão-restaurante. — O café da manhã está servido. Porções a gosto.

Os mais famintos logo se levantaram, mas não me importei de ficar sentado por um minuto. Agora que havíamos partido, o encanto da jornada me acometera de leve. Ao observar as cercas de arame do terminal de Berrimah ficarem para trás, dando lugar ao céu azul imaculado e à vegetação fulgurante (revigorada pela temporada de chuvas), junto do ruído metálico das rodas sobre os trilhos e com um café bem quente nas mãos, tive que admitir que sentia a mágica. Eu me senti... bem, chique.

Aliás, estava tão encantado que levei ao menos quinze minutos para me lembrar de perguntar a Juliette o que exatamente ela estava escondendo de mim a respeito de Wyatt Lloyd.

CAPÍTULO 6

— Uma estrela?!

Quase arremessei o celular no outro lado da mesa, como se fosse carvão em brasa, superaquecido pelo navegador de internet incriminador que eu acabara de abrir. Na tela estava a página do Goodreads sobre meu livro, *Todo mundo da minha família já matou alguém*, em que uma nova resenha havia sido postada. Trazia uma pequena estrela vermelha. Só uma.

— Porra, uma estrela?! Cadê aquele cara?

— Ern — disse Juliette com delicadeza —, eu acho que você tá exagerando.

Olhei ao redor. Meu rompante fizera algumas cabeças se virarem, desviando sua atenção do café da manhã. O vagão-restaurante era dotado de cerca de uma dúzia de reservados para quatro pessoas com assentos dobráveis. Toalhas de mesa de um branco imaculado e talheres de prata polida reluziam sob os raios de sol que entravam pelas janelas; fitas de LED em tom de jade emolduravam o teto. Reparei que Henry McTavish dividia a mesa na extremidade oposta do vagão com Wyatt e — o que mais me enfurecia — Simone. Todos debruçados sobre a mesa, escápulas curvadas como as asas de urubus. Uma postura exclusiva de conspiradores.

Fiz menção de me levantar, mas Juliette pôs a mão no meu braço e tossiu de forma deliberada. Acompanhei seu olhar e fiquei surpreso ao notar que minha mão esquerda havia se contraído em torno de uma faca. Era mais um reflexo do que outra coisa, segurar algo próximo enquanto me erguia, mas me surpreendeu a tal ponto que deixei-a cair ruidosamente.

— Ainda tenho um pouco do velho sangue da família Cunningham — falei, com tanta leveza quanto me foi possível.

Larguei o celular e Juliette virou a tela para a toalha a fim de que a estrela vermelha não ficasse me encarando. Ela não precisava ter tido esse cuidado: a imagem ficara gravada nas minhas retinas.

A avaliação era daquele mesmo dia. Uma única estrela vermelha. Abaixo dela, uma palavra: *Grosseiro*. Autor da resenha: Henry McTavish.

O pedido de desculpas de Wyatt percorria minha memória: *Quer dizer, não é educado. Mas não é algo que a gente consiga policiar, concorda?*

— Talvez o dedo dele tenha escorregado — sugeriu Juliette.

— Grosseiro tem nove letras.

— Eu me referia ao número de estrelas.

— Então ele é perfeitamente capaz de fazer o login, digitar o nome do meu livro, ir até o topo da página, acessar o campo da resenha, digitar a resenha e *só aí* é que ele se atrapalha, na hora de clicar no botão de cinco estrelas?

Voltei a encarar a mesa de McTavish. De que caceta aqueles três estariam falando? Como minha agente era capaz de se juntar a eles depois *disso*?

— Ern? — Desta vez Juliette estalou os dedos bem na frente do meu nariz.

Cynthia ouviu o estalo e o interpretou como um chamado, o que fez nós dois nos sentirmos ao mesmo tempo esnobes e envergonhados enquanto pedíamos panquecas e ovos mexidos. Depois que ela se afastou, retomei o assunto.

— Desculpa. Eu só estou... processando. Está no ar faz tempo?

Ela fez que não.

— Acho que não. Eu só vi na cabine, logo antes de sairmos pro café da manhã. Não queria te apavorar. Não era como se estivesse ocultando deliberadamente de você.

Os lábios dela se franziram num apelo por compreensão. Lembrei como ela me dissera que deixasse pra lá aquilo de pedir um elogio a McTavish.

— Desculpa — falei. — Não deveria ter estourado pra cima de você.

— Eu entendo. Apesar de que — acrescentou, observando a mesa —, pensando melhor agora, eu deveria ter te contado onde não houvesse facas ao alcance. Só lembre que as únicas pessoas que leem resenhas são os próprios autores e outros escritores.

— É isso que me preocupa — respondi, então admiti: — Eu estava torcendo pra me enturmar um pouco mais.

Soava infantil, mas eu tinha ficado preocupado com aquilo desde a chegada do convite. Todos os outros haviam publicado vários livros ou ganhado vários prêmios: eram *escritores*. Eu simplesmente havia estado em um lugar onde um bando de gente tinha matado outro bando de gente e aí coube a mim pôr tudo no papel. Já me sentia um impostor; agora tinha a confirmação de que ao menos um dos meus colegas me via assim. Imaginei que não demoraria para os outros se juntarem ao coro.

— Você nem conheceu todo mundo ainda...

— Eu não... sei se mereço estar aqui.

Não era só isso, é óbvio, mas foi a melhor forma de unir minhas preocupações numa mesma frase. Em todo caso, era tudo o que eu estava preparado para admitir.

— Peraí... Seu livro é tão bom quanto os deles. Além disso, em poucas horas a gente vai ficar sem sinal de celular. Ninguém vai nem ver...

— Tomou um pau do velho escocês, pelo que eu vi. — O homem de suspensórios multicoloridos que eu suspeitara ser Alan Royce estendeu a mão e comprovou que eu estava certo. — Alan Royce. Posso?

Sem esperar por resposta ou aperto de mão, ele se espremeu com um grunhido para chegar ao assento à frente de Juliette. Com seu físico atarracado, o sujeito não cabia confortavelmente no pequeno reservado. As orelhas protuberantes tinham mais cabelo do que a cabeça; eram antenas salientes de extensão tamanha que me fazer concluir que dificilmente ele não teria consciência delas e que deviam ter alguma função semelhante à dos bigodes de um gato, considerando-se que sua visão periférica era reduzida pelos minúsculos olhos de ursinho de pelúcia. Ao acomodar-se, olhou ao redor, ou talvez seu cabelo auricular tenha zumbido, e estalou os dedos para Cynthia. O constrangimento tomou conta de mim: agora ela definitivamente acharia que éramos uma mesa de *estaladores*.

Enquanto ele fazia o pedido, notei que deixara o caderninho que levava para toda parte aberto em cima da mesa. Era uma maçaroca de anotações, mas percebi que havia escrito em caixa-alta O MÍNIMO POSSÍVEL DE ASSASSINATOS e, junto à frase, a palavra "TÍTULO?". Abaixo havia uma lista de nomes, incluindo o meu e o de Juliette, e descrições ao estilo de listas. Ao lado do meu nome ele escrevera: *rosto de querubim: deslumbrado, muitas vezes confuso, não acadêmico*. Ao lado do de Juliette, escrevera: *muita areia pro caminhãozinho dele*. Provavelmente é por isso que minha descrição dele é tão focada nos pelos nas orelhas. Autores são bichos mesquinhos. Ele tinha ainda uma lista de observações sobre o trem, que você já leu nas minhas próprias descrições. Não existem tantas formas de se descrever um vagão: *carpete verde-esmeralda; em caso de emergência, puxe a alavanca; machado; perca-gigante = 75 kg*. Havia afanado até a piada de Juliette, tendo escrito: *cupom pra combustível*.

Ele me flagrou lendo e virou o caderno de ponta-cabeça. Autores também se protegem muito.

— Você escreve *thrillers* forenses, não é? — Juliette tentou mudar de assunto, desviar a conversa da minha resenha.

— Minha protagonista é patologista forense, se é o que você quer dizer. Doutora Jane Black: onze romances, três novelas.

— Eu adorava *CSI* — comentei.

Alan revirou os olhos.

— Prefiro pensar que escrevo romances sobre a sociedade, a depravação e a humanidade e que o crime em si é só o motor para uma conversa mais... — ele fez uma pausa obviamente estudada — ... esclarecida a respeito de algumas questões do mundo real.

Essas coisas tipo *CSI* eu acho... — seus lábios se contorceram num sorriso cruel enquanto escolhia deliberadamente a palavra seguinte — ... *grosseiras*.

Aquele comentário soava meio sem-noção vindo de alguém que, pesquisei mais tarde, escreveu uma novela em que a doutora Jane Black viaja no tempo e conduz uma investigação forense sobre o assassinato de um dinossauro. Mas respostinhas espertas se beneficiam do passar do tempo e do Google. Como nenhum dos dois estava à mão naquele momento, só pude reagir com uma expressão não acadêmica penetrante.

— Sabe, uma estrela é bem o que um autor precisa — insistiu Alan, ignorando a minha tensão. — Ou cinco, óbvio. Porque dá pra usar ambos os extremos para se autopromover. Duas estrelas, putz, aí ferrou. Mas uma é uma calamidade histórica. As pessoas vão se sentir inclinadas a dar uma olhada no livro só pra ver quão ruim ele é.

— Talvez isto te surpreenda, Alan, mas não está fazendo eu me sentir nem um pouco melhor.

— Sabia que Wyatt Lloyd rejeitou meu primeiro manuscrito quatro vezes antes de concordar em publicá-lo? — Essa informação de fato ajudou um pouco a melhorar meu astral. — É tudo parte do jogo.

— Você foi McTavisheado? — interrompeu uma voz feminina, enquanto sua dona sentava-se ao lado de Alan. Ela me encarava ao falar, o que significava que também tinha visto a resenha. — Ernest, não é?

Fiz que sim.

— Sou a Lisa. — (Sem querer me gabar, adivinhei.) — Vocês são os outros autores, imagino. Prefiro não me sentar com convidados.

— Prazer em conhecê-la. Juliette.

Mãos foram estendidas e aceitas.

— O prazer é meu.

— Alan... — Royce esperou um pouco demais para completar, na esperança de ser reconhecido. — Royce.

— Ah, o cara das autópsias sanguinolentas. Minha mãe lê os seus livros.

Esse é mais um dos típicos elogios do mercado editorial. *Eu não me dou ao trabalho, mas alguém que conheço te lê.*

— Prefiro pensar que escrevo romances sobre a socie...

— McTavisheado? — resmunguei. — Meu Deus, até verbo já virou. *Alguém* ainda não viu?

— Não se preocupe — disse Lisa. — As únicas pessoas que leem resenhas são...

— ... todo mundo que tá neste trem.

— Você não foi o único que recebeu uma, cara — retrucou Alan, como se fosse uma competição. — Ele fez isso com a gente também, sabia?

— Sério? — A esperança na minha voz, de que outros talvez compartilhassem da minha angústia, era patética.

— Bom, ele não deu *uma estrela* pra todos nós, só resenhou os livros de todo mundo no programa. Pra mim deu quatro. — Ele ergueu um dedo em sinal de correção. — Mas a sensação da leitura é de cinco.

— Talvez o dedo dele tenha escorregado — comentou Juliette discretamente.

— O que ele disse? — Não pude evitar perguntar.

— Uma única palavra, como no seu caso. "Sensacional."

— Talvez o Ernest esteja cansado desse papo de resenha — interrompeu Lisa. Seus olhos me pediam desculpas.

— Ah, qual é? Como se você não quisesse falar da sua!

Ela olhou para a mesa.

— Realmente não quero.

— Cinco estrelas! — Alan ergueu cinco dedos atarracados próximos ao rosto de Juliette. — "Transcendental." Não foi isso?

— Algo assim.

— Isso é estranho. — Juliette havia pegado meu celular e navegado por algumas páginas. Ela me ofereceu o aparelho de volta para que desse uma olhada. — O perfil dele é totalmente inativo. Não tinha deixado resenhas sobre o trabalho de literalmente ninguém até hoje de manhã, e aí fez isso com vocês cinco. Todos de uma vez.

Vi o perfil de McTavish e de fato seu histórico de resenhas se resumia a cinco, todas daquela manhã. *O equilíbrio da justiça*, único livro publicado por Lisa Fulton, um drama de tribunal de 21 anos atrás sobre uma ladra de carro que sofrera agressão sexual do juiz que julgava o seu caso, recebera cinco estrelas, acompanhadas da palavra *Transcendental*. *Pele fria: Doutora Jane Black nº 11*, de Alan Royce, tinha quatro estrelas e a palavra *Sensacional*. Até ali, tudo bem. O livro que SF Majors estava para lançar, *Estranho misterioso*, o suspense psicológico que Juliette estava lendo, recebera três estrelas e, de novo, uma palavra solitária: *Oneroso*.

— Ele fez um ranking da gente — comentei antes mesmo de checar a cotação dada a Wolfgang.

Como eu previra, duas estrelas.

— *Hábil* — recitou Juliette ao meu lado.

— Faz parecer que são cinco — falei. *Hábil* era uma palavra estranhamente elogiosa para uma resenha de duas estrelas. A não ser que o contexto fosse *Hábil em me fazer dormir*.

— Duvido que Wolfgang tenha visto — disse Lisa. — Autores literários não ficam de neura na internet que nem a gente. Eu, se fosse você, não contava pra ele.

Juliette e eu assentimos. Você não precisa da aprovação de estranhos quando tem os louros de premiações. Os livros que Wolfgang escrevia não ficavam todos cheios de tato nem procuravam agradar leitores. Era como se dissessem: se isto é difícil demais para você (e era para mim), a culpa é sua.

— Mas o ranking não é exatamente justo, é? — reclamou Alan, melindrado, se voltando para Lisa. — Cinco estrelas? Fala sério. — Ao se dar conta de que só ele estava rindo, enfiou os cacarejos de volta na boca. — Que foi? Você sempre foi a favorita dele.

Lisa parecia a ponto de bater nele, antes de Juliette intervir para tentar amenizar as coisas:

— Não é uma competição. Não é sequer uma opinião crítica. É só um cara na frente do teclado, tentando desestabilizar vocês. E, a propósito, estão todos caindo na dele. Não faz o menor sentido.

Só para você saber, não era *exatamente* sem sentido. Escrevo isso porque foi o que pensei na hora. E mesmo agora, ao escrever tudo de novo — ainda que por razões diferentes —, mantenho esta posição.

— Não me incomoda — concordou Alan, por fim. — Por mim, ele pode até me dar uma estrela. O elogio na capa importa muito mais do que uma resenha na internet.

— Ele escreveu um elogio pra *você*? — Surpreso, dei ênfase onde não devia e todo o corpo de Alan se retraiu.

— E o que exatamente você quer dizer com isso?

Recuei.

— Eu achava que o McTavish não escrevia elogios, só isso.

— Não escreve. — Alan agora exibia a expressão convencida de uma criança que tinha um segredo. — A não ser que te deva um favor.

A chegada da comida o impediu de desenvolver mais o assunto, e deixamos para trás o jogo de comparação. Eu comi rápido. Ao contrário do trem, não contava com quarenta mil litros de combustível social e temia já ter gastado muito da minha reserva ao lidar com o papo furado de Wyatt Lloyd e o ego de Alan Royce. Queria voltar para a minha cabine e tentar curtir um pouco mais, ainda que Lisa tivesse me parecido alguém que valia a pena conhecer um pouco melhor.

— Eu gostei de verdade do seu livro — disse ela quando nos levantamos para sair dali. — Sobre o que aconteceu na montanha. Muito respeitoso. No que você está trabalhando agora?

Se você acha que "respeitoso" é uma palavra incomum para me descrever, tem razão. Ela estava falando com Juliette. Senti um jorro de vergonha. Eu estivera tão preocupado em me enturmar que nem sequer pensara em como Juliette poderia estar se sentindo por não estar no programa do festival. Ou como ela merecia ser tratada como uma escritora com identidade própria, não uma sombra minha, e era o que Lisa havia acabado de fazer. Eu disse *sete* escritores, lembra?

— Ah — começou Juliette —, estou me dividindo entre algumas coisas aqui e ali...

— À espera da próxima aventura dela — respondi, apertando a mão dela.

— Algo assim.

Pensando nisso agora, olhando em retrospecto, posso dizer que o sorriso de Juliette era forçado, embora na ocasião não tenha me dado conta.

Ainda assim, acalentada pelo elogio de Lisa, Juliette retornou para a cabine de bom humor. Eu estava mais contemplativo, arrastando os pés e tentando processar os acontecimentos daquela manhã. Não *só* por causa de McTavish, da resenha, do elogio, da camaradagem de Simone com ele e Wyatt ou da sensação geral de indignação por quatro escritores numa mesa não resistirem ao instinto de competição, mas porque o caderno de Alan Royce me irritara.

Achei esquisito ele ter uma lista de todo mundo na viagem. Por que teria escrito todos os nossos nomes, a aparência de cada um? É claro, alguns escritores têm por hábito botar tudo no papel, mas aquilo parecia excessivo, específico. Por que anotar aquelas coisas todas? Estaria escrevendo um livro sobre a viagem? Estou ciente da hipocrisia, visto que *eu* estou escrevendo sobre a viagem *neste momento*, mas pelo menos esperei alguém morrer para começar. Não conseguia afastar a sensação de que aquelas eram mais do que apenas algumas anotações.

Era quase como se ele soubesse que algo estava prestes a acontecer.

COMERCIAL

CAPÍTULO 7

O Ghan partiu. O Território do Norte passou depressa pela nossa janela.

Afloramentos rochosos com árvores retorcidas, desgrenhadas, da altura de Alan Royce, se tanto, e com troncos tão curvados que pareciam se proteger da claridade do sol davam lugar à areia alaranjada salpicada de plantas spinifex, de cor vibrante ressaltada pelo céu imaculadamente azul. O horizonte era distante, sossegado e plano, e senti cair a ficha da extensão do deserto australiano, cujos limites nem havíamos adentrado ainda. Equivalíamos a uma formiga atravessando uma caixa de areia.

Três horas depois de partirmos, fizemos a primeira parada no Parque Nacional Nitmiluk, em Katherine. Desci a escada portátil fazendo barulho e pousei no cascalho. Ali não havia estação: simplesmente paramos no meio da ferrovia e o Ghan, de alguma forma, parecia ainda mais imponente, de tão deslocado na paisagem, aço polido em meio a nada além de árvores, céu e pássaros cantando. Tive a nítida consciência das pegadas que deixava na terra, naquele lugar que não era de fato meu, muito menos de uma cobra gigante de metal construída pelo homem.

Quase um quilômetro adiante, próximo à dianteira do trem, uma fileira de ônibus aguardava. Levariam os turistas que não participavam do festival para o passeio do dia: uma descida a barco pelo magnífico desfiladeiro de Katherine, com seus paredões de rocha que delimitavam águas cristalinas e infestadas de crocodilos. Em frente aos vagões, havia em torno de quarenta cadeiras dobráveis pretas, dispostas em meio à terra vermelha para o público do festival. Outras seis estavam voltadas para o grupo, cada uma com um microfone sem fio e alto-falantes portáteis dos dois lados. Atrás, encontrava-se um cavalete com uma tela retangular montada, oculta por uma capa de feltro preto.

Juliette me beijou no rosto. Interpretei como um beijo de boa sorte até me dar conta de que ela estava caminhando na direção errada e o beijo era de despedida.

— Não vai ficar?

— Aaron disse que conseguiria me incluir no passeio do desfiladeiro. — A confissão veio acompanhada de um trejeito de culpa, mas era uma culpa zombeteira. Óbvio, ter que escolher entre uma das maravilhas naturais da Austrália e seis escritores em um embate de egos não era propriamente difícil, mas eu não soube esconder direito minha decepção. Ela aumentou seu entusiasmo. — Você vai se sair muito bem! A não ser que queira que eu...

A oferta não era de coração. O corpo dela já estava até inclinado para os ônibus de turismo, como um velocista à espera do tiro de partida. Atrás de nós, as pessoas haviam começado a se aglomerar e os escritores escolhiam seus assentos. SF Majors andava de um lado para outro, carregando uma prancheta cheia de papéis e anotações. De costas para nós, Henry McTavish caminhava devagar apoiando-se em uma bengala com detalhes em prata no topo que ele enterrava no solo a cada passo e parecia a ponto de se despedaçar, enquanto Alan Royce trotava atrás dele igual a um cãozinho, mastigando sua orelha. Henry escolheu sentar-se bem na ponta, ao lado de Lisa Fulton, já devidamente acomodada, talvez na esperança de se livrar de Royce. Este, abandonado por um instante, observou a disposição dos assentos, viu Wolfgang bem no meio, ocupando o ponto focal mais nobre, e na maior desfaçatez foi até o lado oposto da fileira, pegou a última cadeira e depositou-a no flanco livre de McTavish. De onde eu estava não conseguia ouvi-los, mas sua boca continuava a se abrir e fechar sem trégua, como se em momento algum lhe tivesse ocorrido que McTavish não queria se sentar ao seu lado. Bastou Royce se sentar, porém, para Lisa se levantar e transferir-se para a outra ponta da fileira — se a intenção foi esfregar na cara de Alan o desperdício de esforço de seu teatrinho ou na de McTavish seu desinteresse em sentar-se ao lado dele, não ficou claro.

— Não seja boba — respondi a Juliette, forçando um sorriso. — Tire muitas fotos. Tente não ser devorada.

Juliette deu uma última olhada no palco improvisado e nos autores reunidos.

— Você também.

— Bem-vindos à primeira das nossas mesas eletrizantes!

SF Majors, no fim das contas, seria a mediadora. Eu sabia que ela presidia o conselho do festival pois fora quem me convidara, algo que menciono aqui porque neste tipo de livro com histórias de mistério e assassinato costuma ser um ponto-chave saber quem chamou as buchas de canhão para o local específico onde acabam ilhadas. Você conhece a cena. Um personagem se vira com o convite na mão e diz para outro: "Foi você quem me chamou pra cá." No que o outro ergue o mesmo convite e, sob a luz do relâmpago que faísca sobre seu rosto, diz: "Não... foi VOCÊ quem ME chamou." A deixa para a calamidade. Pois eis aqui a resposta: foi ela quem reuniu todo mundo.

A razão pela qual fui convidado pode não ter importância para a trama. Mas é muito importante para alguém. Só não fui informado disso ainda.

Majors apresentou a mesa sob aplausos discretos que, na vastidão a céu aberto, soaram mais patéticos do que do lado de dentro. Flagrei uns dois pescoços esticados babando pelo último ônibus de turismo que partia. Acabei indo parar ao lado de Lisa Fulton, no extremo oposto de Royce e McTavish, com Wolfgang ao meu lado, e o espaço entre ele e McTavish fora ocupado por Majors. Todos ajustamos um pouco as próprias cadeiras para compensar a mudança de lugar do assento de Royce.

Eu me desliguei das apresentações e, pela primeira vez, observei McTavish com calma. O que mais me chamou a atenção foi ele não se parecer com o que eu imaginava. É lógico, escritores podem ter qualquer aparência, e essa minha percepção sobre McTavish não tinha a ver com nada físico — em estatura, ele era um meio-termo entre o atarracado Royce e o longilíneo Wolfgang, e o parco cabelo era revolto o bastante para ser visto como descuidado, mas não o suficiente para caracterizá-lo como excêntrico, algo típico de escritores —, só que escritores costumam ter um *tipo*. Existem certas variações — a circunspecção de SF Majors é típica de uma autora que encara tudo como uma oportunidade, por exemplo, ao mesmo tempo que a ânsia por reconhecimento de Royce é puro ego revestindo uma real insegurança... mas os olhos sempre entregam. Olhos de escritor são arregalados e curiosos, absorvem o mundo e o reviram, interrogam e interpretam, não importa se por vaidade ou criatividade. Algo que identifiquei sob a carranca de Wolfgang, sob a timidez de Lisa, e até mesmo no maldito caderninho de Royce. Mas não estava presente em McTavish: os olhos dele transmitiam a petulância impaciente de um aluno que conta os segundos para a detenção terminar. Era chocante ver meu escritor favorito por esse ângulo. Eu sabia que ele ter aceitado comparecer ao festival havia sido um grande feito, mas agora entendia por que ele se abstinha daquele tipo de evento: deviam ter começado a lhe parecer um tempo cumprindo pena de prisão.

Perceptivelmente, seu lado esquerdo — aquele no qual se apoiava ao caminhar com a bengala — era, na falta de uma palavra melhor, amassado. O paletó de tweed dava a impressão de frouxidão sobre um ombro com a firmeza de um cabide e a calça era mais larga em torno do joelho ossudo, ao passo que seu lado direito preenchia o tecido de forma bem mais natural. Não era deformado, mas faltava um equilíbrio em sua estrutura — como um pedaço de pão que, por descuido, acabou ficando embaixo de toda as compras. Certa noite, um motorista bêbado o havia atingido e ido embora, deixando-o na sarjeta, todo estropiado. O fato, é óbvio, havia sido aproveitado por sua estratégia de marketing: disseram a ele que nunca caminharia de novo, que nunca *escreveria* de novo. E olha ele aí. Deu a volta por cima.

A bengala repousava no assento ao seu lado, e eu agora notava que o ornamento no topo era um reluzente falcão prateado. Ele bebia goladas de um cantil igualmente reluzente extraído do bolso interno do paletó, na altura do peito. Bebia tanto que nem dava para entender por que se dava ao trabalho de tampá-lo a cada vez.

— Comecemos por você, Lisa — anunciou Majors, dando início para valer às entrevistas. — Seu romance de estreia, o notável *O equilíbrio da justiça*, foi lançado há vinte e um anos. Foi um fenômeno mundial, ressuscitou o drama de tribunal, e ainda por cima trouxe uma jovem perspectiva feminina. Continua em catálogo até hoje! Muita gente, e me incluo nisso, vem clamando por um próximo livro seu. Até que enfim está encaminhado para chegar às prateleiras neste Natal. Desculpe ser tão direta, mas por que demorou tanto?

— Bem, foi complicado lançar outro livro depois de *O equilíbrio da justiça*. — Lisa ergueu a voz para se dirigir ao público, e percebi que adotava um leve tom de locutora de rádio fajuta. — Algumas passagens do romance talvez estivessem à frente do seu tempo, e eu acredito que o mundo finalmente está em dia com a conversa que eu queria ter sobre as mulheres e os nossos direitos.

— Fascinante. — Majors passava a sensação de já estar focando na pergunta seguinte. — Não foi a pressão de um segundo livro, então? Isso não contribuiu para o intervalo?

— Eu tenho bloqueio criativo, como qualquer pessoa que escreve — respondeu Lisa, mas com certo desconforto. — Queria a ideia certa... mas não diria que isso tenha influenciado de fato. Eu queria me encontrar no estado de espírito certo para publicar de novo; escrever um livro é como desnudar a alma, você sabe disso. Fora que eu acho que um bom livro é um bom livro, não importa o tempo que leve para ser escrito.

— A maternidade não te tirou dos trilhos? Pelo que eu sei você é mãe solo e deu à luz não muito tempo depois do lançamento. Um livro-bebê e um bebê de verdade no mesmo ano. Deve ter sido difícil.

— Acho que você não faria essa pergunta a um pai solo. — Lisa nem sequer se deu ao trabalho de forjar um sorriso. — Eu perguntaria às outras mulheres da mesa, mas pelo jeito estou aqui só para que haja uma. Que pena. Deveríamos estar unidas.

Majors aproveitou a deixa.

— Esta é uma ótima oportunidade para passarmos para o convidado seguinte. Ernest Cunningham, acredito que você seja diferente de Lisa em um aspecto: acho que ninguém está na expectativa de um novo livro seu.

O insulto me pegou desprevenido e levei um segundo para me aprumar.

— É... bom... acho que as pessoas bem que gostaram do primeiro. Espero que leiam um novo.

Majors soltou uma falsa risada jovial.

— Claro, claro. Eu só quis dizer que estamos todos torcendo para que você não *tenha* que escrever outro livro. Levando em conta o que aconteceu com você e, mais importante, com aqueles à sua volta da última vez.

— Ah, desculpe — murmurei.

Alguém tossiu alto e vi eflúvios de fumaça com, só posso presumir, cheiro de mirtilo. Abaixo deles, Simone punha uma mão abaixo do queixo e, a partir dela, traçava uma linha através da bochecha com o dedo indicador da outra mão. Estava me instruindo a levantar os olhos, falar mais alto e sorrir mais. Para quem olhava, porém, podia parecer que estivesse fazendo um gesto de cortar o pescoço. Eu me esforcei para expressar um pouco mais de energia.

— Com toda a certeza, não desejaria passar por tudo aquilo de novo. Ainda mais por royalties como aqueles! — Essa fez até Simone sorrir. Aliviado, relaxei. — Mas eu estou escrevendo. Estou trabalhando em um romance.

— Boa sorte — disse Wolfgang, cujo tom de voz não tão discreto assegurava que a surpresa por eu tê-lo ouvido só pudesse ser totalmente fingida.

— Nem me fale — concordei. — Ninguém me disse que ficção era tão difícil.

— Para alguns é mais difícil — respondeu Wolfgang, e percebi que seu primeiro comentário não havia sido de apoio autodepreciativo como eu tinha avaliado a princípio.

— Como é que é?

— Seu livro. Presos numa montanha, um *serial killer*. — Ele tremelicou os dedos, como que passando o clima de um filme de terror. — Tudo bem sensacionalista. O tipo de coisa sórdida que vende livro à beça, garanto.

— Eu não estava pensando em vendas de livros na ocasião — respondi. — Estava bem ocupado tentando me manter vivo.

Com essa, a plateia riu gentilmente.

— Ótima rebatida. Treinamento de mídia fazendo efeito.

— Desculpe, você está me acusando de alguma coisa?

— Conversas acaloradas cabem em festivais, mas vamos manter a civilidade — interveio nossa mediadora.

— Não quis ofender. — Wolfgang nem sequer se dirigia a mim. Estava se mostrando para a plateia, como se ele fosse o narrador e eu, o desafortunado palhaço de uma pantomima, cada palavra exalando superioridade moral. — Óbvio que existe uma demanda. É assim que um escritor como você consegue vender livros aos montes.

— E o que seria exatamente *um escritor como eu*? — rebati, irritado.

— Um conhecedor da sofisticada arte do *pulp* — disse ele, com malícia. — Minha intenção é elogiar, é claro. Cada qual com seu cada qual.

Majors havia amassado a folha de cima da prancheta, ansiosa. Fez uma fraca tentativa de recuperar nossa atenção.

— Ok. Acho que devemos...

— Não, desculpe. Eu estou curioso — interrompi, olhando para Wolfgang. — O que exatamente torna a minha escrita *pulp* e a sua, *literatura*? Você não pode vir a um festival de escrita policial e zombar de todo o nosso gênero sendo que tudo que fez foi copiar Capote.

Com aquela, ele murchou um pouco.

— São só palavras numa página — continuei. — Me dedico ao meu trabalho tanto quanto qualquer um aqui.

— Se você não sabe a diferença entre *pulp* e literatura, isso já serve como uma definição do problema.

Ele cruzou as pernas e se recostou, como quem sugere que sua réplica havia sido de calibre tão indiscutível que não permitiria tréplica.

— Não existe vergonha nenhuma nisso. Todo mundo começa em algum lugar — se intrometeu Alan Royce, de forma previsível.

— Pelo visto, a única diferença é ter sobrenome ou não, *Wolfgang*. — Com essa, obtive mais uma risada da plateia, o que o incensou a ponto de fazê-lo sentar-se com as costas retas de novo.

— Você escreve livros do tipo "espremeu sai sangue" sem motivo, como se isso fosse entretenimento. É de mau gosto. Daqui a cinquenta anos, livros como o seu vão estar sendo cuspidos por máquinas. Além de a sua prosa ser amadorística. Não sou o único aqui que acha isso.

Ele olhou na direção de McTavish, que ergueu os olhos do cantil com certo grau de confusão. Percebi então que havíamos nos equivocado quanto a Wolfgang ser arrogante demais para ler resenhas on-line. Pelo jeito, não existe glória capaz de estancar a ferida causada por um estranho na internet. Eu já havia participado de mesas na época do lançamento do livro, e com certeza estava familiarizado com uma ou outra alfinetada em forma de pergunta. Mas a maioria dos autores é generosa e cordial. A extrema agressividade daquele confronto literário me chamou a atenção. E agora sabia o motivo. Wolfgang estava incensado porque McTavish lhe dera uma avaliação baixa como a minha, e agora procurava frisar nossas diferenças. Continuava a ser questão de ego.

— Quer saber a diferença entre *pulp* e literatura? Entre um escritor de verdade e alguém que é só escritor? Advérbios.

— Advérbios?

— Você usa em excesso — disse ele, desdenhosamente.

Achei bem esnobe dizer que escritores de verdade não usam todo um grupo de palavras legítimas da língua, mas devo confessar aqui que fiquei aturdido demais para articular tal pensamento. Então, calei a boca, constrangido e furioso em igual medida.

— Deixa o cara — disse McTavish, surpreendendo-me tanto por vir me defender quanto por revelar que estava de fato prestando atenção. Ele usava o microfone como um pai de noiva: tropegamente, às vezes longe demais da boca, de forma que se ouvia pedaços de palavras, às vezes perto demais, fazendo ecoar o ruído da distorção. — Não tem nada de errado com um pouco de sanguinolência. Tenho certeza que tudo bem.

E tal qual o brilho intenso e breve de uma chama de magnésio, logo retornamos ao ritmo habitual da mesa, não sem alguns sussurros de entusiasmo da plateia, que já não se arrependia mais por ter perdido o passeio do desfiladeiro. A próxima leva de perguntas foi para Wolfgang, a começar por sua adaptação de *A sangue frio* e depois seguindo para seus trabalhos futuros. No fim das contas, ele não estava escrevendo nada novo no momento, e sim focado numa "instalação de arte interativa" chamada *A morte da literatura*. Começava a maioria das frases com *bem, vejam só* e *como vocês sabem*, enquanto discutia influências quase que inteiramente da parte de filósofos obscuros. Achei irritante, mas fiquei de boca fechada.

— Nada como um pouquinho de esnobismo literário pra gente começar os trabalhos — sussurrou Lisa no meu ouvido. — Não deixa isso te afetar.

— O que é um advérbio?

Lisa levou um segundo para perceber que eu não estava brincando. Tive aquela sensação desoladora de que minha única aliança estava a ponto de se desintegrar. O que tivera início como um sorriso se derreteu no rosto dela. Lentamente.

A preleção de Wolfgang finalmente havia acabado e o interrogatório se voltava para McTavish. Na plateia, pessoas aprumavam a postura, interessadas; era óbvio, por se tratar de uma rara incursão internacional do escocês, que era ele a razão da presença de todos. Para minha surpresa, agora que o foco recaíra sobre McTavish, era como se um interruptor tivesse sido apertado. Ele não estava mais semiprostrado na cadeira, contemplando o buraco negro do cantil. Tinha ganhado vida: impressionava com histórias de brejos chuvosos na Escócia, de uma infância pobre e do quanto tivera que lutar não só para ter seus livros publicados, mas para ser levado a sério como autor (talvez por isso tenha me defendido, pensei, ainda que esquecer aquela solitária estrela vermelha continuasse difícil), e de como, no hospital, enquanto se recuperava do acidente, teve medo de nunca mais voltar a escrever. Encerrou sua fala, afinal, manifestando sua esperança de que as pessoas tivessem gostado do mais recente romance do detetive Morbund, *Cai a noite*.

Foi quando uma mão se ergueu de imediato. Era a moça que eu vira atracada com um exemplar de *Misery*.

— Vamos ter tempo para perguntas no final — disse Majors.

— Eu só queria... — A garota saracoteava como se precisasse ir ao banheiro. — Eu estava torcendo pra você falar mais sobre *Nasce o dia*, já que é o mais recente. Aliás, Henry, é incrível. Eu amei a forma como você...

— Obrigada, vamos ter tempo para perguntas no final — repetiu Majors com a rigidez de professora antes de se dirigir à plateia em geral.

— A moça está certa — interrompeu McTavish. — Embora eu considere cada um como metade de uma obra em duas partes. Mas, claro, *Nasce o dia* não vai fazer o menor sentido se você não ler primeiro *Cai a noite*, que vai ser lançado em formato de bolso esta semana. São tantas datas de lançamento, formatos e países para ter em mente que é fácil se embananar. O que eu quero dizer é: comprem os dois. — McTavish abriu um sorriso para a plateia e foi recompensado com risos.

— Nem consigo imaginar como é complicado chegar a um desfecho pra uma série de dezesseis livros — comentou Majors, voltando ao assunto. — Qual foi a sensação de se despedir de um personagem tão popular?

— É... difícil. — McTavish vacilava. Arrastava levemente o fim das palavras, e o brilho anterior havia desaparecido. Claramente, tinha a manha do alcoólatra para proferir falas ensaiadas, mas não lidava muito bem com improviso. Ele vasculhava a plateia com o olhar, e reparei que focou em Wyatt, mas não em busca de apoio, como eu quando estava à caça de Simone. Seus olhos faiscavam de irritação. Wyatt se encolheu um pouco na cadeira. Dono da editora ou não, dava pra ver quem era que mandava. A resposta de McTavish foi dirigida a ele. — Se despedir soa tão forte. Não quero entregar o final para as pessoas que ainda não terminaram de ler, mas porta nenhuma está fechada.

— Sinto que, de informação em primeira mão, é só o que vamos conseguir de você — respondeu Majors calmamente, captando a indiferença calculada de McTavish. — Só mais uma pergunta para quem é fã de uma linha mais artesanal: é verdade que os seus livros são todos escritos na máquina de escrever? Ouvi dizer que você faz isso para se proteger contra vazamentos, para que só haja uma cópia datilografada de cada manuscrito. Me parece uma solução bastante extrema.

— Não é tão extremo, se você parar pra pensar. Os manuscritos da JK Rowling ficavam algemados ao punho do editor, como os códigos nucleares do presidente dos EUA. Os editores do Dan Brown exigiam que os tradutores trabalhassem por um mês em um porão em Milão, sem internet, acompanhados por seguranças se precisassem ir ao banheiro. Não dá pra relaxar muito. Se você soubesse algumas das coisas que as pessoas ameaçaram fazer comigo para pôr as mãos num manuscrito! E, com tudo on-line hoje em dia, não confio no meu computador. Fora que eu gosto da sensação das teclas.

— E se a sua casa pegar fogo? — Não resisti a perguntar. Admito que me sentia encorajado, já que ele ficara do meu lado antes.

Era a primeira vez que me dirigia diretamente a McTavish, e ele me olhou de soslaio, como se estivesse tentando decidir se ficava ou não ofendido. Ponderei se sua intenção havia mesmo sido me defender ou se só queria discordar de Wolfgang. Por fim, ele disse:

— Eu encararia como um sinal do universo de que o texto provavelmente precisava de uma nova versão. — E destampou o cantil, bebendo um longo gole, em um sinal claro para seguirem com a programação.

Royce parecia um cachorro louco para passear, tal era o seu entusiasmo por finalmente lhe fazerem perguntas.

— E por último...

— Mas não menos importante! — completou ele.

— Sim, é claro.

Percebi que Majors usava *é claro* como um jeito educado de dizer *cala a boca*. Sempre que era interrompida, por sinal. Eu a enxergava como uma mulher que tomava muito cuidado com suas palavras e não gostava que ninguém a afastasse delas ou roubasse-as para si.

— Alan Royce, autor da série da doutora Jane Black, cujos romances se passam em mesas de aço e necrotérios — continuou ela. — Leituras bem arrepiantes!

— Prefiro pensar que escrevo romances sobre a sociedade, a depravação e a humanidade e que o crime em si é só o motor para uma conversa mais... — Royce fez sua pausa no mesmo ponto escolhido a dedo na hora do café da manhã, e percebi que aquele era um homem que se levava muito a sério e que queria propagandear como fazia tudo com grande esforço. O tipo de pessoa capaz de erguer e carregar uma mala com rodinhas só para poder reclamar do peso.
— ... esclarecida a respeito de algumas questões do mundo real.

— É claro.

— Acho que esse é o nosso trabalho, por sinal. Interrogar a sociedade. E creio que é o que Wolfgang estava dizendo com relação ao movimento modernista fran...

— Além disso, você tem experiência pessoal com todo esse clima sangrento e macabro, não é? — Majors demonstrava prazer em reduzir Royce a seus identificadores mais sensacionalistas. Para ser justo com ela, a plateia preferia o tema necrotérios a divagações de Wolfgang quanto ao modernismo francês. — Você não era patologista forense?

— Ah, sim, foi o que me inspirou a escrever ficção.

Royce exagerou a última palavra, sustentando o som do f ao puxar o lábio inferior para baixo dos dentes da frente e arremessá-lo feito um trabuco. Parecia que a palavra tinha a mim como alvo, o que não fazia qualquer sentido, já que eu era o único ali que nunca publicara ficção.

— Maravilhoso — comentou Majors. — Vamos às perguntas do público. — Ter o seu tempo de fala cortado fez Royce murchar um pouco, mas Majors não reparou ou não se importou, gesticulando na direção do cavalete coberto pelo pano preto atrás dela. — E depois, temos um presente especial para vocês. E então? Perguntas?

A primeira mão a se erguer foi a da garota do *Misery*. Majors acintosamente procurou alguém mais na plateia, que não dava sinal de vida, e então a escolheu com óbvia falta de entusiasmo. Um funcionário levou um microfone sem fio até a plateia e a jovem se levantou.

— A minha pergunta é pro Henry. — Ela se sacudia um pouco na ponta dos pés ao falar. — Meu nome é Brooke e talvez você me conheça como a presidente dos Morbund's Mongrels!

Morbund's Mongrels eram os fãs apaixonados de McTavish. Ele não pareceu reconhecer a menção ao próprio fã-clube nem ficou óbvio que tivesse visto a frase na camiseta dela (*Tanto faz assentir ou piscar se o cavalo é cego*, um coloquialismo escocês para "conversa franca" e o mais próximo de um bordão que Morbund tinha, pois dizia a frase com frequência em seus monólogos de resolução de caso). Quando tinha visto a camiseta pela primeira vez, eu havia suspeitado que Brooke fosse a assessora de imprensa dele. Agora, ciente de que era a Mongrel Mestra, fazia sentido que estivesse no trem só para se derramar por Henry. O preço da viagem continuava a me parecer excessivo para sua idade (ainda lhe atribuía uns vinte e poucos, até porque acho que paixão no nível exigido para organizar *qualquer coisa*, quanto mais para estar na presidência de um fã-clube global, é algo que se dissolve feito açúcar na água depois dos 25), mas ela devia ser de família rica. Ou isso, ou sua adulação era tamanha que não importava o quanto tivera de ralar, por quantas horas de trabalho em bar ou limpando piso de lanchonete tivesse que passar, contanto que pudesse conhecer o ídolo. As palavras de Henry ecoavam — *Se você soubesse algumas das coisas que as pessoas ameaçaram fazer comigo para pôr as mãos num manuscrito!* —, e fiquei pensando se haveria mais Mongrels no trem e se talvez a obsessão deles fosse mais uma razão para ele não aparecer mais em eventos como aquele.

— Eu queria perguntar, sem dar spoiler... — Ela olhou ao redor com uma expressão culpada. — O Morbund não está bem, né? Quer dizer, em *Nasce o dia* certas coisas acontecem, e eu só queria saber se ele *realmente*...

O resmungo vindo da última fileira soaria familiar a qualquer um que tenha um amigo avesso a spoilers (no meu caso, este seria Andy, que uma vez me criticou por revelar o final de — logo o quê?! — *Titanic*). Devo admitir que também me irritei um pouco com Brooke, pois ainda que soubesse via marketing que *Nasce o dia* era o suposto canto do cisne de Morbund (estava na capa, junto à citação da resenha do *The New York Times* — "Impossível de largar e de superar: McTavish não tem igual." — que garantia a McTavish nunca ter que mendigar elogios), não havia me passado pela cabeça que ele pudesse matar seu estimado personagem. Afinal, seus livros eram em primeira pessoa, e você já conhece a minha visão de que este é um pecado capital para mistérios que se proponham a jogar limpo. Como um livro chega a ser escrito se seu protagonista está morto?

Veja meu caso, por exemplo. Você *sabe* que neste momento eu não me encontro no meio da poeira, sofrendo bullying de escritores sob um sol de rachar. Não. Estou num quarto de hospital em Adelaide, finalmente longe do trem e numa cama com lençol plástico, mas ainda sem permissão para ir para casa, pois a polícia segue reunindo depoimentos e partes de corpos. Enquanto digito estas linhas, peço mais analgésicos de vez em quando e coço uma fina camada de pele do meu pescoço descascando.

— Obrigado, Brooke — respondeu McTavish, pigarreando. Ela quase levitava espontaneamente pelo simples fato de ele ter lembrado seu nome quinze segundos depois de ela ter se apresentado. — Vou guardar o segredo pro resto do público presente, mas acho que depende da sua interpretação.

Foi uma não resposta. Brooke franziu o nariz. O funcionário do Ghan estendeu a mão para retomar o microfone. Brooke continuou a segurá-lo firme, como uma criança com medo de perder seu brinquedo. Parecia não se lembrar de que ainda teria mais quatro dias para assediar McTavish. Ela queria capitalizar aquele momento, conquistá-lo.

— Tá, ok, é só que, no livro, o dono da pousada... o nome dele é Archibald Bench. *Archie* Bench. — Ela semicerrava os olhos em sinal de expectativa e pronunciava as sílabas do nome do personagem como quem faz fofoca sobre o novo parceiro de uma ex (*você não vai acreditar com quem ela está saindo... Arch-i-bald Bench*), como se ela e McTavish compartilhassem o mesmo segredo.

Eu estava me coçando para ela chegar ao xis da questão. Sentia minha nuca queimar e me arrependia de não ter passado protetor: eu me lembro da sensação, da certeza de que meu pescoço iria formar bolhas e descascar mais tarde.

— Estou certa?

McTavish olhou de relance para Wyatt, que lhe devolveu uma careta perplexa de *não sei*. Eu mesmo estava bem confuso. Havia lido todos os livros de Morbund à exceção do último, e costumo juntar as peças muito bem, mas o nome Archibald Bench não me dizia nada a não ser que algum editor deveria ter sugerido trocá-lo por alguma coisa mais realista. Ao mesmo tempo, exatamente como eu tinha falado para Andy e como já disse a você, tudo em uma história de mistério é deliberado, e McTavish se equiparava aos melhores em termos de astúcia, enigmas e jogos de palavras. Por isso, considerei que se o nome era Archie Bench, e não Archie Bus-Stop ou Archie Church-Pew, algum significado haveria de ter.

— Acho que sua esperteza superou a minha, menina — disse McTavish, por fim.

Uma declaração bastante genérica, mas, pelo jeito, era o que Brooke queria ouvir, pois ela basicamente bateu os calcanhares com entusiasmo e empurrou o microfone de volta para o funcionário, feliz da vida por aquele momento, que devia ter ensaiado inúmeras vezes, ter ocorrido como ela esperava.

Só uma coisa: juro que não inventei que o livro que ela lia mais cedo no bar era *Misery*, em que uma fã psicopata faz um escritor de refém e o força a trazer de volta à vida uma personagem morta (desculpe pelo spoiler, Andy). Era o que ela estava lendo *de verdade*. Ao menos até ficar coberto de vômito. Imagino que a garota o tenha jogado fora depois disso, mas, por outro lado, considerando que era o vômito de McTavish, eu não ficaria surpreso se ela o tivesse guardado como suvenir.

Majors abriu espaço para mais perguntas. Brooke devia ter feito flexões de braço em preparação para o número de vezes em que ergueu a mão, e Majors fez de tudo para escolher outras pessoas, mas estava difícil, com aquela plateia letárgica. A maioria das perguntas era para Henry, o que não me incomodava em nada, mas fazia Royce se contorcer na cadeira na esperança de que alguém o requisitasse. Ele quase implodiu quando o homem da barba grisalha e ruiva — eu me lembrava da segunda taça intocada de champanhe à sua frente — recebeu o microfone e disse:

— Minha pergunta é pro Ernest.

Todo atrapalhado com meu próprio microfone, aproximei-o dos lábios e sorri incentivando a pergunta.

— É simples — disse o homem. Reparei que ele estava sozinho ao final de uma fileira, com o assento ao lado vazio, como no café da manhã. — Foi você quem o matou?

No mesmo instante, uma súbita rajada de vento depositou partículas ardentes de poeira vermelha nos olhos de todo mundo. Desorientado, tentando limpar a poeira e me apoderar de meus pensamentos ao mesmo tempo, o melhor que consegui foi proferir:

— Não entendi.

— Foi você quem o matou?

Sinto muito por privar você do diálogo que se seguiu, mas minha editora censurou a resposta que dei a ele por ter relação direta com os assassinatos na montanha no ano passado. Posso dizer que respondi simplesmente repetindo o que escrevi no último livro — cuja redação está suficientemente de acordo com a lei para não me causar problemas. Acho que me saí bem. Os olhos de Royce pareciam lava, fixos em mim.

Uma nova mão se ergueu.

— Tenho uma pergunta pro Henry. — Era a esposa de cabelo cacheado do casal que me parecera de fãs: outros Mongrels. Tinha discreto sotaque irlandês, seu tom subindo e descendo. O marido estava sentado ao seu lado e lhe agarrou o cotovelo gentilmente para que baixasse o braço, mas ela o sacudiu, soltando-se. — De onde você tira suas ideias?

— Harriet. — O marido tentava fazê-la se calar, as maçãs de seu rosto ardendo de vergonha.

Pelo visto, ele era o oposto de Brooke enquanto fã, pois chamar a atenção de McTavish parecia apavorá-lo.

— Eu tenho o direito de fazer uma pergunta, Jasper — reagiu Harriet em tom firme.

McTavish evitou se meter numa briga de casal ao se inclinar para a frente e abrir os braços.

— Que pergunta fabulosa! — disse, lançando-se numa resposta bem ensaiada.

Caso você esteja curioso, há duas categorias de autores: os planejadores, que delineiam todo o seu trabalho antes de escrever, e os improvisadores, que se sentam todos os dias à mesa sem nenhuma ideia da direção que o trabalho tomará, se deixando levar pelo improviso. Acho que tenho um pouco dos dois dentro de mim. Quando vivo os acontecimentos dos meus livros, não faço ideia do que vai acontecer, mas quando afinal me sento para escrever, o assassino já teve a consideração de delinear a maior parte da trama para mim (ainda que não chegue ao ponto de chamar os criminosos com que me deparei de *coautores*). McTavish se revelou o tipo improvisador, dizendo que partia de uma imagem, uma sensação ou mesmo uma cor e deixava que isso inspirasse o caminho que Morbund iria traçar em cada aventura.

Era uma resposta prosaica para uma pergunta prosaica, e eu peço desculpas pelo sofrimento impingido a quem está tendo que aturar o debate completo da mesa em toda a sua extensão e banalidade como se estivesse presente, mas creio que você merece sentir de fato como é uma convenção literária. Além disso, há pistas demais neste capítulo para deixar passar até diálogos aparentemente inócuos. Como o que está para acontecer.

Archie Bench, no fim das contas, é bastante importante também.

— Dos seus livros, o meu favorito é *Descarrilhado* — disse Majors (para quem não possui o conhecimento enciclopédico da obra de McTavish, trata-se do terceiro romance de Morbund).

Brooke assentiu. Eu me lembrava vagamente do livro, no qual um casal forjava a colisão do seu carro com um trem de passageiros para encobrir o assassinato do filho. Uma cena particularmente sórdida envolvia a preparação para a colisão: os pais acomodavam dois cadáveres recém-desenterrados para substituir a si próprios nos bancos da frente, na intenção de que fossem pulverizados a ponto de impossibilitar a identificação. Tirando esse detalhe, me lembrava muito pouco dos contornos gerais da trama.

— Eu me lembro de ter visto uma história meio semelhante no noticiário — acrescentou Majors. — Então, além das cores e dos painéis de sentimentos, você deve encontrar inspiração em... — e complementou, roubando a artimanha de Royce de fingir esforço na escolha de palavras — ... outros lugares.

— Nada. — McTavish balançou a cabeça. Seu sotaque soara mais acentuado, com a língua cansada deslizando em torno das consoantes. — Eu não me ligo muito no noticiário. Claro, de vez em quando me dou conta do mundo ao meu redor e preciso me atualizar a respeito dos avanços no universo da polícia e da tecnologia. Mas, se prestar atenção demais às notícias, nunca vou ter uma ideia original para um livro. É como diz o ditado: a verdade é mais estranha que a ficção.

— Só que *houve* uma história semelhante. Aliás, na cidade onde eu nasci — disse Majors. — Quando eu era criança.

Alguém pigarreou alto na plateia. Ergui o olhar e vi Wyatt tossir com a mão junto à boca. Seu foco estava centrado em Majors, e a expressão em seu rosto passava uma mensagem clara: *Olha lá.* Vi Jasper revirar os olhos para Harriet, como se a tensão tivesse sido criada por causa da pergunta dela.

— Houve? — perguntou McTavish, interessado.

— Não lembra? Lisa, você conheceria a história. Foi 32 anos atrás. Em 1991.

Lisa se encolheu.

— Acho que eu não quero...

— Isso já faz muito tempo, garota — cortou McTavish. — Onde você passou a infância?

— Por aqui — respondeu Majors. — A gente vai passar bem do lado, aliás. A linha do trem, quero dizer. Fica a uns cem quilômetros de Alice Springs.

— Ok. E a chance de eu ter me deparado com uma matéria do interior da Austrália, estando na Escócia... bem, eu diria que é mínima. Sinto muito se o livro tocou em alguma ferida. Se você conheceu alguém que morreu ou foi machucado de forma semelhante à que eu imaginei no meu livro, imagino que seria doloroso ler a respeito. Mas cada um de nós aqui — ele pegou a bengala e fez um gesto apontando para nosso grupo — já matou um número infinito de pessoas de um número infinito de maneiras. É inevitável que, em algum lugar, a vida real nos imite.

— Você não acha... — pressionou Majors.

McTavish riu.

— Graças a Deus nós só estamos *inventando*! Se um de nós seis morresse agora, teríamos cinco suspeitos capazes de matar e escapar ilesos.

Majors empalideceu. Ela voltou a olhar para Lisa, que tratou de se ocupar traçando círculos na areia com os dedos dos pés.

— Se cada livro seu é uma cor — perguntei, tentando resgatar a conversa —, qual é a cor de *Nasce o dia*?

— Vermelho. — Essa ele respondeu com gosto. — Vermelho-*sangue*.

A resposta fez Brooke irromper em aplausos, pois claramente fazia referência ao destino do detetive Morbund. Até Wyatt deu um sorriso irônico. *Isso é que é treinamento de mídia*, pensei, olhando para Wolfgang. Talvez fosse só falta de prática; eu não deveria ter duvidado que McTavish fosse um profissional nato.

Majors voltou a intervir:

— Henry, e *Descarrilhado*?

Se palavras fossem capazes de martelar algo, a resposta afiada de McTavish poderia ter cravado um prego dos grandes.

— Verde — disse ele.

Majors checou o relógio de forma teatral e se levantou, instigando na plateia um princípio de movimento, menos por entusiasmo e mais por expectativa de que finalmente desse para ir ao banheiro. Bexigas tinham um tamanho limitado, ao contrário do ego de escritores, e várias ali haviam sido postas à prova pelo nosso debate. As doses de champanhe da manhã também não tinham ajudado. Pensando bem, o álcool provavelmente alimentara a tendência questionadora em nós escritores também: mesas literárias não costumam ser tão combativas.

— Foi um papo animado. Para completar a nossa programação desta manhã, temos um presente muito especial para vocês todos. — Majors se dirigiu ao cavalete exposto. — Tivemos permissão especial da Penguin Random House para revelar hoje a vocês com exclusividade — ela segurou a ponta do pano preto colocado sobre o cavalete — a capa do novo romance de Lisa Fulton, *A queda da justiça*, no forno há mais de duas décadas.

Ela retirou o pano com garbo, como alguém em pleno show de mágica, revelando um grande cartaz impresso. Na capa, havia um edifício imponente, presume-se que um tribunal, iluminado pelo vermelho-sangue do pôr do sol, com a silhueta de uma cidade atrás. O nome de Lisa aparecia em letras douradas brilhantes, esguias e esticadas, em corpo maior do que o próprio título. Mas destacadas de todo o resto, em tipologia bem branca contrastando com o tom de forja de ferreiro do céu, estavam quatro palavras.

As reações a elas variaram de pessoa para pessoa. Lisa levou a mão à boca. Deu para ver sua mandíbula tremer e os olhos umedecerem. Ela teria tido que aprovar a arte da capa, mas claramente não havia recebido a versão *final* e estava bastante impressionada. Royce cerrou os punhos e fincou as unhas nos joelhos. A linha formada por seus lábios era tão fina que ele devia ter rachado um dente. Wolfgang não se dera ao trabalho de se virar na direção do cartaz. Majors mantinha os olhos em Lisa, com uma expressão que não consegui decifrar. Não era exatamente inveja, mas lhe faltava o carinho de um *estou feliz por você.*

O mais fácil de interpretar era McTavish, tomado por uma presunção de quem está com a vida ganha.

Mas é claro. Das quatro palavras, duas eram suas.

"Um estouro." Henry McTavish

O endosso do homem que *nunca* escrevia elogios. E a julgar por onde aparecia na capa, com tamanho e brilho indisfarçáveis, aquilo com certeza venderia livros. As maçãs do rosto de Lisa se contraíram como se ela fosse chorar e, certamente com medo de fazer isso na frente de todo mundo, ela se levantou e correu na direção do trem.

As pessoas na plateia seguiram seu exemplo e começaram a se levantar e se dispersar. Wyatt se ergueu e foi na direção de McTavish, envolvendo o ombro saudável dele com uma das mãos. Não consegui escutar o que diziam, mas vi McTavish rir em reação a algo que Wyatt dissera. Já eu, me dirigi rapidamente para o trem, pois vira Simone começar a se levantar. Queria mesmo falar com ela, mas não dispunha de energia para botar a raiva para fora naquele momento e queria dar vazão àquilo direito.

Voltei depressa para o bar, onde pedi uma Stella — servida em copo alto e bulboso, com o resto de espuma retirado do topo com uma faca — e me sentei junto à janela, após pegar um reservado em miniatura só para mim, esperando que a poeira no ar sinalizasse o retorno dos ônibus. Estava louco para reclamar com Juliette sobre como eu tinha sido maltratado — tudo isso acomodado no meu assento chique, com meu drinque do open bar a tiracolo e enquanto nosso trem de primeira classe seguia viagem por sua renomada rota.

Minha posição ali acabou se revelando fortuita, pois, de outra forma, eu não teria visto Alan Royce enrolando atrás dos outros convidados que se afastavam e olhando ao redor com ares de culpa até ter certeza de que estava sozinho. E juro que ele olhou diretamente na minha direção, mas o brilho do sol na janela deve ter me escondido.

Ou seja, ele não soube que o vi dar uma última olhada ao redor e então dar um soco na capa de Lisa Fulton.

CAPÍTULO 8

Mal deu para sentir o gosto da primeira cerveja, mas o efeito do álcool ajudou minhas mãos a pararem de tremer. No geral, escritores são muito mais educados do que o que eu tinha acabado de presenciar. Mas algo naquele festival específico nos havia jogado uns contra os outros. Seria o isolamento, a sensação de aprisionamento no trem — sem *lives* nem jornalistas —, sugerindo que estávamos por conta própria e, portanto, que nossos atos talvez não surtissem consequências no mundo real, feito uma sátira bizarra de *O senhor das moscas*? Ou seria algo mais simples, como SF Majors haver claramente selecionado um coquetel explosivo de escritores? Todos tinham alguma ligação, alguma queixa, alguma briga e, juntando tudo ao ego e ao fato de estarmos fritando sob o sol do deserto, a combinação de ingredientes resultava em nada menos do que uma quiche de ressentimento. Eu era a exceção. Ainda estava conhecendo todo mundo. Por que, então, eu estava ali?

Disse a mim mesmo que estava pensando demais e fui reabastecer meu copo. Ao voltar, o casal Harriet e Jasper havia se apossado da minha mesa junto à janela. Olhei ao redor. O bar começava a encher. Havia um assento vago na mesa do bando de senhoras, mas achei que não as aguentaria. McTavish ocupava um banco no bar, onde podia continuar a tomar álcool na veia, apoiado nos cotovelos, e, apesar de haver assentos vazios perto dele, não me parecia uma opção muito melhor. Ninguém mais sabia que eu estava no vagão, já que muitos haviam se recolhido aos quartos. Pelo visto, zanzei por ali o suficiente para Jasper reparar.

— Desculpa, amigo. Pegamos seu lugar? — Ele deslizou um pouco para o lado, e eu me sentei. — Jasper Murdoch, prazer.

Seu cabelo escuro como amoras silvestres contrastava com os olhos, verdes feito a lanterna de *O grande Gatsby*. Estava usando uma camiseta enfiada na calça jeans. Eu apertei sua mão, que ostentava calos rijos típicos de um trabalhador manual, e me voltei para a esposa dele.

— E Harriet, certo?

Pega de surpresa, ela colocou uma mecha de cabelo atrás da orelha.

— Ouvi você falar durante a mesa. Não sou *stalker* nem nada. Ernest.

— O cara dos advérbios — disse Harriet. Era um insulto afetuoso, mais uma para o time que achava que Wolfgang pegara um pouco pesado.

— Foi bem animado, não foi? — comentou Jasper.

— É, dá pra usar essa palavra. — Tomei um gole de cerveja, observando pela janela um funcionário pegar o cavalete tombado do chão e coçar a cabeça, sem entender como aquilo acontecera sem vento. — Acho que não me toquei onde estava me metendo. — Eu ri. — Mas vocês são parte do público. Pelo menos está valendo o dinheiro que pagaram?

— Não leve pro pessoal — aconselhou Jasper.

Harriet concordou com um meneio.

— Como todos os bons conselhos, falar é fácil, fazer é que é difícil — comentei.

— Pensa assim: pro Royce e pro Wolfgang, carne nova como você é assustadora porque os espaços numa prateleira não são infinitos. E você está lá, pronto pra pular no túmulo deles. De certa forma. — Jasper deu de ombros. — É como eles enxergam a coisa toda, eu imagino.

Era uma constatação astuta demais para não ser baseada em experiência própria. Arrisquei um palpite.

— Pra qual editora você trabalha? A Gemini?

— Ele é escritor, na verdade — respondeu Harriet.

— Foi convidado pro festival? — perguntei.

Jasper fez um gesto de *que nada*.

— Tenho negócios a tratar com Wyatt Lloyd. Este me pareceu um bom lugar pra tocar no assunto com ele. Não é sempre que se tem a chance de cruzar a Austrália de cima a baixo, ida e volta. — Ele traçou no ar uma linha subindo e outra descendo. Lembrei que o Ghan viajava nas duas direções. — Ainda mais pra irlandeses — sussurrou ele, de forma quase conspiratória, indicando Harriet com a cabeça.

Ela deu um soquinho amistoso no braço dele e me disse:

— Não dê ouvidos a ele. Meus pais são irlandeses, mas eu nasci em Melbourne.

Aquilo explicava por que ela tinha um sotaque tão leve.

— Então vocês pegaram o trem subindo a partir de Adelaide pra depois descer de volta?

— Alugamos um carro. Estrada até em cima, trem pra baixo — explicou Jasper.

— Um caminho longo — acrescentei.

Eu me lembrei dos comprimidos para enjoo que ele dera por engano a Wyatt. Pareciam desnecessários para uma viagem daquele tipo pelo deserto. Ele devia ser do tipo que enjoa por qualquer coisa no carro.

— Se você nunca fez, recomendo. O país é lindo. Nada melhor do que a vastidão da estrada, motéis fuleiros e ar livre pra finalizar alguns projetos.

— Ok, então de escritor pra escritor: estou sendo sensível demais ou estava todo mundo pegando no meu pé?

— Acho que você está querendo demais a aprovação deles. Deixa pra lá! — disse Jasper, dando de ombros. — O que fica pra sempre não são as capas, o espaço nas prateleiras ou os convites pra festivais, mas as histórias em si.

A frase era impactante, mas me soou um pouco ensaiada. Tive a sensação em especial de que ele havia se convencido de que receber convites para festivais não era importante em parte como uma postura de defesa por nunca ter recebido um. Sua menção a espaço nas prateleiras, especificamente a quão pouco isso importava, me fazia compreender melhor a situação.

— Você é autopublicado? — arrisquei. Ele podia ter alcançado sucesso na internet e estar tentando publicar um livro físico. Aquilo faria sentido, além de ser uma razão para ir atrás de Wyatt na viagem. Em todo festival literário, há sempre ao menos uma pessoa com um manuscrito debaixo do braço, à espera da oportunidade de largá-lo nas mãos de um editor desavisado. — E-books? Eu fazia isso.

— Ah...

— Ele é muito bom — gabou-se Harriet. — Já vendeu tantos livros quanto o McTavish.

— Obrigado, Harry, chega. — Ele claramente não gostava que ela falasse em seu nome; era como uma criança reclamando de uma mãe orgulhosa. Então, se virou para mim de novo. — Eu tenho ido bem.

Não era exatamente humildade. De repente, ele parecia um tanto mais tímido e na defensiva, e fiquei me perguntando se não seria uma nesga da mesma síndrome de impostor que eu sentia. É claro, por mais que Harriet inflasse seu ego, a verdade era simples: mesmo que os livros independentes de Jasper vendessem muito bem, ele ainda tivera que embarcar no trem para correr atrás de um editor.

Eu me virei para Harriet e mudei de assunto:

— E você é fã do McTavish, pelo jeito.

Afinal de contas, ela fizera uma pergunta a ele.

Harriet sorriu.

— Sou uma grande fã dos livros dele.

— E você? — cortou Jasper.

Ele me parecia um sujeito gentil, mas com o hábito desagradável de interromper a esposa, como fizera durante o debate, algo um pouco possessivo demais para o meu gosto.

— É, eu não sou Mongrel nem nada disso. Só um fã. Bom... — Meio que dou risada. — Pra ser sincero, estou decidindo se ainda sou.

— Se serve de consolo — disse Jasper —, eu ouvi aquela senhora... é sua agente, certo? Eu a ouvi discutindo com o Wyatt sobre retirar do ar aquelas resenhas.

— Você também viu?

— As pessoas comentam. Todo mundo recebe uma crítica ruim de vez em quando. Não deixa isso te afetar. Ei — ele ergueu a taça vazia —, de repente a gente descansa um pouco antes do jantar, que tal, Harry?

Harriet assentiu.

— Prazer em conhecer você, Ernest.

Os dois se levantaram para sair do recinto e, como se aquela fosse uma mesa de encontros-relâmpago, o homem que me fizera a pergunta no debate — óculos de armação dourada e barba grisalha com tufos ruivos — se sentou de imediato. Ele tinha um rosto alquebrado e uma testa cujos sulcos mais pareciam uma pista de esqui profissional e usava um chapéu Akubra limpo demais para ter sido comprado em qualquer outro lugar que não a lojinha de suvenires em Berrimah. Estava segurando duas cervejas. Eu tinha começado a me perguntar se a companhia misteriosa do sujeito por fim apareceria, mas aí o homem empurrou uma para mim. Já era bebida demais para a minha constituição — eu ainda tinha que entornar um terço da minha segunda cerveja —, mas puxei o copo com o dedo por educação e agradeci com um aceno de cabeça.

— Douglas Parsons — se apresentou ele, estendendo a mão, e nos cumprimentamos.

Não senti a necessidade de dizer meu nome, considerando-se que ele havia lido meu livro e se dirigido a mim no debate, mas então senti um desconforto — fiquei com receio de estar sendo arrogante por partir do pressuposto de que ele sabia quem eu era e, após uma pausa longa demais, balbuciei “Ernest”.

— Sim, eu estava na plateia. — Ele tinha um leve sotaque texano.

— Sério? — Agora que me enfiara naquele teatrinho de fingir que não sabia quem ele era, não tinha escolha senão continuar. — O sol estava batendo um pouco nos meus olhos. Obrigado por aguentar até o fim.

— Quando abriram para perguntas, eu te fiz uma. Sinto muito se foi meio… bem… direta.

— Sem problemas. Está gostando da viagem?

— Está ok. Na verdade, é estranho estar aqui. Eu planejei essa viagem por muito tempo. — Ele baixou a voz e desviou os olhos dos meus, como que hipnotizado pela paisagem campestre lá fora. Mas logo se recompôs após um gole da bebida. — Birita de graça. Não dá pra reclamar.

— Você veio com alguém? — perguntei.

Ele balançou a cabeça de leve.

— Sozinho.

Achei que seria enxerido demais perguntar sobre a segunda taça de champanhe à frente dele de manhã. Por isso deixei a conversa assentar e ficamos em silêncio por um momento.

— Mas sobre a minha pergunta — iniciou ele. — É só que...

Eu bem que tive a impressão de que ele tentaria voltar ao assunto, então o cortei de cara, como se estivesse roubando uma vaga no estacionamento.

— Você deve saber que eu não posso falar a respeito. Por motivos legais.

— Eu sei. Eu sei. É só que, bem, é curioso você estar aqui. Só isso.

Franzi a testa.

— É?

— Porque eu estava lendo o seu livro no voo pra cá. Uma dessas coincidências que não são exatamente permitidas em romances policiais, né?

— Pois é. Bem, você teve que voar até a Austrália pra estar aqui, e imagino que meu livro esteja à venda no aeroporto. Não é uma coincidência inacreditável.

Ele ajeitou os óculos.

— Pra mim, é.

— Viagem longa, essa a sua. Autor favorito? McTavish?

Como ele raramente aparecia em eventos de divulgação, presumi que McTavish nunca tivesse ido aos Estados Unidos. Parecia um ato extremo ir até a Austrália para ver uma única pessoa, mas, ao mesmo tempo, o pacote incluía uma viagem de férias para um trajeto de renome internacional. Talvez McTavish fosse só a cereja, não o bolo.

— É uma oportunidade rara.

Fiz menção de me levantar, joelhos dobrados, mas sem chegar a dar o impulso final, na linguagem corporal mais delicada a que pude recorrer no intuito de escapar da conversa. A condensação formava uma poça acusatória embaixo do copo da minha cerveja intocada.

— Eu sei que você não pode falar a respeito.

Permaneci travado naquela pose em suspenso, com as coxas ardendo.

— Não posso de jeito nenhum.

— Hipoteticamente.

— Nem hipo...

— Aquela pessoa tirou muito de você. Gente querida. Amigos. Te causou dor. *Se* tiver sido você...

— Não fui.

— Hipoteticamente.

— Tá bem. — Decidi entrar na onda.

— Qual teria sido a sensação? De se vingar dessa pessoa.

— Não era nenhuma vingança. Foi puro instinto de sobrevivência. — Era verdade, mas me calei por um segundo. Talvez as duas cervejas tivessem me ajudado a esquecer a cautela da minha assessoria jurídica, talvez eu só estivesse de saco cheio de toda aquela encenação, ou quem sabe era a barba de Douglas, que vibrava como se um pássaro tivesse acabado de levantar voo do alto de uma árvore e escondia um lábio trêmulo. Fosse o que fosse, acrescentei uma pitada de verdade. — Eu teria ficado triste.

— Triste?

— Seria uma sensação de impotência em vez de poder. Que é o que você poderia pensar que alguém sente antes de algo assim acontecer. Ter as mãos ao redor do pescoço de uma pessoa significa controle, certo? Não. Vingança não traz poder nem controle. Pense em todas as coisas que te conduziriam àquele momento, tudo que teria que dar certo, tudo que teria que dar errado.

Imagino que a sensação seria a de ser uma vítima de novo. — Avistei os ônibus sacolejando ao lado dos trilhos e me ergui de vez. — Hipoteticamente.

Ao sair do bar, olhei para trás e vi Douglas encarando seu copo com uma expressão fixa e pensativa. Então ele o bateu contra o meu, num brinde solitário.

Eu estava sentindo um desconforto no estômago ao retornar para o quarto. Não tanto por conta da natureza das perguntas — vivemos num mundo em que as pessoas escutam os podcasts de crimes mais macabros que se possa imaginar enquanto preparam o jantar —, mas do tom. A sensação era quase como se ele estivesse, bem, me pedindo permissão. Eu esperava ter dado uma resposta devidamente sombria para não poder ser interpretada como um aval.

Admito que foi uma análise e tanto a se fazer sobre alguém com quem havia compartilhado não mais do que um terço de uma cerveja. E normalmente eu teria me acusado de estar pensando demais. Isso, é lógico, se ele não tivesse mentido para mim.

Porque sem dúvida alguma ele estava com duas taças de champanhe no terminal de Berrimah.

Então por que tinha falado que estava viajando sozinho?

E com quem estava viajando?

CAPÍTULO 9

Juliette teve a decência de mentir sobre o quanto havia se divertido explorando o desfiladeiro. Foi particularmente artificial quando tentou descrever pinturas rupestres datadas de quarenta mil anos antes como *mais ou menos*, mas mesmo assim valorizei o esforço.

Depois de o pessoal do último ônibus enfim desembarcar e de estarmos os dois de banho tomado (o Ghan começou a se deslocar no meio do meu, com um solavanco que quase me fez escorregar e quebrar o pescoço) e prontos para o jantar no vagão Rainha Elizabeth, já era noite e o rolo de filme tremelicante do lado de fora da nossa janela havia adquirido um profundo tom de azul-marinho, os arbustos não mais do que sombras passageiras. Nem eu nem ela tínhamos certeza do grau de formalidade esperado para o jantar: Juliette usou um vestido quadriculado laranja e marrom que ela afirmava ser "a cara do deserto", e eu havia levado um paletó. No fim, não precisávamos ter nos preocupado, pois havia uma mistura de ternos e shorts no restaurante. Minha teoria é que quanto menos rico alguém é, melhor tende a se vestir em eventos caros — jantares, peças de teatro —, pois o investimento no traje equivale ao esforço feito para gastar. Custou uma semana de trabalho? Melhor usar terno. Um adicional por seis minutos a mais do que foi determinado? Vou de bermuda para a ópera, sem problema.

De entrada, nós dois comemos dumplings de crocodilo, que tinha gosto de frango. Como prato principal, filé de canguru, que por sua vez tinha gosto de carne bovina. Compartilhamos a mesa com um casal de aposentados da região rural de Queensland, amantes de livros, que haviam feito a viagem para celebrar seus cinquenta anos de casamento. Estavam economizando fazia algum tempo, não que os dois tenham me contado, mas ela usava um vestido floral vibrante e ele, acredite se quiser, smoking. Não vou descrever a aparência dos dois, pois não são importantes para os assassinatos. Muitos passageiros a bordo do trem eram só isso mesmo — passageiros —, e temo que se eu dedicar muitos detalhes descritivos a eles, você comece a achar que são mais relevantes para a trama do que de fato são. Assim como a tripulação é bem maior do que apenas os citados, mas tenho uma contagem a considerar aqui. Imagine seus avós: nossos companheiros de jantar eram parecidos com eles.

A refeição era servida em três turnos: nós estávamos no segundo. Lisa Fulton também, dividindo a mesa com Jasper e Harriet Murdoch. Douglas, o texano, sentou-se com SF Majors e Alan Royce, ainda que parecesse um caso de lugar previamente marcado, pois Douglas e Majors cochichavam entre si em tom urgente, excluindo Royce. Wyatt e Wolfgang estavam em outra mesa; Wolfgang falava e Wyatt ouvia com atenção, um indicador em cada têmpora. Eu não quis dar atenção demais ao fato, mas ele parecia estar recebendo uma notícia muito ruim. McTavish e Simone estavam ausentes, ainda que um garçom tenha retornado algumas vezes da fileira de cabines do lado do motor com uma cloche, o que significava que alguém havia pedido serviço de quarto.

Seus avós decidiram se retirar, e Juliette e eu ficamos à mesa para encerrar a noite com uma dose de vinho tinto. Juntaram-se a nós duas mulheres que trabalhavam como curadoras de museu, uma em Londres, a outra na Tasmânia, e que haviam pulado o jantar, mas chegado para a sobremesa. O azul-marinho do lado de fora desaparecera e, embora eu esperasse algum tipo de bela paisagem desértica crepuscular, o que havia, sem cidades próximas ou outras fontes de luz, era uma escuridão total.

— Mas então, você nem falou do debate — começou Juliette.

— Não tem muito o que dizer. — Dei de ombros. — Wolfgang acredita veementemente que sou um escritor ruim. A única pessoa que parece estar do meu lado é o diabo do McTavish-Uma-Estrela.

— Ei — Ela pegou minha mão intacta e a acariciou com o polegar. — Está todo mundo pilhado. Passamos o dia viajando ontem, acordamos cedo hoje. Fora o calor e a bebida. Isso deixa qualquer um meio mal-humorado.

Suspirei.

— Você tem razão. Além disso, não foi só comigo. Majors e McTavish se desentenderam. Ah, e tem mais. Você devia ter visto a cara do Royce quando revelaram que a capa do novo livro da Lisa tem um elogio do McTavish. Ele fervia tanto que mais parecia uma chaleira.

— McTavish escreveu um elogio pra Lisa? — Ela franziu a testa, pensativa. — Isso é de uma tremenda generosidade. Pode aumentar muito o público dela.

— Foi tipo uma surpresa. Ela ficou chocada. Quase chorou.

— Eu imagino. Bem — disse Juliette, balançando o vinho na taça numa pantomima perversa —, não tem mal nenhum numa esculachada no Royce. Tá vendo? Tá todo mundo no limite.

Um estrondo acompanhado do som metálico dos talheres chamou nossa atenção. Wyatt havia batido na mesa, fazendo as colheres balançarem. Já estava com metade do corpo para fora do assento.

— Você não pode fazer isso — sibilava para Wolfgang, que saboreava devagar o vinho tinto com um sorriso manchado e presunçoso nos lábios. — Vai arruinar... — Wyatt percebeu que todos estavam olhando e tomou um novo rumo. — Desculpem — gritou com entusiasmo exagerado, da forma como um sequestrador fala numa batida policial, quando está com um corpo no porta-malas. — Desculpem! Me empolguei aqui. — Ele apontou para Wolfgang. — Livro novo. Parece incrível.

Então, voltou a se sentar, continuando a agitar a mão como quem pede desculpas ao restante do vagão.

— Eu não sabia que a Gemini publicava o Wolfgang — disse Juliette, com uma careta.

Afastei a mão da dela e esfreguei os olhos.

— Não consigo deixar de pensar que eu não... — As palavras que tive dificuldade em proferir antes subiram com toda a força e atingiram meus dentes, implorando por liberdade. Desta vez, eu as deixei sair. — Que eu não mereço estar aqui.

— *Merece*. Ninguém aqui é melhor do que você. Você é um bom escritor. E merece estar aqui tanto quanto...

— Não, Jules. Não é só *aqui*. Eu estou dizendo que a sensação é de não merecer nada disso. Em lugar nenhum.

Ela me encarou, confusa, e se inclinou para a frente. Eu não tinha escolha senão a de continuar a falar, mas não conseguia encará-la, então fixei o olhar no breu profundo lá fora.

— Todo mundo que morreu... Ninguém fez nada de errado. E eu não fiz nada de especial. Por que eu estou aqui, e eles não? Não mereço mais do que eles. Estar neste trem, ganhando royalties... não mereço nem... nem esse vinho ridiculamente caro. Não era eu quem deveria estar aqui. Por que eu estou?

— Ai, Ern. — Juliette não falou mais nada, só ficou parada ali, compreensiva, atitude pela qual fui grato, pois tinha ficado sem palavras.

Agora que estou colocando tudo no papel, entendo por que me senti atacado em um nível tão pessoal pelos outros escritores. Todos temos síndrome de impostor às vezes, não é só coisa de romancista. Ninguém está imune a tentar provar algo para si. Mas ali, no festival, cinco pessoas tentavam provar seu valor na esfera criativa. E, mesmo que eu pudesse parecer movido pelo mesmo tipo de vaidade, tentava provar outra coisa: que o destino não havia se equivocado ao decidir que algumas pessoas da minha família deveriam morrer e eu viver.

Meu analista me disse que isso tinha nome: síndrome do sobrevivente. Não é algo que se veja com frequência em romances de mistério da Era de Ouro. Os protagonistas terminam um livro e vivem em estado de suspensão até o reinício de tudo na primeira página do próximo. A tremenda carga de morte e violência que presenciam não tem impacto cumulativo; os crimes não adentram sua psique e eles não passam as noites acordados por isso. Por mais que deseje ser como aqueles detetives famosos da ficção, sou abalado de uma forma que eles, adormecidos até seus autores pegarem a caneta de novo, não são. Enfim, o que quero dizer é que Miss Marple não tem pesadelos.

Depois de ter finalmente me aberto com Juliette, me senti um pouco melhor. O leve balanço do trem também ajudou a me embalar, e nosso silêncio era confortável. A maioria das pessoas já havia escoado do vagão, embora Wyatt e Wolfgang ainda estivessem lá. À frente de Wyatt na mesa, parecia haver um talão de cheques, no qual ele batia com a ponta de uma caneta. Não dava para ouvir a conversa, mas, a julgar pela outra mão de Wyatt, que torcia a toalha de mesa, e pela falta de movimento de criação de múltiplos zeros por parte da ponta da caneta, Wolfgang não estava disposto a ser comprado.

Por fim, Juliette bocejou.

— Acho que vou pra cama. Quero acordar cedo e ver o nascer do sol. Aaron falou que é uma daquelas experiências que só se tem uma vez na vida. — Ela fez um movimento de cabeça apontando para o outro vagão. — Vamos?

— Quem dera — respondi, com uma careta. — Estava querendo esbarrar na Simone no bar. Vai ser rápido.

— Merda! — Juliette começou a se apalpar, apesar de o que estava procurando ser difícil de caber no bolso. — O cachecol dela! Eu larguei no café da manhã, esqueci totalmente de devolver. Ai, cacete. De manhã eu vejo se tem um setor de achados e perdidos aqui, ou talvez alguém tenha pegado. Pode não tocar nesse assunto quando falar com ela? Diz que eu ainda estou usando. Não que perdi.

Eu já havia mencionado que Juliette ser aérea teria impacto na trama. Pois aqui está: um cachecol azul passando de mão em mão. No final desse joguinho sinistro há um cadáver.

— Então você *tem* medo dela — respondi, achando graça. Como ela me fuzilou com um olhar que dizia *se não vai ajudar...*, recuei. — Pelo menos não tem como esse cachecol ir muito longe. Eu não vou tocar no assunto. E vou tentar ser rápido.

— Não demora. — Ela me beijou. — E só pra deixar claro, *eu* estou feliz por você estar aqui. Bem aqui. Comigo.

* * *

A espuma de um espresso martíni flutuava do lábio superior de Simone para a minha bochecha enquanto ela falava.

— Não é o fim do mundo, Ernie. Supera.

— Pra mim, é.

— Você quer que eu faça o quê? Se estava incomodado, não deveria ter aceitado o pedido de desculpas do Wyatt.

— Eu não sabia por que ele estava se desculpando!

— Então aceitou por quê?

Bufei.

— Por educação.

— E o educado a fazer agora é esquecer esse assunto antes de você criar algum constrangimento pra si próprio.

Expirei pesadamente pelo nariz e respirei fundo três vezes. Simone era igual a um piso de paralelepípedos: era muito raro eu bater o pé com ela. Mas o dia havia sido difícil e espresso martínis não são conhecidos por suas propriedades apaziguadoras. Se fossem servidos em reuniões de cúpula entre países, haveria guerra mundial de três em três meses.

Endireitei a postura e pigarreei.

— É o seguinte. Eu sou seu cliente. Eu te contratei. E estou te pedindo pra me representar numa questão que acredito que vá ter um impacto negativo na minha carreira. Ok?

Simone levou um segundo para medir a seriedade da minha expressão e então bufou.

— Se eu soubesse que você tinha colhões, Ernest, poderíamos ter ficado amigos antes. — Ela espalmou a mão no meu peito e me deu um tapinha, com ar superior. — Eu não vou tocar nesse assunto com o Wyatt, de jeito nenhum, mas estou orgulhosa de você.

— Mas você falou, sim, com ele. Uma pessoa da plateia viu vocês numa conversa mais acalorada. Então o que você está dizendo não é que não faria, mas, sim, que é muito difícil e está desistindo?

— Ok, tá bem. Eu toquei no assunto com ele, como o seu amigo ou amiga ouviu. Mas vai por mim, Ern: nenhum autor quer ouvir todas as conversas que sua equipe tem a seu respeito. Eu te conto o que você precisa saber.

Murchei.

— Você ao menos se importa com a minha carreira?

— Como assim?

— Bem, você parecia toda amiguinha do McTavish e do Wyatt hoje de manhã. Depois de a resenha ser publicada.

Simone terminou seu drinque e passou os olhos pelo bar. Como o dia havia começado muito cedo e lá fora estava bem escuro, era fácil ter a impressão de ser mais tarde do que realmente era. Harriet e Jasper tomavam um drinque no reservado em frente ao nosso. No canto oposto, Brooke, a presidente dos Mongrels, lia. A única parte de McTavish que havia mudado na hora anterior fora o ângulo do cotovelo, repetidamente. As três senhoras mais velhas, duas das quais haviam se sentado com Juliette e comigo durante a sobremesa, agiam como se a viagem fosse uma despedida de solteira, entornando um drinque atrás do outro. Todas tinham à frente, na mesa, exemplares da mesma obra, como se estivessem em uma reunião de clube do livro, ainda que não fosse escrito por qualquer dos convidados do festival: *Os onze orgasmos de Deborah Winstock*, de Erica Mathison.

Eu conhecia aquele livro. Havia sido um fenômeno, tinha viralizado. Continha sexo demais para o mercado convencional, mas não o bastante para ser considerado pura pornografia, e de tanto pipocar nas conversas em salões de beleza aqui, chás da tarde ali, vendera milhões. Se os escritores estabelecidos *me* odiavam, com certeza desprezariam Erica Mathison. O livro havia decolado no TikTok, que é tanto o nome de um aplicativo de rede social quanto o som que gente como Royce deve ouvir quando novos escritores encontram novas plateias em novos meios. A mulher que eu não conhecia ostentava o cabelo grisalho num penteado colmeia e exibia seu exemplar autografado (*Para V!*) com tal júbilo que as pulseiras de ouro se sacudiam. Na lombada, havia o logo da

Gemini Publishing e, na capa, um adesivo de uma livraria de Darwin. O logo me era familiar porque eu tinha entrado na livraria no intuito de posicionar meus livros na frente nas prateleiras, mas acabei descobrindo que não havia exemplar algum.

McTavish chamou minha atenção ao bater com a bengala no piso. Ele deslizou para fora do assento e se pôs de pé.

— Ok! A saideira e eu vou pra cama — anunciou, e bateu no próprio peito ao chamar Cynthia, na outra ponta do bar.

Um fã aproveitou a oportunidade, correu na direção dele e o abordou com um exemplar aberto de *Cai a noite* e uma caneta. Achei que Brooke seria a próxima, mas quem formou uma minifila foi Jasper, que não segurava livro algum. Quando chegou a vez dele, ofereceu a mão cedo demais e acabou tendo que dar vários passos com ela estendida como o leme de um navio até pousar desajeitadamente em frente ao cinto de McTavish.

— Jasper — apresentou-se ele.

McTavish murmurou um cumprimento, mas a mão de Jasper permaneceu intocada.

Jasper tossiu de leve.

— Jasper Murdoch.

— Entendi. Tá bem. Peraí — disse McTavish, então fisgou uma caneta do bolso do casaco, pegou um porta-copo de papelão do bar, escreveu nele e entregou-o a Jasper. — Taí.

Jasper permaneceu onde estava por um instante, revirando o porta-copo na mão, até voltar para sua mesa e entregar o objeto à esposa enquanto se acomodava e tomava um longo gole de sua bebida. Parecia um menino que havia atravessado todo o pátio do colégio para convidar uma menina para sair e assim esgotado todas as suas reservas de vergonha e energia ao mesmo tempo.

— Para Jasper Murdoch — leu Harriet no porta-copo, guardando-o na bolsa. — Uau. Esse é pra guardar.

McTavish se arrastou corredor abaixo rumo ao restaurante e depois à sua cabine mais adiante, o baque pesado da bengala se fazendo sentir no piso fino a cada passo.

— Ok — disse Simone, depois de McTavish sair de vista e do ruído da bengala se esvair. Ela falava com firmeza, sibilando, mas seu tom era mais de *vou te contar algo que você precisa ouvir* do que de bronca. — Só pra você saber, isso aqui é uma *parceria*. Você não tem que me falar o que fazer. A gente precisa confiar um no outro.

— Eu só estava...

Ela ergueu o dedo.

— Não terminei. Eu sei que você está chateado. Eu entendo. Mas não quero você se envolvendo com o McTavish, ok? Ouvi dizer que existe alguma tensão entre o Wyatt e o Henry. Eles são parceiros diretos de negócios há muito tempo; Wyatt o fisgou antes de qualquer agente sequer farejá-lo, e ele não tem agente até hoje. Portanto, fricção entre um certo autor e um certo editor pode gerar oportunidades pra alguém como eu trabalhar com alguém como o nosso amigo escocês. Sem querer ofender, mas eu não venho a uma viagem dessas pra assistir às mesas. Se eu conseguir assinar com o Henry, a visibilidade do meu negócio aumenta. *Sua* visibilidade aumenta, por fazer parte do meu negócio, assim como a de todos os meus outros autores. E é aí que pinga um pouquinho pra todo mundo e alguém como você pode arranjar um elogio pra capa.

— Você está tentando assinar com o McTavish? — perguntei, pensando alto. — E é óbvio que o Wyatt odiaria isso, porque o contrato dele para os livros do Morbund deve ser uma merda para o McTavish. Ou você poderia ameaçar levá-lo pra alguma outra editora, imagino.

Ela fez um sinal para eu ficar quieto, vasculhando o bar para ver se alguém ouvira.

— Dá pra ser um pouco mais discreto? *Meu Deus*.

— Então você não quer criar caso sobre as resenhas do McTavish porque, sei lá, caso ele fique disponível, você quer ter uma chance de assinar com ele? E é pra eu achar que você está *me* fazendo um favor?

— Não. Eu estou fazendo isso por mim. É claro que é por mim. Já ouviu falar em capitalismo? — Ela me encarou como se eu fosse um idiota. — Mas estou falando que isso pode te beneficiar também. A longo prazo.

— Hoje em dia todo mundo só passa a perna em todo mundo?

— Em mim ninguém passa a perna. Não vai tendo ideias.

Um pensamento me ocorreu.

— Quem publica o Wolfgang?

— Ãhn... — Ela vasculhou seu fichário mental. — Brett Davis. Na HarperCollins. Por quê?

— Wyatt está tentando comprá-lo.

— Sério? — Ela bufou. — Não achei que fazia o estilo dele. Humpf. Tentando dar um verniz de sofisticação pro próprio catálogo, imagino. Pra compensar aquele lixo.

Ela apontou com a cabeça para a mesa do clube do livro atrás de nós, cujas ocupantes debatiam na maior animação o livro de Erica Mathison. Ergui a voz para me sobrepor às delas.

— Outra coisa: você me disse que o McTavish não escrevia elogios. — Ergui a mão em posição de defesa. — Juro que a questão não tem a ver comigo. Mas é curioso.

— Não escreve — disse Simone. — Eu fiquei tão surpresa quanto você. Lisa ou o editor dela sabem de algum podre muito feio dele ou ele topou só pra ver a cara do Royce.

— Vale a pena. — Foi o meu comentário cruel, recompensado com um sorriso irônico de Simone, o que encarei como aplausos de pé.

De onde estávamos, começou a dar para ouvir o debate sobre o livro pornô soft.

— É... sinceramente, é... genial! — disse Colmeia Grisalha.

— São tantas camadas — concordou a amiga. — Obra visionária!

A terceira beijou os próprios dedos.

— É uma revelação!

— Dá licença. — Era Simone, curvando-se sobre o encosto da cadeira para se meter na conversa. — Vocês não estão falando *desse* livro, estão? Erica Mathison?

— Talvez. — Colmeia contorceu o pescoço, empertigada e ofendida. — Já leu?

— Não — respondeu Simone, cujo tom de voz indicava *e nem leria*.

— Bem, gente como você poderia aprender muito com este livro — opinou Colmeia, sob um coro de risinhos das amigas.

Simone reagiu com um sorriso rígido.

— Obrigada pela recomendação.

— Vamos, meninas. Acho que é melhor a gente terminar de beber no deque para fumantes — disse Colmeia em tom de voz deliberadamente alto, para que Simone ouvisse.

Ela se levantou e as outras a seguiram, agarradas a seus preciosos exemplares. Foi uma saída menos triunfal do que o planejado, pois tiveram que recolher bolsas, livros e bebidas, mas ainda assim Colmeia Grisalha manteve a pose ao sair do vagão.

— Nossa, a palavra "genial" anda sendo usada pra qualquer coisa hoje em dia — comentou Simone depois de elas partirem. — Veronica deveria se tocar.

— Veronica? Você conhece aquela mulher? É editora também?

Simone me lançou um daqueles olhares de *olha só o que eu tenho que aturar*.

— Blythe. A principal crítica literária do *Herald*.

Olhei para ela com cara de paisagem.

— Ela não teria feito resenha do seu livro. Trabalha um patamar acima. Pelo menos era o que eu achava. Queria saber quem eram essas outras. Críticas não são.

— Trabalham em museus. Eu as conheci mais cedo.

— Não é à toa que precisam de sacanagem. — Simone deu um tapa nos próprios joelhos. — Tá bem. Por hoje chega. Amanhã acordo cedo e coisa e tal.

— Peraí um instante. Só mais uma coisinha. Juro que não vou reclamar mais.

— Não me faça promessas que não vai conseguir cumprir, Ernest.

— Archibald Bench. Isso te diz alguma coisa?

Ela fez que não com a cabeça, sugando os dentes como quem não faz ideia.

— Bem, imagino que seja algum enigma. É assim que você deve abordar o Henry. Pra conseguir a atenção dele, pra impressioná-lo, é preciso recorrer aos truques dele. Ele ama códigos e charadas, jogos de palavras, todas essas coisas da Era de Ouro. Aquela menina parecia bem desesperada... — Ela girou o dedo no ar, à caça do nome.

— Brooke.

— Brooke! A superfã. Parecia desesperada pra impressioná-lo e por isso chegou preparada pra entrar no jogo dele. Deve ser alguma piada interna. Uma pista no livro ou algo assim. Mas eu não faço ideia do que seja. Agora — ela se levantou —, vou dormir. Disseram que o nascer do sol aqui é divino.

Como ocorre com todos os bons erros, geralmente cometidos com rapidez e em grande volume, desembestei por uma sequência de três antes mesmo de reconhecer que tinha cometido o primeiro. Foram eles, em ordem: continuar no bar, pensativo, até ser a última pessoa no recinto; tomar mais um martíni enquanto isso; e decidir confrontar McTavish.

Eu ainda não havia decidido cometer o último erro até me levantar para sair do bar e virar na direção errada, indo parar no vagão-restaurante vazio. Foi prenúncio suficiente para eu resolver que meus pés eram mais sensatos do que minha cabeça e seguir em frente até a próxima leva de cabines, ultrapassando o vão chacoalhante entre vagões e passando por uma porta com a placa *Platinum*. As primeiras cabines ficavam do lado oposto do trem em relação à minha, de forma que as janelas dos passageiros dariam para o nascer do sol. Já a segunda leva, assinalada por uma pequena placa com a palavra *Tripulação*, tinha a mesma vista inferior do lado oeste que a minha. Eu ouvia um baque ruidoso acompanhando meus passos e supus que viesse dos trilhos ou da cozinha do restaurante. Logo cheguei a mais uma porta dupla e, ao passar pelo vão, entrei no último vagão de nossa parte do trem. Ali, em vez de outro corredor, me deparei com uma porta fechada e a placa *Vagão do Presidente*. Era o fim da linha.

Não me surpreendeu que McTavish tivesse a mais imponente das cabines, a mais próxima possível de uma suíte presidencial num trem, acho.

O que me surpreendeu *de fato* foi que eu não era o único ali.

Royce estava de costas para mim. Apoiado na porta com o ombro, golpeava a madeira repetidas vezes com o punho erguido. Parecia um marido infiel implorando para poder entrar de novo no lar. Quando estava exatamente entre um vagão e o outro, senti o cheiro de hálito rançoso e cerveja. O barulho dos trilhos era mais alto na junção, onde o piso era apenas delicadamente sobreposto, não fechado. Pelas fendas dava para enxergar vestígios do solo pedregoso cinzento, iluminados a cada poucos segundos por faíscas geradas pela fricção das rodas contra os trilhos.

— Henry! — berrava Royce, sem nem notar minha presença. *Tum, tum, tum.* — Henry!

Seus golpes na porta correspondiam ao som que eu ouvira ao atravessar o vagão anterior. Assim que pousei a mão no ombro de Royce, foi como se ele tivesse recebido um choque elétrico. Contorceu-se e fez cara feia. Seus olhos estavam injetados. Acima de um deles, havia uma marca vermelha no lugar onde seu rosto estivera encostado na porta.

— Cai fora! — disse ele, enrolando a língua como se a boca fosse pequena demais para ela.

Ele cambaleou na minha direção e dei um passo para trás a fim de me proteger de um possível soco. Mas ele continuou onde estava, vacilante, abatido, de dar pena. Será que era assim que Simone me via? Um homem com a dignidade em frangalhos? Tal visão patética me fez cair na real. Jurei que seria mais profissional no dia seguinte.

— Vai por mim, eu sei como você se sente — respondi. — Vim fazer a mesma coisa. Mas não vamos causar constrangimentos a nós mesmos esta noite. Por que não esfriar a cabeça, tomar um banho e ver como se sente amanhã?

Royce olhou feio para a porta, como se ela o tivesse insultado.

— Eles estão aí dentro.

— Eles?

— Eu ouvi eles conversando. Uma voz de mulher. Ele tá *me* devendo e tá aí dentro com *ela*. — Royce se virou e berrou. — Eu ouvi vocês conversando!

Cautelosamente, pus a mão no ombro dele.

— Você não quer fazer nada de que se arrependa amanhã de manhã.

— Sai daí e fala comigo!

Ele voltou a se encaminhar para a porta, mas fiz um movimento rápido, enganchando habilmente os braços nas axilas dele e girando o seu corpo. Royce me encarou de olhos arregalados, sem entender bem por que estava virado para a direção errada de repente, mas aceitou a nova rota sem reclamar.

— Por que *ela*? — perguntou ele, babando no meu ouvido. — Por que ele escolheu *ela*?

— É só um elogio, cara — falei, mais para mim mesmo do que para ele.

Royce meio que caminhava e eu meio que o arrastava ao longo do restaurante e do bar até chegarmos ao nosso conjunto de cabines. Meu ombro estava molhado, e eu imaginei ser de saliva, até perceber que ele estava chorando no meu pescoço.

O homem soluçava.

— São só umas palavrinhas. Ele não precisa nem ler a porra do livro. Antigamente o Wyatt se importava. Falou que iria me ajudar quando eu precisasse e nunca ajudou. Mas as vendas... — Ele arrotou. — Não são mais como antes.

— Ei. — A empatia que senti por Royce naquele momento me surpreendeu. — Você mesmo me disse que foi rejeitado quatro vezes até publicar o primeiro livro. Já enfrentou obstáculos maiores. Cabeça erguida.

— Eu implorei. Só dessa vez, por favor. Não *pede* ao Henry pra escrever, *faz* ele escrever. Wyatt disse que faria o que pudesse. Ele sabia que poderia mudar a minha vida. — Ele chegou a uma porta. — É essa aqui.

Paramos em frente à cabine de Royce, que ficou um tempo apalpando o casaco em busca da chave até se lembrar que a porta não tinha tranca e entrar, trôpego. Minha bondade para com o sujeito não chegava ao ponto de tirar sua roupa e botá-lo na cama. Então, fiquei plantado na porta enquanto ele se atirava de cara na cama de baixo do beliche.

— Me fala — disse ele, com a cara enfiada no travesseiro, gemendo mais do que chegando a formar palavras. — Nada daquilo aconteceu, né? Aquela história toda na montanha. É tudo inventado, né? Pra gerar publicidade.

— Aconteceu de verdade. Não desejo pra ninguém. — E, por julgar que ele não iria lembrar mesmo, complementei: — Nem a você.

Royce soltou um miado e depois riu, soluçou e arrotou, tudo ao mesmo tempo. Foi impressionante do ponto de vista auditivo, mas bem forte também.

— Então você só deu sorte mesmo, né? De alguma forma, foi parar no meio daqueles crimes todos.

— É, cara. Dei sorte.

— É claro, tem uma outra opção.

— Ah, é?

— Quer dizer, se não foi invenção sua. Talvez você tenha sido o culpado. — Suas palavras se esticavam dos dentes como se fossem chiclete, as frases eram um só zumbido monótono. — Dá pra escrever um livro assim.

— Você tá bêbado.

— E você tá *mentindo* — provocou ele. — Não é má ideia. Propaganda automática. Mais fácil do que fazer pesquisa.

— Boa noite, Royce.

— Melhor o Henry se cuidar — disse Royce no momento em que fiz menção de fechar a porta. Achei que estava murmurando para si próprio, mas me virei e um de seus olhos avermelhados me encarava fixamente. — As coisas que eu fiz por aquele homem... Ele não deveria tratar minha amizade com tanta... tanta... falta de celebração.

— Cerimônia.

— Hein?

— Você quis dizer falta de cerimônia.

— Hummm.

— O que você fez pro McTavish?

Royce piscou e foi como se o estupor tivesse se dissipado.

— Cunningham? O que você tá fazendo aqui?

— Ajudando a te botar na cama, cara. Você bebeu um pouquinho demais.

— Fala a verdade. Nada daquilo aconteceu, aconteceu?

O círculo estava completo: ele tinha se esquecido totalmente do que havia me contado até ali e com certeza se esqueceria do resto até a manhã seguinte. Royce não estava forçando a barra ao imaginar que a minha história era uma farsa: pelo contrário, a grande fraude literária é uma nobre tradição. As narrativas angustiantes sobre os traumas causados pelo vício em drogas da parte de autores que nunca encostaram em substância alguma; sobreviventes de Hiroshima escrevendo do posto confortável da própria imaginação; o diário de uma adolescente de quinze anos, criado por uma mulher de 54. Em um livro de memórias, uma mulher alegava ter escapado da perseguição dos nazistas e sido criada na neve por uma família de lobos, e o mundo inteiro acreditou. A história chegou a ser adaptada para um filme de sucesso antes de as acusações começarem a jorrar, deixando o editor com a cara no chão. Royce não era nem de longe o primeiro a me menosprezar — já apareci em programas de TV matutinos *e* tenho uma conta no Twitter.

— Aconteceu — repeti.

— Então você deve ser o filho da puta mais azarado que eu já conheci. E, se o azar gosta de você, talvez vá acontecer alguma coisa aqui.

— Cuidado com o que você deseja.

Ele fez uma cara de desdém.

— Desejo *mesmo*. Vamos acordar amanhã e um de nós vai estar morto.

— Não fala isso.

— Você só tá com medo.

— De quê?

— De eu estar certo. E, se eu não estiver, adoraria ver como você vai reagir a um assassinato *de verdade*.

— Boa noite, Royce.

Fechei a porta e em segundos já conseguia ouvir seu ronco estrondoso. Quando voltei à nossa cabine, Juliette estava no décimo sono, imóvel feito um cadáver. Havia pegado a cama de cima do beliche. Um de seus braços, pálido ao luar, pendia da lateral. Pus o pijama o mais silenciosamente que consegui e me deitei na cama de baixo, onde fechei os olhos e tentei dormir.

O trem seguia em disparada em meio à escuridão.

CAPÍTULO 10

É de praxe em romances de mistério que, antes de o crime ocorrer, certas conversas sejam ouvidas ao acaso na calada da noite. É o que vai acontecer aqui.

Não foi fácil pegar no sono. Eu tinha imaginado que o balanço suave do trem daria um ar relaxante e meditativo, e poderia muito bem ter sido o caso, se eu não tivesse me esquecido de levar em conta a agitação de máquina de lavar desencadeada dentro de mim por dois martínis e duas cervejas. Cada par isolado eu tiraria de letra, mas os quatro enroscados juntos promoviam uma festa das chaves no meu estômago. Pouco depois de deitar, já fui acordado pelo revertério e, sem querer promover uma carnificina num espaço de convivência tão restrito, logo me vi no corredor rumo ao banheiro compartilhado.

Na nossa seção do trem havia apenas um, substituindo a estação de chá e café logo depois do restaurante. Neste momento é meu dever como detetive que joga limpo revelar tudo o que vejo, mas vou poupar você dos detalhes do ocorrido no banheiro, me limitando a dizer que foi muito mais medonho do que qualquer crime ainda por acontecer no trem. Limpando a boca na volta para a cabine, chequei meu celular e fiquei sabendo de duas coisas: tinha acabado de dar meia-noite e estávamos oficialmente sem sinal. Meu celular não serviria para nada até Alice Springs. Também avistei algumas pétalas de flores em uma trilha no carpete, rosadas e delicadas, sugerindo que alguém fazia uma tentativa romântica suntuosa. Isso explicava a rinite alérgica de Wyatt, ou, pensei com meus botões, talvez o mais provável fosse ele ser alérgico a afeição.

Foi quando escutei a voz dele.

— Não me importa o que *você* quer — dizia ele dentro da cabine. Estava falando alto, mas não o bastante para acordar alguém. — Está no seu contrato. Mais Morbund. É simples. Pra que mudar depois de todo esse tempo?

Parei, mas não ouvi a resposta discreta de McTavish, abafada pela porta.

— Aquilo foi só *propaganda*. Todo mundo vai ler se achar que é o último, e aí ficar superanimado depois quando descobrir que não era.

Ouvi passos. Um deles andava pela cabine.

— Você me prometeu que o traria de volta. Não que escreveria... *isto*.

Outra resposta abafada. Aproximei a orelha da porta para ouvir melhor. Eu me lembrei do desconforto de McTavish com a pergunta sobre o fim de Morbund, do olhar que havia lançado para Wyatt. A discussão devia ser por causa daquele assunto.

— Eu sei. Eu sei. Archie Bench. Que gracinha.

Uma pausa.

— Não me ameace.

De repente, o trem fez uma curva. Bati a cabeça com força na porta e, para meu horror, as vozes se calaram. Desci o corredor a toda, me enfiando na alcova de chá no momento exato que ouvi a porta se abrir. Fingi preparar um chá caso um dos dois saísse para investigar, mas minha farsa foi prejudicada porque a chaleira, presumivelmente quebrada, havia sido jogada na lixeira mais próxima.

Não importava. Ouvi o clique da porta se fechando e, passado um minuto, me espremi de volta pelo corredor. Wyatt havia baixado o tom de voz ou a discussão se acalmara naturalmente; fosse qual fosse o caso, já não dava para ouvir mais nada, então me apressei a voltar para a cama.

Ainda assim, não conseguia dormir. Juliette cochilava em absoluta paz acima de mim, um braço ainda pendurado na lateral da cama. Eu não conseguia ouvir nem o mais suave assovio da respiração dela em meio ao ruído do trem. Como ela conseguia ignorar tudo ao redor com tanta facilidade, estar tão em paz? Eu achava que elogios e aclamação eram o que faltava na minha carreira, o que me tornaria um autor *de verdade*, mas ao entreouvir aquela discussão com Wyatt percebi que McTavish se sentia tão prisioneiro quanto eu. Haveria alguma luz ao final daquele túnel? Ou será que, não importava quem você fosse nem quanto sucesso alcançasse, alguém sempre ia mandar em você? Sempre ia pedir mais, mais, mais?

O dia inteiro deixara um gosto amargo na minha boca, e a culpa não era apenas dos martínis regurgitados. Minha sensação era de que no dia seguinte tudo só pioraria.

Eu não fazia ideia.

CAPÍTULO 11

Talvez seja uma surpresa, mas todo mundo chegou vivo ao fim da noite.

Sei que não é assim que as coisas costumam ocorrer em histórias de mistério. Há a noite anterior, na qual se ouve por acaso trechos de conversas (feito) e são apresentadas as complexas motivações e a história pregressa de todos (feito), que então se recolhem ao mesmo tempo aos seus quartos, como em uma coreografia da Broadway, trancas a clicar em uníssono até a aurora revelar uma briga noturna, uma cabine manchada de sangue e uma vítima. Pois é, mas não aqui. Ainda não.

O nascer do sol, no entanto, era tão incrível quanto diziam: uma caldeira dourada que escorria pela areia e a transformava em lava cintilante. Ao nos aproximarmos do centro da Austrália, a paisagem se tornara indescritivelmente plana. Talvez pareça enfadonho para você, como pareceu à minha editora, que eu não consiga descrever *plano*. Mas por um lado existe plano, claro, e por outro existe uma vastidão estéril sem relevo que poderia levar um explorador, montado num camelo, quem sabe, a contemplar o horizonte e ter a sensação de ter chegado ao fim do mundo. *Isso* é plano. Assim é o meio da Austrália.

Juliette e eu vimos o sol nascer de pijamas, no corredor. Depois tomamos banho e nos vestimos, driblando um ao outro no espaço confinado da cabine, e nos dirigimos ao bar para a mesa de debates matutina. A congregação trazia à mente uma primeira manhã de férias — a ansiedade extrema de alguns, a ressaca de quem pegou pesado na noite anterior —, sem registro de cadáveres. As senhoras do clube do livro (vivas), antes entregues à literatura erótica, exibiam nos rostos pálidos o arrependimento de quem havia se acabado. Brooke (viva) pertencia ao grupo dos hiperansiosos, de tocaia por um assento na primeira fila, com seu exemplar de *Misery* no chão e segurando um grande álbum de recortes de cuja beirada pendiam folhetos afixados às pressas, com as pontas amassadas. A mesa do dia seria menor: só SF Majors (viva), que consultava suas anotações, e McTavish (ainda por chegar). Duas cadeiras dobráveis haviam sido dispostas numa ponta do vagão, e as acomodações para o público consistiam no que se conseguisse surrupiar do bar.

McTavish (vivo) surgiu logo depois, de colete e gravata vermelha, com Wyatt (vivo). Ambos de bom humor, depois de aparentemente terem superado o desentendimento da meia-noite — ainda que o osso do nariz de McTavish exibisse uma protuberância discreta, uma vermelhidão que parecia o prólogo de um hematoma. Será que haviam chegado às vias de fato antes de eu interrompê-los? Brooke tentou enfiar seu diário e uma caneta no caminho de McTavish, que se dirigia para seu assento, mas Wyatt se espremeu entre os dois e lembrou a moça que autógrafos só depois do debate.

Simone (viva) apertou meu ombro de passagem para sentar-se ao lado de Douglas (vivo), que naquela manhã tinha na mão um único café, talvez por estar ciente de que eu estava contando suas bebidas. Wolfgang (vivo), de costas para as caixas de som, lia uma edição em capa dura arranhada de *O preço da inteligência*, cujo tamanho e austeridade davam a impressão de se tratar de compêndio científico, mas, para mim, parecia ter chances iguais de ser uma antologia poética tremendamente autoindulgente. Jasper e Harriet (vivos) estarem ali não era surpresa alguma, após também terem provado serem Mongrels caçadores de autógrafos. Cynthia (viva) mais uma vez operava a máquina de café sob a supervisão de nosso anfitrião, Aaron (vivo). Royce (vivo, embora parecesse com o pé na cova) entrou trôpego no recinto no exato momento em que Majors pigarreava, prestes a abrir os trabalhos. Desgrenhado, ele ainda emanava um ar de ressaca, e desabou sobre um assento como se tivesse tomado um tiro no joelho. A única pessoa ausente era Lisa Fulton (vivacidade a ser determinada).

Enquanto tosses discretas eram interrompidas por pigarros de gargantas não cortadas, massagens em testas não perfuradas aliviavam ressacas, jarras não envenenadas enchiam copos de água e os demais presentes se aglomeravam e cafeinavam, McTavish se inclinou para a frente e sussurrou para Brooke:

— Isso aqui é bom demais pra beber sozinho.

Antes que ele pudesse dizer qualquer outra coisa, o guincho estridente de um microfone indicou o início do evento. De sua parte, Majors tinha dado duro para garantir que a mesa daquela manhã se dedicasse a um olhar mais detalhado sobre McTavish e sua obra. Apesar dos esforços, McTavish tomava os característicos goles de seu cantil e desfiava as mesmas histórias da véspera. Minha atenção se dispersou para o cenário lá fora. O trajeto do trem não oferecia muitas oportunidades de se avistar animais — a região era árida demais até para cangurus —, mas uma ave de rapina com as presas estendidas pairava ao nosso lado.

Ao longe, uma fumaça preta espessa manchava o azul em vários pontos. Um helicóptero transportava um reservatório cheio de água ao longo da linha do horizonte. Comecei a pensar que a preocupação com o milhafre causador de incêndios silvestres provavelmente era maior do que Aaron fizera parecer. Ecossistema natural, ciclo da vida, o que fosse: tanta destruição para que apenas um ser se beneficiasse individualmente não me parecia tão natural. Queimar toda uma floresta por um mísero café da manhã? Parecia algo... *humano*.

Foi quando ouvi Majors perguntar "Você está bem?" e tudo mudou.

Ao me virar, vi McTavish cobrindo a boca com a mão. Seus ombros subiam e desciam de maneira ofegante; ele meio que arrotava, meio que soluçava, e uma golfada de vômito se projetou sobre sua mão, passando pelos espaços entre os dedos e atingindo a primeira fila. As pessoas sentadas ali gritaram e saíram às pressas.

McTavish se contraiu, deixando o cantil cair no chão, e desistiu de cobrir a boca. O vômito se espalhou pelo carpete e pelo exemplar de *Misery* de Brooke.

Assim como todo mundo no recinto, eu me levantei e fiquei rondando, sem saber como ajudar. Aaron abriu caminho até a frente do vagão com o kit de primeiros socorros. O rosto de McTavish estava completamente branco, mas com um leve toque de azul, e ele havia começado a tremer. Agarrou-se à bengala e a usou como alavanca para se pôr de pé. Sua respiração estava acelerada e arfante.

Embora ainda se apoiasse vacilantemente na bengala, McTavish parecia ter recuperado o autocontrole. Sua pele estava pálida e suada, e as pupilas, contraídas. O cantil entornava devagar, ensopando o carpete de álcool. Ele encarou todo mundo no recinto, limpou a boca e disse:

— Acho que não estou lá muito bem.

E então morreu.

Tipo, literalmente. Ele estava olhando diretamente para mim, e foi como se alguém tivesse desligado seu cérebro. Não houve um lento revirar de olhos para dentro das órbitas, as pálpebras não se fecharam gradualmente. Ele me encarava em dado momento e no instante seguinte seus circuitos fritaram, os globos oculares se voltaram cada um numa direção (um para o alto e à esquerda, o outro totalmente para o lado), e tudo que havia neles se foi. Seu corpo permaneceu de pé por um segundo a mais, por obra e graça da bengala, e então perdeu o prumo e desmoronou.

Imóvel. Morto.

Ninguém se mexia. Era absurdo demais, inesperado demais e violento demais para que qualquer um sequer pensasse em gritar. Ninguém emitia qualquer som — havia apenas um silêncio generalizado e horrorizado.

Exceto, é lógico, pelo ruído do lápis de Alan Royce, que escrevia em seu caderno.

CAPÍTULO 11,5

Eis o que você está pensando:

- Lisa Fulton é sua principal suspeita neste momento, em virtude de ser a única pessoa na viagem que foi minimamente gentil comigo. A falta de elementos incriminadores da parte dela é, ironicamente, incriminadora. Além disso, era a única pessoa ausente da sala durante a morte de McTavish.
- Alan Royce, no momento, é o último na sua lista de suspeitos, considerando que é o tipo de verme repugnante que costuma terminar como vítima em livros assim, e você o considera uma escolha óbvia demais para ser o assassino.
- SF Majors e Wolfgang estão em pé de igualdade, mais ou menos ali pelo meio da lista, bem como Simone e Wyatt. É óbvio que todos têm algo a esconder, mas não está claro quais segredos justificariam matar alguém. Wyatt parece estar enredado em várias teias, já que tem relações com a maioria dos presentes, senão todos, devido à posição que ocupa na Gemini Publishing. Você está de olho nos quatro.
- Você também considerou que o assassino pode não ser um dos escritores, e sim um dos convidados, grupo em que estão incluídos Brooke, Jasper e Harriet Murdoch, as senhoras do clube do livro erótico e Douglas. Você não se convenceu de que qualquer um desses tenha razões suficientes para ser um assassino — entre eles, porém, o teatrinho de "estranho misterioso" de Douglas foi talvez o que mais chamou atenção.
- Você não descarta os integrantes da tripulação: Cynthia, a barista, e Aaron, Diretor da Jornada, pois Aaron e Cynthia são os únicos membros da tripulação aos quais dei nomes. É

evidente que Aaron e Cynthia podem lhe ter passado pela cabeça por você já saber que vem por aí um segundo assassinato e talvez julgar que isso seja razão suficiente para que os dois tenham nomes.

- Até agora, Juliette escapou ao seu escrutínio, porque personagens de livros anteriores tendem a não cometer crimes na continuação, a não ser que sua personalidade se modifique por completo, um tipo de inconsistência que não seria considerada jogo limpo. Claro, você pode suspeitar de algum ciúme, já que nós dois escrevemos livros sobre o mesmo assunto e eu é que fui convidado para o festival. Mas só para ficar claro: *só um idiota* acusaria Juliette de assassinato.

Sabemos, portanto, em que pé estamos com relação a suspeitos. Você também anda ponderando a respeito dos seguintes desdobramentos da trama:

- Henry McTavish está mesmo morto? Porque nesse tipo de livro às vezes o morto volta à vida. Posso afirmar desde já que tanto faz piscar para um cavalo cego ou para um autor escocês morto — já que esse está mortinho da silva mesmo.
- Você acha que a trama de *Descarrilhado* pode ter relevância.
- Já lhe ocorreu que nem todo mundo nesses livros é quem diz que é. Você está refletindo se alguém cujo nome verdadeiro é Archibald Bench estaria no trem sob outra identidade.
- Prometi ainda que usaria o nome do assassino em todas as suas formas 108 vezes. Para ser justo, se há múltiplas identidades em jogo, considerarei o total cumulativo de ambas. Eis a contagem até aqui:
  — ~~Henry McTavish: 136~~
  — Alan Royce: 70
  — Simone Morrison: 56
  — Wyatt Lloyd: 50
  — SF Majors: 47
  — Lisa Fulton: 39
  — Wolfgang: 39

— Jasper Murdoch: 27
— Harriet Murdoch: 21
— Brooke: 20
— Aaron: 13
— Clube do Livro/Veronica Blythe/Colmeia: 12
— Archibald Bench: 9
— Cynthia: 8
— Douglas Parsons: 8
— Erica Mathison: 4
— Juliette: ISENTA

Pode ser que isso pareça de uma sinceridade incomum para o narrador de uma história de detetive. Talvez. Digo porque, acredite se quiser, romances de mistério são um trabalho em equipe. Alguns escritores, os ruins, trabalham contra o leitor. Mas nós somos uma equipe e, para jogar limpo, você precisa ver o que eu vejo. Quero que você consiga desvendar o mistério, exatamente como eu consegui.

É claro, você ainda não confia em mim. Não consegue deixar de pensar que eu possa estar te alimentando com um monte de pistas falsas para manter a verdade oculta. Que, quando digo que alguém é o suspeito mais provável, este é o menos provável e vice-versa. Se você está achando isso, também deve achar que talvez eu *queira* que você ache isso, e portanto que eu apresento o suspeito mais provável para fazer você pensar que pode ser mais esperto do que eu achando se tratar do *menos* provável quando, na realidade, é *de fato* o mais provável. E por aí vai, eternamente. Uma parte central de livros de mistério é trabalhar não só com o que o leitor acredita, mas também com o que ele desacredita. Você, portanto, está pensando que a lista em si é a pista falsa.

Tudo o que posso dizer é o que venho dizendo até agora: a verdade. Afinal, eu falei que Henry McTavish seria envenenado, não falei?

Bem, não com essas palavras, acho. Mas, *sim*, eu falei que a inspiração para este livro viria de um drinque com ele.

FORENSE

CAPÍTULO 12

Fomos todos rapidamente confinados às nossas cabines enquanto os funcionários começavam a limpeza. Falando assim soa bastante insensível, mas, por mais dramática que seja a presença de um cadáver, no fim há *sempre* um momento em que alguém tem que pegar um balde e um esfregão.

Além disso, os típicos turistas do Ghan estão no crepúsculo da vida: não pode ter sido o primeiro cadáver com que os funcionários se depararam. E um homem hirsuto que punia os próprios órgãos com chicotadas de um cantil prateado não era um candidato pouco provável a um fim precoce. Assim, enquanto o público oscilava entre a tremedeira de um estado de choque e o pânico debulhado em lágrimas (no primeiro caso, Majors; no segundo, Brooke), a tripulação se mantinha inacreditavelmente calma. Ninguém sequer sugeriu pararem o trem. É claro, também estávamos no meio do nada, então não havia onde parar. Trens têm dessas coisas: eles seguem em frente.

Eu andava de um canto ao outro da nossa cabinezinha — infelizmente, de tamanho nada apropriado para grandes deduções —, e Juliette, ali sentada, olhava o panorama da janela. Enquanto tomávamos o café da manhã, nosso quarto havia sido reconfigurado para maior conforto ao nos sentarmos, camas feitas e erguidas contra a parede pela equipe invisível de camareiros. Lá fora, avistava-se fumaça no horizonte. Juliette virava os joelhos para a parede sempre que eu me aproximava.

— Acho que você devia sentar — disse ela, depois de eu cruzar a cabine pela centésima vez, sinalizando o assento ao lado com um tapinha. — Vai acabar abrindo um buraco no piso, desse jeito.

— Não faz sentido — comentei, iniciando mais uma volta de cinco passos.

— Faz total sentido. Um alcoólatra acima do peso teve um ataque do coração. — Ela fez o gesto de quem lava as mãos. — Caso encerrado, detetive.

— Um alcoólatra acima do peso *que todo mundo no trem odiava*.

— Só porque você o odiava não significa que a mesma coisa valha para todo mundo — alertou Juliette.

— Todo mundo tinha um motivo. — Eu comecei a contar nos dedos. — Royce se sentiu traído por não ganhar o elogio. Wyatt queria que ele continuasse a escrever os livros do Morbund. Eu ouvi a discussão dos dois. Simone queria assinar um contrato com ele.

— Olha o que você tá falando! Nada disso justificaria matar alguém. É tudo só picuinha por ciumeira ou desavenças. — Juliette imitou meu gesto de contagem, mas fazendo pressão exagerada nos dedos. — Lisa ganhou o elogio. Simone, eu apostaria que preferiria vê-lo *vivo* pra poder assinar o contrato, assim como o Wyatt o queria *vivo* pra escrever mais livros.

— Talvez eles tenham se sentido rejeitados com uma negativa.

— Eu não sou expert, mas matar a galinha dos ovos de ouro me parece uma péssima tática de negociação. E todos os outros são fãs dele.

— Exatamente.

— Exatamente? — perguntou ela, e recolheu as pernas para junto da parede.

Eu me virei.

— Talvez a Brooke seja obcecada por ele.

— Uuuuu. — Ela agitou os dedos de forma sinuosa e sinistra, como uma bruxa. — Um motivo!

— Você não foi no debate ontem. O clima estava tenso. SF Majors também tinha alguma pinimba com ele. A conversa entre os dois estava inflamada. E ainda tem mais — falei, me animando com a lembrança. — Tinha uma mulher no quarto dele ontem à noite.

Juliette cruzou os braços, mas eu percebi uma nova fagulha de curiosidade.

— Ontem à noite?

— Eu ouvi...

— Você já estava xeretando antes mesmo de ele ser morto?

— Não. Eu fui confrontar o homem sobre a resenha.

Ela aproximou mais uma vez as pernas da parede.

— É sério isso? Ernest...

— Eu mudei de ideia. Quando cheguei na cabine, Royce já estava lá, esmurrando a porta. Mas o McTavish não saía. Royce falou que tinha ouvido uma mulher lá dentro com ele.

Juliette não parecia convencida, mas ajustou um pouco a postura.

— E foi nessa hora que você ouviu o Wyatt dizer pra ele que queria mais livros do Morbund?

— Isso foi depois — respondi, envergonhado. — No corredor.

— E você não estava xeretando.

— Eu levantei pra... vomitar. Tinha bebido demais.

— Estava bêbado, então.

Esbarrei nos joelhos dela, que desta vez não os tirou do caminho. Sustentei a resposta:

— Eu sei o que eu ouvi.

— Só estou dizendo que se essa história estivesse num livro policial ninguém confiaria na testemunha bêbada.

— Eu não estava bêbado.

— Não estou tentando discutir com você, Ern. Estou tentando ajudar. Tudo isso é só viés de confirmação. Você quer que a conta não feche.

— Por que eu iria querer isso?

— Porque você tá pensando que tem um livro aí.

— Eu estou pensando que tem um *crime* aí.

— E pra você não dá no mesmo?

Parei de andar pelo quarto e desabei no assento ao lado dela. Pus a mão no joelho de Juliette e observei o deserto passar na janela por um instante.

— Ok — disse, afinal. — Minha curiosidade é um pouco egoísta. Mas pensa só como essas coisas acontecem. — Me lembrei da minha lista, do meu esquema para o bom andamento de uma história de mistério e assassinato. *Sessenta mil palavras: um segundo assassinato.* — Nunca tem só um assassinato nessas histórias. Sempre tem pelo menos dois.

Juliette pegou minha mão.

— Isso aqui é a vida real, não é livro. Nenhuma das suas regras precisa ser seguida. E o mais importante: a vida real não joga limpo.

— Mas e se eu estiver certo? E se essa pessoa só estiver começando? E se eu conseguir impedir... dessa vez?

Ali estava a chave de tudo, naquelas duas palavras. *Dessa vez.* Tanta gente havia morrido na montanha. Se eu tivesse sido mais inteligente, mais ágil, talvez tivesse sido diferente. Havia elos demais e segredos demais fervilhando no nosso pequeno grupo para simplesmente classificar a morte de McTavish como uma coincidência. Será que eu não tinha ao menos a responsabilidade de ver o que poderia descobrir?

E talvez, não que eu acredite nesse tipo de coisa, mas talvez mesmo que eu não *merecesse* estar ali, talvez fosse para ser.

— Se eu não fizer nada, tudo que acontecer daqui pra frente é culpa minha — argumentei.

— Não é sua responsabilidade — disse Juliette, delicadamente. — E não é, nem hoje, nem nunca, culpa sua.

— Eu sei — respondi, com um tom de voz que deixava claro que não sabia.

Juliette mordeu o lábio, ciente de que eu aguardava sua permissão mas não estava exatamente pedindo nada.

— Se você precisa disso... por você, não por outra razão qualquer... então faça algumas perguntas. Tudo bem. Mas só o bastante pra se sentir seguro de que isso seja exatamente o que parece ser. Não tente provar que o McTavish foi assassinado. Tente provar pra si próprio que *não foi.*

Parece presunçoso escrever isto agora, visto que, bem... a retrospectiva e a facada que sofri *obviamente* provam quão errada ela estava. Mas naquele momento o conselho de Juliette foi muito bom. Notei que minha inquietação diminuiu.

— Ok. Então tudo depende de *como* ele morreu. Se foi assassinato... — nós nos entreolhamos — ... e eu não estou dizendo que foi!... preciso descobrir ou descartar o método.

— Parece um bom ponto de partida.

— Deve ser veneno. De repente no cantil?

— É como eu faria. — Juliette deu de ombros.

O intercomunicador crepitou, ecoando a voz de Aaron. Ele nos informava que chegaríamos a Alice Springs dentro de duas horas e que os funcionários ficariam extremamente gratos se pudéssemos permanecer nos nossos quartos até lá.

Alice Springs era uma comunidade rural, com cerca de 30 mil habitantes. Grande o suficiente para ter delegacia e necrotério. Lá, o corpo de McTavish seria retirado do trem. Eu tinha pouco tempo.

Fiquei de pé.

— Preciso ver o corpo.

— Hein? Por quê?

— Pra ver se ele foi envenenado.

— E como você vai saber? Você não é médico. Não é nem detetive.

— Na última vez...

— Tinha uma médica *de verdade* com a gente. Não é a mesma coisa. Você precisaria de uma autópsia, pra início de conversa. De exames toxicológicos. Espera a gente chegar em Alice Springs. Você precisa dos especialistas.

Algo que McTavish havia falado quicava pelo meu cérebro. *Se um de nós seis morresse agora, teríamos cinco suspeitos capazes de matar e escapar ilesos.*

Talvez houvesse especialistas no trem, afinal. Cinco autores de romances policiais, cada um especializado num campo diferente. Cinco pessoas que haviam passado décadas pesquisando todas as formas de solucionar um crime. Ou de cometê-lo.

Eu não havia nem aberto a boca ainda, mas Juliette já balançava a cabeça com veemência.

— Não, Ern. Isso não conta.

— Me ouve.

— Você precisa de uma *autópsia*. E de alguém que conheça a lei, pra não correr o risco de comprometer provas.

— Nós temos as duas coisas.

— Não, não temos. Essas pessoas são *escritores*.

— O Royce era patologista forense. Lisa era advogada. São especialistas. — Eu estava falando basicamente comigo mesmo àquela altura, recitando as qualificações de todos em murmúrios rápidos. — Suspenses médicos. Suspenses de tribunal. Majors conhece psicologia criminal, entrevistas, perfis, esse tipo de coisa. Isso já ajuda. E o Wolfgang... bom, ficção literária eu acho que não serve pra nada.

No geral, isso é verdade. As contribuições de Wolfgang, exceto por uma instância impressionante de dedução literária relativa a uma vírgula mais à frente na história, não foram nada de mais.

— E onde você entra nessa equipe fantástica de combate ao crime, hein?

— Bem — falei, com certo orgulho —, eu conheço as regras.

Juliette jogou as mãos para o alto.

— Se esse trecho for entrar no livro, não quero pagar de namorada pentelha. Então não vejo sentido em te lembrar mais uma vez de que isso aqui é a vida real e ninguém precisa seguir quaisquer regras de livros policiais. Mas, se fizer *questão* de me tornar uma personagem secundária, não quero mais saber dessa pantomima de *não entre aí*.

Ela se virou e passou a fitar a vista da janela.

O silêncio é como uma torneira deixada aberta: a pia vai enchendo, enchendo, até transbordar e o peso se tornar insustentável.

Com toda a sinceridade, nós nunca tínhamos brigado antes. Roupas espalhadas pelo chão e debates sobre quem vai levar o lixo para fora são fichinha se comparados ao *serial killer* que enfrentamos antes, por isso nunca havíamos pensado que fôssemos capazes de quaisquer dramas domésticos que justificassem levantar a voz. Mas a cabine estava inundada e a caixa de feltro no meu bolso pesava mais do que nunca. Aquilo não estava nos meus planos.

Se uma vantagem de botar tudo no papel é me vangloriar quando estou certo, uma desvantagem é ter que reviver momentos em que estava errado. Eu devia ter dito muito mais naquela hora. Devia ter me dado conta de que Juliette não estava me pedindo que não me importasse com a morte de McTavish, e sim que me importasse com ela. Que seu pedido não era para eu não ir, e sim para eu ficar. Na teoria pode parecer que dá no mesmo, mas o significado é bem diferente.

Quem estiver torcendo para que eu tenha dito a coisa certa a seguir não prestou muita atenção: meus equívocos são extensos e certeiros. Sou o tipo de cara que dobra a aposta. Então, ali de pé — o que já era um mau começo, pois ninguém gosta de uma discussão com diferença de altura —, proferi a pior combinação de palavras possível (ouso dizer que não só nessa conversa, mas em termos sociais de forma geral):

— Preciso falar com Alan Royce.

CAPÍTULO 13

Quando abri minha porta, Royce estava no corredor, de punho erguido. A expressão no seu rosto apatetado era de surpresa. Levei um segundo para me dar conta de que ele não havia se materializado magicamente ali devido às minhas palavras: o sujeito estava para bater na minha porta.

Empurrei-o de volta ao corredor e saí antes que Juliette o visse.

— Bom timing — falei, andando na frente sem nem lhe perguntar nada antes. Sabia onde ficava o quarto dele, pois o pusera para dormir na noite anterior. — Podemos conversar na sua cabine?

Royce, claramente nada habituado que alguém se mostrasse feliz por vê-lo, precisou de um segundo para sair trotando atrás de mim. Usara a quarentena forçada como oportunidade para tomar banho, mas a ressaca ainda pesava sobre seus ombros e sobre a cabeça caída, como se os vapores do excesso fossem cordões de marionete, que o sustentavam e o arrastavam.

Eu não optara pela cabine de Royce apenas para afastá-lo de Juliette. Também queria xeretar. Não que esperasse encontrar frascos de veneno abertos na beirada da janela (preferencialmente com rótulos nada sutis de caveira e dois ossos cruzados), mas valia a pena tentar.

Concedi a cortesia de ele abrir a porta da própria cabine, a ilusão de um convite. Não tinha visto o quarto direito no escuro, mas fiquei chocado com o estado em que se encontrava naquele momento. Parecia que Royce estava lá fazia um mês, não meras 24 horas: por todo o carpete, havia roupas jogadas, embalagens de comida industrializada, montes de papéis desorganizados e garrafas vazias cujo conteúdo anterior ia da água à cerveja.

O carpete em si poderia figurar num daqueles anúncios de "Desaparecido" em embalagens de leite, já que basicamente não havia sinal dele. Entrei no quarto na ponta dos pés, como que para evitar pisar em uma ratoeira. Meu calcanhar esbarrou em algo úmido e estremeci, chutando de lado uma toalha embolada.

Talvez por ele ter dormido até tarde, o beliche não havia sido erguido. Assim, entre caretas e resmungos, Royce e eu descobrimos como virar a cama de cima para conseguirmos pelo menos nos sentar na de baixo. Ele se posicionou ao lado da mesinha junto à janela, pegou o caderno e cutucou a página com uma caneta tampada. Ali já se via vários rabiscos em tinta azul. Na parte de baixo, avistei meu nome sublinhado.

— Então, você conseguiu o assassinato que queria — disse ele.

Não mencionei que foi Royce quem havia desejado o assassinato, não eu. Preferi dizer:

— Você acha que foi assassinato?

— Por que mais estaríamos aqui?

Ele destampou a caneta. Era elegante, da grossura de um polegar e com detalhes elaborados em prata no corpo e na tampa. A ponta fora concebida para se parecer com a de uma caneta-tinteiro das antigas, só que com tubos modernos de tinta para não necessitar de uma base, e afiada a um ponto que devia ser tortura ter que servir às palavras sem gume de Royce.

— Vamos começar pela noite passada?

— Sim, por favor — respondi.

Ele parecia surpreendentemente aberto a ser interrogado. Dei um tapinha mental nas minhas próprias costas em honra ao refinamento de minhas habilidades detetivescas.

— Do que você se lembra? — perguntei.

— Eu me lembro de você. — Ele brandiu a caneta na minha direção. — Todo exaltado, querendo falar com o Henry. Bem agressivo, achei.

— Acho que você fez confusão. Era você quem estava esmurrando a porta dele.

— Então você não queria falar com o Henry?

— Claro que queria. A questão não é essa. Você disse ontem à noite que ouviu vozes. Foi através da porta?

Royce fez que sim.

— Eles ficaram quietos quando comecei a bater. Mas Henry estava falando com alguém. Uma mulher. Lisa Fulton.

— Tem certeza de que era a Lisa? — perguntei.

Ele deu de ombros.

— A voz parecia a dela.

— Parecia ou *era* a dela?

— Eu esqueço que você é novo no ramo — Royce ergueu a sobrancelha —, mas tem mais de uma forma de conseguir um elogio. Entende?

O que Royce havia falado na véspera, durante o café da manhã? *A não ser que te deva um favor.* Entendi a insinuação. Lisa e Henry.

Sexo é sempre bom motivo para um assassinato nestes livros, óbvio, mas ali me soava meio preguiçoso. Um relacionamento entre Lisa e McTavish certamente sustentaria uma argumentação baseada no ciúme de Royce. Mas, se fosse o caso, a vítima estava errada. Seria bem mais provável Royce descontar em Lisa do que em McTavish. Dava para ver na forma como seu lábio se retorcia em torno das palavras *mais de uma forma*. Nada como o bom e velho sexismo, que caía tão bem em Royce que poderia ter sido feito sob medida para ele.

Ao mesmo tempo, Royce estava bêbado e tinha um motivo para desgostar de Lisa. Quanta certeza eu tinha de que ele havia escutado direito? O festival estava repleto de mulheres: Cynthia, Harriet, Majors, Simone, Brooke, Juliette e as integrantes do clube do livro de Veronica Blythe, só para ficar nas mais notórias. E, dependendo de quão bêbado ele estivesse, a pessoa com McTavish poderia nem ser uma mulher. Dá para deduzir gênero a partir de um sussurro? É difícil identificar de quem é uma voz que se ouve por detrás de uma porta.

Por outro lado, embora uma mão lave a outra mas só uma continuasse viva, pelo jeito Lisa já tinha conseguido o que queria naquela possível troca. A capa havia sido revelada, o livro respaldado. Ela saíra correndo do debate com os olhos cheios de lágrimas de gratidão. O enrosco da madrugada poderia ter sido, bem, uma recompensa. Lasciva, é óbvio. Mas aquilo não era motivo para crime.

Ainda assim, um encontro clandestino entre Lisa e McTavish na noite anterior ao assassinato dele parecia um belo ponto de partida.

Royce interrompeu meus pensamentos.

— Você disse que queria falar com o Henry e depois mudou de ideia. Por quê?

— Eu te vi lá. Percebi que não estava sendo muito sensato e reavaliei — respondi com sinceridade e parei de falar antes de explicar que enxergar nele a visão constrangedora do meu próprio futuro me fizera tomar jeito.

— Você estava com raiva?

— Lógico que eu estava com raiva. Daquela merda de resenha.

Ele anotou o que eu falei.

Aproveitei a pausa para fazer a próxima pergunta.

— Hoje de manhã você viu tudo o que aconteceu. Veneno?

— Era?

— O patologista forense é você.

— Onde... colocaria? — Ele balbuciou a frase de uma forma que eu a ouvi pela metade e reconstruí a partir das palavras que escutei. *Onde você o colocaria?*

— No cantil — respondi. — Não acha?

Royce anotou.

— Imagino.

— Imagina?

— Se é o que você está me contando.

Se me permite: sorte sua que não é o Royce escrevendo este livro, porque acho que ele faria o tipo não confiável de autor.

— Eu não estou te contando nada. Estou tentando recorrer à sua... — tive que extrair a palavra a fórceps da garganta — ... *expertise*.

Royce pegou seu caderninho e voltou uma página, feito um policial aplicando uma multa. Tinha inflado as bochechas e expelido o ar enquanto pensava. Suponho que se eu tivesse acendido um fósforo, a pura gasolina que ele sibilara no ambiente teria feito a cabine explodir. Espiei os escritos em sua página. Entre as outras anotações, vi que ele havia transcrito todas aquelas resenhas do Goodreads, uma por linha em ordem decrescente, começando com a estrela solitária dada ao meu livro e partindo para as seguintes:

Wolfgang: ⋆ ⋆ Hábil

SF Majors: ⋆ ⋆ ⋆ Oneroso

Eu: ⋆ ⋆ ⋆ ⋆ Sensacional

Em vez do nome de Lisa, ele escrevera violentamente *Vagabunda*. E então, claramente com as mãos tremendo, suas cinco estrelas e a resenha: *Transcendental*.

Na minha rápida espiada, reparei na estranheza de SF Majors receber um veredito tão duro com uma cotação moderada, enquanto que com Wolfgang ocorrera o contrário. Era quase como se as avaliações tivessem sido trocadas deliberadamente.

Royce me viu espionar suas anotações e virou o caderno. Pigarreou, olhou de relance para a porta.

— Melhor a gente ir conversar no bar. — Suas palavras oscilavam, ele parecia um pouco nervoso.

— Estou bem aqui. Tá tudo bem com você?

— Por que eu?

— Porque... É sério isso? Quantas vezes vou precisar dizer? Quero sua ajuda. Você já trabalhou como patologista forense. É o mais próximo de um médico que eu tenho à disposição.

Minhas palavras fizeram Royce bufar de leve.

— Você quer que eu resolva o crime?

Dei de ombros. Foi o máximo que consegui exprimir.

Ele pigarreou.

— Ok. Acho que eu já saquei tudo. Só tem uma coisa que eu não entendo.

Para ser sincero, me senti um pouco afrontado por ele ter desvendado o crime não só tão cedo como tão antes de mim. Sei que isso soa insensível. As pessoas deveriam solucionar crimes para entregar um assassino à Justiça, não para ganhar qualquer tipo de competição, mas mesmo assim... tanta gente para fazer isso, precisava ser logo o Royce?

É claro, este livro ainda tem um longo caminho pela frente e, portanto, você já sabe: ou Royce está errado, ou vai morrer antes de me contar. Eu me abstenho de declarar uma preferência quanto a essa questão específica. Mas adianto que só vou desvendar tudo no Capítulo 31, quando terei — e me dói ter que escrever isto — uma ajuda de Andy.

Eu me levantei.

— Você já desvendou o crime?

Royce girou a cabeça, desviando o olhar de mim para a porta.

— Quase — disse ele, em uma voz fina.

Dei um passo entusiasmado em sua direção.

— Então me fala. O que tá faltando?

Royce se espremeu contra a janela, longe de mim, e então disse:

— Saber onde você conseguiu a heroína.

— Heroína?

— Ah, a gente pode chamar de veneno, se você quiser. Tecnicamente heroína é um veneno, mesmo que não seja tão usada quanto cianeto, arsênico ou seja lá o que for mais popular em romances hoje em dia. A efetividade é a mesma. Aquilo que nós vimos foi uma overdose. Heroína é um supressor do sistema nervoso, desacelera funções como a circulação e a respiração. Eu pesquisei isso pro nono livro da doutora Jane Black. Eu diria que a causa da morte foi uma lesão cerebral anóxica. Significa que o oxigênio não chega ao cérebro. As células morrem, e ele se desliga.

Eu me lembrei da face azulada de McTavish, da respiração ofegante. Dos olhos que se desconectavam do cérebro, como se um interruptor tivesse sido pressionado. Ligado. Desligado. Morto. Fazia sentido.

— Heroína — murmurei para mim mesmo. Foi quando me dei conta. — Peraí, você acabou de perguntar onde *eu*...

Fiz uma pausa. Assimilei a cena. Eu estava de pé. Royce, espremido contra a parede, olhando para a porta. Meu nome no caderno dele, sublinhado.

— Um instante. O que é que você *acha* que aconteceu aqui?

— Você acabou de confessar — disse Royce.

— Confessar?

— Bom, eu estou te interrogando.

— *Eu* estou te interrogando — falei, bufando.

— Por que é que você me interroga e eu não posso te interrogar?

— Porque eu sou o narrador!

— No meu livro, não.

Analisando a conversa que tivemos, me dei conta de que Royce, de fato, estava fazendo muitas das perguntas. Eu seguia as regras de livros policiais, tais como excluir Juliette com base no fato de eu ser o detetive. No livro de Royce, na cabeça dele, ele era o detetive e eu, um suspeito. Porra, aparentemente eu era o assassino.

— Você não pode estar falando sério e achar que eu... — Não consegui terminar a frase.

Royce folheou seu caderno. Leu as anotações em voz alta.

— Você foi à cabine do Henry ontem à noite... — passou o dedo pela página até encontrar o que procurava — ... em estado de *insensatez*. Estava com raiva dele por causa daquela resenha. Uma estrela, *grosse*...

— Eu lembro da resenha, cara.

O dedo de Royce avançava pela página. Parecia uma criança lendo na frente da turma da escola.

— Você mudou de ideia quanto a confrontá-lo porque havia uma testemunha no local. No caso, eu. Decidiu usar veneno. Colocou no cantil.

— Eu entendi você perguntar onde o assassino *colocaria*. Estava perguntando se você achava que era veneno, não te dizendo que era.

Joguei as mãos para o alto. Royce se retraiu.

— Fora o fato de a sua teoria ser cheia de buracos, porque não ando por aí com heroína e, se andasse, não iria surgir todo feliz e confessar ao primeiro que me fizesse perguntas... eu não tenho nenhum motivo. Uma resenha ruim não é um motivo. Não interessa quão furioso eu estava, não vale a pena matar ninguém por isso.

— Não vale — disse Royce, voltando duas páginas. Não dava para ver o que ele havia escrito, mas era perceptivelmente uma anotação feita antes da nossa conversa. — Mas talvez valha por causa de cem mil dólares.

— Como é que é?

— Por contrato, você deve um livro ainda por escrever — continuou Royce. — Se não entregar, vai ter que devolver o dinheiro. E está penando para encontrar inspiração porque ninguém bate as botas no seu entorno já faz algum tempo.

Gaguejei. Cem mil dólares era irritantemente correto.

— Quem te contou...

Ele me cortou.

— Você disse à sua agente literária... — ele voltou mais páginas ainda, até a primeira — ... que *pessoas meio que precisam morrer* para você escrever um livro. Eu estava bem atrás de você na fila do embarque. E sempre soube que havia algo desagradável a respeito do seu primeiro livro. Alguma coisa não fazia sentido. Sabia que você estava planejando alguma coisa. Eu observei você esse tempo todo, tomei notas pra garantir que descobrisse o que você pretendia fazer antes de você conseguir.

Eu abria e fechava a boca como um peixe. Royce não estava fazendo anotações gerais: estava me vigiando. O pior detetive amador do mundo havia inventado toda uma trama criminal a partir de uma frase ouvida por acaso quando eu estava entrando no trem.

Mas Royce não tinha terminado.

— E agora você está aqui me dizendo exatamente o que fez porque vai me matar, me pintar como o vilão e escrever outro livro sobre isso. — Ele se levantou, tirou a tampa da caneta e a brandiu como uma espada. — Hoje não! Com esse autor, não.

Dei um passo que pensei ser conciliador em sua direção, mas ele golpeou o ar à minha frente com a caneta.

— Fica longe de mim. Eu fiz aula de autodefesa como pesquisa para o sexto livro da doutora Jane Black.

— Essa é a coisa mais ridícula que eu já ouvi — retruquei.

— Aprendi algumas técnicas bem úteis.

— Não é a aula de autodefesa, é você achar que eu sou um assassino. — Estendi a mão e puxei a caneta de seus dedos, até com certa facilidade.

Meus reflexos não são muito ágeis, mas os de Royce, só um arqueólogo para encontrar. Ele agarrou o ar onde a caneta estava, deu um gritinho e caiu de costas na cama, com os braços erguidos em frente à cabeça fazendo um X.

— Eu não matei ninguém — afirmei. — E não pretendo começar com você.

Royce baixou ligeiramente as mãos, me espiando por cima dos antebraços.

— Você só queria... a minha opinião?

Sempre tão à vontade em opinar sobre tudo quando *ninguém* lhe perguntara nada, ele devia ter achado uma raridade alguém de fato pedir sua opinião, portanto continuava parecendo confuso.

— Eu suspeitei que talvez tivesse algo no cantil. Você é o único com experiência forense, por isso pensei que se botássemos nossas cabeças pra funcionar juntas, talvez a gente descobrisse algo. E voilà: heroína. Não foi a conversa que eu achei que teríamos, mas chegamos lá.

Royce já recuperara confiança o bastante para optar por ser petulante.

— Pode me devolver minha caneta? É especial.

Levantei-a, notando que na lateral estava escrito Gemini Publishing. A editora de McTavish e Royce e a empresa de Wyatt Lloyd.

— É bonita. — Pressionei o polegar contra a ponta. Observei que fez uma covinha na minha pele. — Afiada. Foi presente?

— Pelo meu primeiro livro. Uma espécie de "bem-vindo à festa". — Ele estendeu a mão, implorando para que eu a devolvesse.

Faz sentido, pensei, editoras gostam de dar presentes de boas-vindas. Eu havia ganhado uma caneca e uma garrafa de champanhe, que ironicamente refletiam um pouco melhor os hobbies de um escritor do que uma caneta.

— Olha só, não estou te descartando como suspeito — comentou Royce, bufando. — Ou... ou... talvez alguém esteja tentando ajudar *você* a escrever. Fornecendo inspiração à distância.

Eu já havia aberto a porta para sair.

— Aonde você vai?

— Vou ver se me deixam dar uma olhada no corpo. — Joguei a caneta para ele. — Você vem?

CAPÍTULO 14

— Mas de jeito nenhum eu vou deixar vocês futucarem um cadáver.

Os braços de Aaron se fecharam com tamanha rapidez sobre o peito que mais pareceram uma armadilha de urso. Ele bloqueou a passagem que levava do bar até o restaurante. O som de Cynthia esfregando o ponto onde McTavish havia vomitado, com um balde de água com sabão ao lado, se espalhava pelo vagão já vazio. O corpo tinha sido levado; a mancha no carpete molhado era a única evidência de que alguém morrera no local uma hora antes. Sem o burburinho dos passageiros, dava para ouvir os copos atrás do bar tilintando e badalando com o balanço do trem.

— Nós podemos ajudar — implorei. — Temos experiência.

Aaron nos olhou de cima a baixo como se estivesse escolhendo jogadores para um time de futebol.

— Não tem nada que possa ajudar o coitado agora. Falta uma hora pra chegarmos a Alice. Se eu puder pedir pra vocês ficarem quietinhos nos seus quartos só mais um pouco, a gente vai resolver isso tudo.

— Nós não queremos ajudar o Henry — disse Royce. — Queremos ajudar *você*.

— Fico muito grato, sr. Royce, mas a coisa está definitivamente sob controle. Por mais infelizes que sejam as circunstâncias, nós recebemos treinamento adequado para tais eventualidades. — Aaron estendeu um braço atrás de nós, apontando para as nossas cabines. Atrás dele, Cynthia continuava a esfregar o piso com luvas amarelas que iam até os cotovelos. O vagão cheirava a água sanitária. — Agora, se eu puder solicitar que vocês retornem às cabines.

— Acontecem assassinatos nesse trem com frequência, então? — perguntei.

— Como é que é?

— Nós achamos que Henry McTavish foi assassinado — respondi, e torci o nariz por incluir Royce naquele *nós*, mas a gente faz o que é necessário. — E por mais que vocês possam ter prática com um velho ou outro empacotando durante o sono, quando o assunto é assassinato, vai por mim, vocês vão precisar da nossa ajuda.

Aaron fez um muxoxo. Percebi que estava repassando a morte de McTavish em sua cabeça. Ele soltou uma baforada de ar pelo nariz enquanto tomava uma decisão.

— Agradeço pela preocupação, mas, pelo jeito, o sr. McTavish viveu uma vida de excessos. Eles cobraram seu preço. Foi só isso.

— Você está errado — disparou Royce.

O olhar de Aaron endureceu.

— Tive a maior paciência com vocês dois...

— O que ele quer dizer é: *e se* você estiver errado? Se houve um assassinato no trem, então tem um *assassino* aqui — acrescentei, com um sorriso que torcia para lhe parecer mais magnânimo do que vil. — Você pode se livrar do corpo em Alice, lógico, mas até se dar conta de que estamos certos, vamos estar a meio caminho de Adelaide e você e todos os seus convidados vão estar presos com um assassino.

Fiz questão de me deter na palavra *convidados*. As palavras mágicas ali eram tão óbvias que bastou sugeri-las: responsabilidade da empresa.

Aaron fechou a cara e olhou para o relógio. Eu via que ele tentava balancear o valor das nossas opiniões e o tempo que levaria para chegarmos a Alice Springs, onde a polícia de verdade estaria mais apta a ajudá-lo, havendo assassino ou não.

— Quando você diz... experiência... — Ele girou o dedo no ar, falando com toda a desconfiança, ainda incerto, mas uma abertura havia surgido. — Vocês não são da polícia.

— Nós temos habilidades — respondi.

— Vocês são escritores.

— O Royce era patologista forense.

Aaron não se deixou impressionar.

— E o que você *era*?

Ignorei a alfinetada e tentei uma última cartada, escancarando meus braços.

— Olha só, eu entendo. Vai parecer ridículo. Mas eu já passei por isso antes. Já olhei nos olhos de um *serial killer*. Já vi gente morrer na minha frente. Gente que eu poderia, e deveria, ter salvado. Então, quando digo que sei o que nós podemos estar enfrentando, não é para me gabar nem tentar me distrair — fiz uma pausa e então decidi contar a verdade —, mas porque estou com medo.

Royce me lançou um olhar crítico: *covarde*. Atrás de mim, ouvi o baque úmido das luvas de lavar louça de Cynthia sendo retiradas e jogadas dentro do balde.

Baixei o tom de voz. Sabia que estava fazendo um grande teatro, mas precisava ser o mais exagerado possível para superar o desinteresse de Aaron.

— Não estamos lidando com um assassino que ataca à noite ou nas sombras. Ele age à luz do dia, na frente de todos os outros passageiros. Você acha que alguém assim mata só uma pessoa? Acha que se pauta pelo horário do trem? Não. McTavish foi só o começo. E se você acha que uma hora não é muito tempo, que dá pra esperar, bem, fico na torcida, pelo seu bem, que nós estejamos errados. — Agarrei o ombro de Royce. — Vamos, Alan. Vamos voltar para as nossas cabines e montar barricadas nas portas. Aaron, eu te aconselho a fazer o mesmo. Caso contrário, vai haver várias outras pessoas nesse trem que *eram* um monte de coisas. E não estou falando de aposentados.

Royce não havia entendido meu plano, e fazê-lo dar meia-volta foi como tentar mexer uma pedra, mas ele acabou por obedecer, mesmo entre resmungos.

— Ernest, precisamos ver o corpo — balbuciou de forma quase inaudível.

Fiz um “shh” para que ele calasse a boca.

Continuamos a caminhar.

E, como se combinado, logo senti a mão de Aaron encostar no meu ombro.

— Cinco minutos, ok? E é só pra que vocês possam me dizer se algum dos convidados está correndo perigo. É bom que não estejam de sacanagem comigo. Deus sabe a quantidade de policiais em Alice que estão me devendo favores e que iriam com tudo pra cima de vocês.

A morte de Henry McTavish havia sido violenta, mas sem sangue nem vísceras, e por isso seu corpo não tinha marcas. O escocês não parecia tão diferente de quando estava vivo: talvez se encontrasse um pouco mais pálido, além de haver um filete de vômito no queixo — mas daria para pensar que ele tinha apenas babado enquanto dormia. Na morte, contudo, faltava a seu corpo algo mais indefinível. Era como um elástico frouxo. Uma alface murcha. Prosa sem voz.

Levei a mão à boca para segurar a ânsia de vômito. Era o oitavo cadáver com que já tivera o azar de me deparar até então. Não sei qual é o número mágico para que alguém pare de se abalar com algo assim, mas tenho certeza de que ainda não o havia atingido. Agora, enquanto escrevo isto, felizmente não mais no hospital, mas alojado num quarto de hotel, já cheguei a dez e ainda fico enjoado.

Estávamos na cabine L1, na parte do trem designada à tripulação, entre o restaurante e o Vagão do Presidente. Aaron nos explicara que na verdade todas as cabines ali eram para os funcionários, mas a L1 também fazia as vezes de quarto para necessidades médicas. O que eu entendi daquilo: no geral, se alguém morresse no trem, seria simplesmente colocado na própria cama até a estação seguinte. Se um corpo tinha que ser tirado do lugar, porque o morto, digamos, estava compartilhando a cabine com alguém, era colocado na L1. Apesar de contar com o próprio vagão, imagino que McTavish tenha sido relegado à L1 porque a existência de qualquer boato de que as suas melhores acomodações eram assombradas não seria do interesse do Ghan. Aaron me disse que, em trens lotados, o que não era o caso, os tripulantes tiravam no palitinho pra ver quem teria que dormir na L1. Lençóis limpos não significam nada se o colchão armazena memórias.

Royce, ciente de que o tempo estava correndo tanto no que se referia à chegada a Alice Springs quanto à hora em que Aaron seria acometido pelo bom senso e confiscaria a hesitante autorização concedida, se ajoelhou de imediato e começou a inspecionar o cadáver. Eu espiava por trás dele e Aaron, ansioso, aguardava de pé junto à porta.

Royce fez força para abrir a boca de McTavish — usando um lenço, na ausência de luvas —, puxou a língua como se fosse um brinquedo e examinou o interior das bochechas. Aaron engoliu em seco com um barulho.

— Acontece muito disso quando você está de serviço? — perguntei, para distraí-lo.

— Ah... é... quer dizer... de vez em quando... — Ele desviou o olhar rapidamente para McTavish e se voltou de novo para mim. Esqueceu o restante da frase e apenas disse: — Causas naturais.

Sempre achei essa expressão fascinante. Seres humanos, por natureza, são tomados muito facilmente pela emoção, pelos nossos desejos mais básicos. Sentimos certas coisas com tanta intensidade — amor, com certeza, mas também ódio — que somos praticamente concebidos para implodir. Para mim, assassinato é uma causa tão natural quanto qualquer outra.

— Nunca teve problemas com os passageiros? — pressionei. — Brigas, esse tipo de coisa?

— Nós oferecemos uma experiência sofisticada, não um cruzeiro de mochileiros. — Ele desviou o olhar para Royce, que naquele momento puxava para baixo as bolsas de pele sob os olhos de McTavish e examinava os cantos. — Apesar de nunca termos lidado com escritores antes.

— Vocês devem ter algum tipo de eventualidade, certo? Alguma forma de detenção?

— Acho que podemos trancar alguém no freezer se tiver necessidade, mas nunca pensei muito no assunto. A assistência médica aérea entraria em cena se fosse um caso de vida ou morte, mas durante uma boa porção dessa jornada nós ficamos bastante isolados, por isso todo mundo tem uma atitude do tipo "vamos em frente". Passamos por treinamento médico, de gerenciamento de crises e tal, caso algo saia muito dos trilhos, mas não é como se fosse instintivo. A gente dá nosso melhor.

— Isso aqui conta como *sair dos trilhos*?

Aaron deu de ombros.

— Já vi coisa pior.

Meu olhar de perplexidade tornou desnecessário pedir a ele que continuasse.

— Há uns trinta anos, um ônibus escolar parou atravessado nos trilhos. Isso foi antes de isso aqui ser um hotel, na época em que era um trem de carga. *Aquilo* foi um caos. — Ele soprou o ar por entre os dentes. Balançou a cabeça com a lembrança. — Morreram quatro crianças e um professor, além do motorista do ônibus, óbvio.

Eu sei que a frase *há uns trinta anos* chamou sua atenção, pois em romances policiais o passado nunca dorme. Um segundo caso sempre se revela importante para a solução do atual, o que, aviso desde já, vai acontecer aqui. Mas, é claro, há algumas linhas do tempo e segundos casos entre os quais escolher.

Pensei no ônibus escolar. Em comunidades rurais, uma só escola tende a cobrir áreas muito extensas, e o ônibus não seria do tipo tradicional, mas uma minivan branca e arredondada que circularia pelas fazendas. O trajeto pode ter levado algumas horas e os trilhos, sido cruzados diversas vezes.

— O maquinista não viu o veículo no caminho?

— Esse negócio pesa...

— Mil e quatrocentas toneladas — anunciou Royce, sentado no chão, provando-se um ferroequinólogo.

Ele havia acabado de retirar o sapato e a meia esquerdos de McTavish e mexia em seus dedos. Se ainda era autópsia ou já virara fetiche, eu não sabia ao certo. McTavish morrera por causa de um cantil envenenado, não um prego enferrujado.

— Exatamente. — Aaron se virou para mim. — Não dá pra parar do nada. Você precisa ver nossos retornos de três pontos. Eu era aprendiz de engenheiro na época. Dezoito anos, meu primeiro trabalho. Difícil esquecer. Não foi nossa culpa.

Fui acometido pela imagem súbita de palmas de mãozinhas minúsculas pressionadas contra janelas. Mil toneladas de aço avançando desembestadas.

— Como o ônibus não viu um trem enorme vindo?

— Era meio complicado fazer qualquer pergunta ao motorista, afinal o sujeito estava bem achatado. Também foi difícil checar se existiam avarias no motor ou no câmbio, já que estava tudo destruído. Ainda vai demorar aí?

Royce forçou McTavish a se sentar, murmurou "Segura isso aqui" como se fosse um mecânico com uma chave de fenda entre os dentes e me empurrou o cadáver. Hesitei por um segundo antes de acrescentar minhas impressões digitais a uma cena de crime, mas o cadáver estava vindo na minha direção, e pensei que, com as de Royce espalhadas por toda a língua e os dedos de McTavish, já não fazia sentido se preocupar com isso. Eu me interpus e sustentei seus ombros, mantendo-o inclinado para a frente, enquanto Royce apalpava seu casaco, me orientando a erguer uma mão aqui, outra ali.

Sem o casaco, McTavish exibia mais sinais de morte. As veias do pescoço eram riachos arrojados de um azul vívido. Royce começou a enrolar as mangas da camisa do cadáver e reparei que a pele do braço esquerdo era ondulada e lustrosa, o tipo de carne manchada que deriva de queimaduras de longa data. As marcas iam até a lateral do pescoço e, supus, deviam descer pela perna também. A lembrança na pele do atropelamento a que ele sobrevivera por pouco.

Royce examinou o vinco interno de ambos os cotovelos. E então se levantou.

— Preciso ver o quarto dele. E o cantil.

Aaron checou novamente o relógio. Se nos havia permitido checar o corpo sob o pretexto de prezar pela segurança dos passageiros, agora nos restava menos de 45 minutos até a polícia de verdade entrar no trem, e sua cautela começava a se manifestar de novo.

Royce foi ao banheiro lavar as mãos.

— Minha suspeita é overdose de drogas — declarou em um tom mais alto, em meio ao ruído da pia. — Sinto muito se acabamos te deixando alarmado, mas vale ser prudente. Só preciso checar o quarto dele para ver se algum fator no ambiente, qualquer material relacionado a drogas, coisas assim, pode respaldar minhas conclusões.

Esse misto de verdade, em relação à causa da morte, e mentiras, quanto ao nosso motivo para fazer uma busca no quarto de McTavish, foi uma amostra particularmente brilhante de manipulação, ainda mais convincente pela casualidade com que fora expressada por Royce, enquanto secava as mãos, substituindo nossas táticas de intimidação por exatamente o que Aaron sempre quisera ouvir. Royce estava dando a ele a oportunidade de provar que estava certo, e o sujeito a abraçou.

Saímos da L1 e Aaron fechou a porta, pendurando nela a placa de papelão onde estava escrito *Shhhh! Ainda estou dormindo*, já que não era possível trancá-la, o que me pareceu irônico além da conta. Fomos atrás dele pelo corredor. No espaço oscilante entre vagões, sussurrei para Royce, minha voz encoberta pelo ruído de ferro chacoalhante e pelo vento que soprava entre as fendas:

— Não sabia que você era chegado em pés.

Ele balançou a cabeça.

— Viciados geralmente aplicam nos braços, mas se essas veias entrarem em colapso ou se eles estiverem tentando esconder o vício, injetam a droga em lugares mais discretos. Na lateral dos olhos ou entre os dedos dos pés.

— Ele está limpo — conjecturei.

— Bêbado? Sim. Drogado? Não. Assassinado? Com toda a certeza.

Aaron destrancou a porta do Vagão do Presidente e a escancarou. Seu grito de surpresa interrompeu minha conversa com Royce, e nós dois nos viramos.

— Que diabos você está fazendo aqui?

CAPÍTULO 15

Brooke ergueu as mãos de supetão, como se nós tivéssemos entrado portando armas de fogo. Mais do que apenas se esvair de seu rosto, o sangue escoou por suas pernas, pelo piso e até os trilhos, deixando-a com bochechas cor de porcelana de osso e os lábios finos e pálidos contraídos de surpresa.

— Este é um aposento privado — afirmou Aaron.

— Esta é uma cena de crime — disse eu.

— Quem é você? — perguntou Royce.

Fiquei tão surpreso em vê-la que nem tinha reparado direito na opulência do Vagão do Presidente. Apesar do nome, não me ocorrera que o quarto de Henry correspondia a um vagão *inteiro*. Adentramos uma sala particular na qual caberiam facilmente dez pessoas ou mais. Um sofá amarelo de couro formava um semicírculo contra a parede leste e tinha à frente uma mesa abarrotada de papéis espalhados. Na parede mais distante, havia uma televisão. Este foi o detalhe mais significativo para mim: ser rico o bastante para pagar por aquela cabine, mas indiferente à vista pela qual se paga. Aos meus pés, no carpete, um montinho de cinzas entregava a existência de outra regalia: um flagrante desrespeito à proibição de fumar. No entanto, o cheiro que pairava no ar era de mirtilo, não de cigarro. O design da mobília era como em qualquer recepção de hotel: painéis de madeira (de verdade, ao contrário dos da minha cabine), com detalhes em dourado e até um candelabro reluzente. O quarto inteiro poderia estar no avião presidencial *Força Aérea Um*.

Royce catou uma garrafa de uísque pela metade e assoviou.

— É caro? — perguntei; o ano informado no rótulo da garrafa era anterior ao do meu nascimento, o que já respondia à pergunta.

O álbum de recortes de Brooke estava ao lado da pilha desorganizada de papéis, e percebi que a razão da bagunça não era McTavish tê-los deixado assim, mas termos interrompido Brooke enquanto ela vasculhava tudo. Ela reparou para onde eu olhava e a desculpa que estava a ponto de se formar em seus lábios se transformou quando assimilou o que eu havia falado.

— Cena de crime? Você acha que o Henry foi... — Ela levou a mão à boca. — Ai, meu Deus. Por favor, não pensem que eu...

— Não dê ouvidos a esses dois — disse Aaron. — Eles estão só... bem, teoricamente estão nos ajudando, mas ainda não sei direito. Você não está sendo acusada de nada. A não ser, talvez, de arrombamento.

Brooke olhou para os próprios sapatos. A cor retornou às suas bochechas como num salto.

— Ele te deu uma chave — deduzi. Naquela manhã, McTavish dissera a Brooke que era uma pena ele ter que beber seu uísque caro sozinho, uma insinuação de um convite recusado. — Ontem à noite.

Ela assentiu muito de leve.

— Eu não vinha. Nunca viria.

— Por que aceitou, então? — perguntou Royce.

Estava cada vez mais gritante que, para ele, só existia um motivo para mulheres matarem (sexo), e que ele não entendia que consentimento se dá *e* se revoga.

— Henry McTavish era o meu herói — explicou Brooke. — Então, sim, eu fiquei toda boba quando ele falou comigo ontem à noite. Eu *queria* que ele me abordasse. Mas como leitora, como fã. Pra gente conversar sobre os livros dele e o que eles significam pra mim.

Eu me lembrei da pergunta dela no debate: enigmática para mim, mas concebida meticulosamente para impressionar McTavish. Simone dissera que, com ele, o jeito certo de falar era através de charadas e enigmas. *Archie Bench*. Ela se despencara até ali para ter a chance de dizer *eu entendo seus livros melhor do que qualquer um*. Não era algo tão raso quanto paixonite ou sedução.

Seu lábio tremia enquanto ela continuava:

— Aí ele se aproximou, e eu achei que aquele era o momento pelo qual eu havia esperado. E ele se inclinou, com bafo de álcool, e colocou a chave da cabine dele na minha mão. Sem dizer nada. Só a chave. E com aquele olhar de quem está dando um prêmio. Como se eu tivesse merecido aquilo. — Ela se engasgou de leve com a lembrança. — Eu travei. Quando me recompus e consegui processar a fundo o que tinha acabado de acontecer, ele já estava indo embora. E eu apertei a chave com tanta força que quase cortei a palma da mão.

— Que bela performance, querida — reagiu Royce, batendo palmas devagar.

Se no campo forense ele talvez fosse útil, análise psicológica não era seu forte: para isso, eu precisaria de SF Majors.

— Então você não veio até aqui na noite passada? — perguntei, pensando na voz feminina que Royce escutara atrás da porta; ele só *achava* se tratar de Lisa, não a vira em momento algum.

— De jeito nenhum. Dormi no meu quarto.

— E onde é? — perguntei, para poder dar uma analisada rápida depois.

— No vagão dos convidados.

Esperei por mais detalhes, mas ela hesitou. Me dei conta de que eu havia acabado de falar para ela que talvez houvesse um assassino a bordo do trem. Brooke tinha todo o direito de ser cautelosa com um estranho que lhe perguntasse onde estava dormindo.

— É... o N1 — disse ela, depois de um momento. — Olha só, eu ia falar com ele depois do debate. Eu não dormi bem. Estava preocupada de talvez ter entendido errado. Queria aproveitar que era de manhã, sem bebida, para esclarecer tudo. No mínimo tinha que devolver a chave. Por isso fui lá. Mas aquele editor me impediu.

Eu me lembrei de Wyatt dando um "chega pra lá" nela, dizendo que autógrafos só depois da sessão.

— Aí ele teve aquele ataque do coração e eu pensei... — os olhos dela se desviaram, tremelicantes; era a primeira mentira óbvia — ... que eu mesma poderia trazer a chave de volta. — Ela se empertigou, pondo as mãos na cintura. — Não sei por que vocês estão agindo como se isso fosse um interrogatório.

Nenhum de nós disse nada. Aaron apenas coçou a panturrilha com o dedão.

— Ai. Meu. Deus. — Ela começou a rir. — *É um interrogatório*. Vocês acham que são *mesmo* detetives. Uau. Isso é bom demais. Me contem, quem é o Holmes e quem é o Watson? Não, espera, deixa eu adivinhar. — Ela apontou para Royce e franziu o nariz. — Ajudante.

Royce deu um passo na direção dela, mas Aaron o deteve com o braço.

— Achei que estávamos aqui pra confirmar a causa da morte, não pra incomodar os convidados.

Receosos de que nossa permissão para bisbilhotar estivesse sob risco de ser revogada, Royce e eu nos entregamos a uma grande performance, oferecendo costas curvadas e coçadinhas no queixo como signos visuais da busca por pistas. Inspecionei a lata de lixo, onde havia um chumaço de lenços de papel ensanguentados e um pequeno cartão branco assinado *De alguém que te admira*. As palavras de Brooke ecoaram: *McTavish era o meu herói.*

A partir do *lounge* se estendia um corredor semelhante aos dos vagões com os quartos comuns, que levava a quatro cabines distintas. Duas aparentavam estar intocadas. Na terceira, haviam montado um escritório em miniatura: uma legítima escrivaninha em frente ao assento com uma solitária caneta hidrográfica em cima. O maior aposento de todos era o último, o quarto de dormir de McTavish. Duas vezes maior — até mais — que uma cabine normal, trazia uma cama de casal desfeita bem ao centro, uma poltrona de frente para a janela e, no chão, a mala de McTavish aberta, com mangas de casacos lambendo o carpete.

— Onde está a máquina de escrever dele? — perguntei, olhando ao redor.

— Hein? — Royce deu de ombros e levantou o colchão: um lugar previsível para se esconder drogas. Estava limpo.

— McTavish — falei. — Ele não escreve todos os manuscritos na máquina? A escrivaninha está no outro quarto. Não tem máquina. Nem tinta.

— Bem, ele tem uma caneta, não tem? — Royce largou o colchão, se ajoelhou e tentou olhar debaixo da cama. Fuxicou por cerca de um minuto e então se levantou e limpou o peito como se tivesse explorado um sótão assombrado, não um vagão de trem cinco estrelas. — Os lenços na lixeira podem indicar uma hemorragia nasal, que não é incomum entre usuários de heroína.

Eu sabia que ele estava mentindo. Não importava há quanto tempo não exercia a profissão, o arroxeado no osso do nariz de McTavish nunca teria passado batido por Royce. Eu havia reparado no machucado antes mesmo de ele morrer. Aqueles lenços na lixeira não eram por causa de drogas. Alguém fizera o nariz dele sangrar na noite passada.

Mas aquela mentira dava para engolir. Era a mesma que Royce contara antes para Aaron na L1, querendo que ele acreditasse que nossa curiosidade era útil. Royce também não queria que ninguém roubasse os holofotes. A mentira intolerável foi o pedaço de papel que vi desaparecer de relance no seu bolso quando ele se levantou. Ele encontrara algo debaixo da cama.

Bom, destruir provas é prática habitual de quem tem culpa no cartório, e me passou pela cabeça que Royce quisesse assegurar o segredo de alguma coisa que o incriminava. Só que ele, ao contrário de seus livros, também era muito fácil de ler. Eu tinha certeza de que a alfinetada de Brooke, rotulando-o como meu ajudante, havia ferido seu ego e ele queria se provar o Holmes e fazer de mim o Watson, não o oposto. Suspeitei que o roubo da prova fosse apenas para chegar à solução antes de mim.

Nossos olhos se encontraram por um segundo e ficou óbvio: nosso casamento de conveniência desaguara num divórcio precoce. Sinto pelos leitores que adoram um clichê: nada de *bromance* por aqui.

— Eu ainda preciso ver o cantil — disse Royce a Aaron. — Talvez haja vestígios.

Aaron desprendeu o *walkie-talkie* do cinto e passou um rádio para a colega.

— Cynthia, por acaso você está com o cantil do coitado?

O som da voz dela crepitou de volta.

— Estou.

— Fica com ele, por favor. Pelo jeito vamos precisar de análise forense.

— Forense? Você acha...

— Não sei. Mas é melhor garantir.

— Desculpa, chefe. Eu lavei o cantil. — A voz parecia de uma tonta, quase que de forma deliberada. Eu conseguia imaginá-la enrolando uma mecha de cabelo com o dedo. — Não era pra ter lavado?

Royce revirou os olhos. Ressalto aqui que também foi Cynthia quem lavou o carpete onde o líquido do cantil fora derramado e, como já mencionei que é bom ficar de olho em quem destrói provas, podemos considerá-la suspeita. Mas também achei meio forçado da parte de Royce criticá-la sendo que ele mesmo tinha uma prova no bolso. Só estou chamando a atenção para tudo isso porque, sabem como é: jogo limpo.

— Você é uma besta — disse Royce, aproximando-se do rádio de Aaron. — Comprometeu toda a investigação.

— Eu preciso apertar o botão pra ela ouvir. Assim — comunicou Aaron.

— Você é... ah, deixa pra lá — comentou Royce, com um suspiro. Raiva é difícil de canalizar uma segunda vez. — Obrigado, Cynthia.

— Quem era esse? — perguntou Cynthia, em sua voz crepitante.

— Alan Royce — disse Aaron.

— O babaca?

— Você tá no viva-voz, Cynthia.

Já estava virando piada. Assim, mencionei que iria dar outra olhada no *lounge*. Alan queria dar mais uma busca nos dois quartos intocados, então voltei sozinho de bom grado. Brooke continuava sentada no sofá. Não tinha certeza se Aaron lhe havia falado que esperasse ou se ela ficara por pura curiosidade, mas considerei uma vitória: se Royce podia esconder provas de mim, eu podia esconder um interrogatório dele.

— A impressão não é das melhores — comecei, pegando alguns dos papéis da mesa. — Você sabe, né?

Ela coçou o braço direito, com um bronzeado de caminhoneiro — queimadura de sol só em um braço —, imagino que de tanto ficar sentada à janela de sua cabine.

— Só fui saber que era um assassinato dez minutos atrás.

Estudei os papéis nas minhas mãos. As anotações de McTavish praticamente não tinham substância alguma e sua caligrafia era tão variada que dava para mapear os momentos de sobriedade e os de bebedeira dependendo de quão legível fosse. Em uma página, estava escrito *decapitação — sobrevivência? Pesquisar* em letras garrafais. Em outra: *Morbund. Reunião de cinema. Hugh Jackman. É musical? Ryan Reynolds. Vai ser comédia?*

— Fala sério — falei, juntando as páginas com uma batida na mesa. — Não foi por isso que você veio até aqui.

— Tá brincando de detetive? — Ela apontou para mim, mexendo o dedo de cima a baixo, e franziu os lábios.

— Você tá fugindo da pergunta.

— O que você quer que eu diga? Contei a verdade.

— Não contou. E eu não estou te acusando de assassinato. Mas ele é o seu autor favorito e acabou de dar fim a uma série com o seu personagem favorito. E agora a série acabou *mesmo*. Estou pensando aqui o que eu, na condição de fã, faria pra tirar uma última casquinha.

— Ok, então. Parabéns. — Ela jogou um monte de papéis na mesa. Um flutuou até o carpete. — Eu vim atrás de um suvenir, ok? Alguma coisa, qualquer coisa, que ele tivesse escrito.

— Tipo isso? — Catei a folha do chão.

Uma das vantagens do ferimento que eu tinha sofrido era que, mesmo sem usar a luva, duvido que fosse deixar impressões digitais; por isso, procurava usar a mão direita sempre que algo me parecesse uma prova. A folha de papel tinha um camelo vermelho na parte de baixo, como as do bloco de notas que Juliette e eu tínhamos no quarto. No alto, as palavras *Archibald Bench*. Embaixo, uma série de traços sublinhados, espaços vazios a serem preenchidos por letras, como num jogo de Forca. A estes se seguia um emaranhado de letras e então a palavra *Archie!*, com direito a um extasiado ponto de exclamação. Embaixo, a palavra *Reich*, sublinhada. A caligrafia ficava a meio caminho entre os rabiscos do McTavish sóbrio e os do bêbado e, como passava a impressão de que ele tentava solucionar o próprio enigma, imaginei que não fosse sua e que na verdade tivesse caído do álbum de recortes de Brooke. Assim ela decifrara fosse o lá o que se escondesse por trás de Archibald Bench.

Brooke puxou o papel da minha mão.

— Talvez.

— O manuscrito não está aqui — comentei. — E é isso o que você estava procurando de verdade.

— Não era. — Soava convincente, fingindo indignação como faria uma esposa infiel, mas a curiosidade a venceu. — Como você sabe?

— Ouvi o McTavish entregá-lo ao Wyatt ontem à noite. Deve estar na cabine dele.

— E daí? Eu estava procurando um livro. Isso é tão ruim assim?

— Depende. Eu fiquei com pena porque seu livro já era. *Misery*, não é? Quer que eu te conte como acaba?

Brooke vestiu a pose chocada de uma cortesã que acaba de ser perguntada se cobrava por hora.

— De jeito *nenhum*.

— Não sei até onde você já chegou e se já sabe muito sobre Annie Wilkes...

— Você tá forçando a barra.

A reação interrompeu meu interrogatório. Então havia três possíveis teorias que envolviam Brooke. Primeira: ela ficara tão furiosa com McTavish por matar seu herói favorito que perdera as estribeiras. Segunda: sentira tanta repulsa, ficara tão arrasada por ele tentar algo com ela que resolvera lhe dar uma lição.

Terceira: descobrira alguma coisa sobre Archibald Bench, anotara no seu bloco e dissera a McTavish o que descobrira naquela manhã no debate, em código. O convite dele para que ela fosse à cabine podia não ter nada de sexual, no fim das contas, caso ele achasse que ela sabia de algo que não deveria saber. Talvez ele quisesse conversar a respeito de Archibald Bench. Talvez até mesmo tentar silenciá-la.

Era plausível que dois desses confrontos talvez terminassem em autodefesa. Um nariz quebrado, uma lixeira cheia de lenços ensanguentados. Não tinha certeza se cabia assassinato em qualquer dos dois casos.

A segunda teoria era a mais consistente, dado o que Royce tinha no bolso. Mas, é claro, a essa altura da história eu ainda não sabia do que se tratava e, portanto, você também não pode saber.

— Ok, minha vez agora — disse Brooke. — Ataque do coração, sei.

— Acho que é bem óbvio que minha suspeita é outra.

— E até aqui eu sou a sua única suspeita?

— Bem, você é a única presente na cena do crime, então, olhando por esse ângulo, com certeza.

Brooke pegou seu álbum de recortes e o folheou. Era uma coleção de matérias e fotografias porcamente coladas. Henry McTavish recebendo um prêmio. Um certificado com as palavras *Morbund's Mongrels*. Ela parou de folheá-lo ao chegar a uma matéria de jornal amarelada e deslizou o álbum na minha direção.

A primeira coisa que registrei foi a data: agosto de 2003. Brooke, à minha frente, parecia no fim da adolescência, com vinte e pouquinhos.

— Você não pegou isso quando era criança, né?

— Eu não era nem nascida, cara. Você suspeita que eu seja fã a ponto de matar alguém, mas não de tirar cópia de um jornal da biblioteca? Meu Deus. Toda ajuda é pouca pra você. Lê a droga da matéria.

ASTROS DO FUTURO

Oliver Wright, 19 de agosto de 2003, Edimburgo

```
Um ano após a publicação de seu livro de estreia
de sucesso internacional, Henry McTavish está de
volta com outro mistério impossível que só o seu
recluso gênio escocês pode solucionar.
```

A matéria engatava uma resenha do segundo livro de McTavish, *Encrencado até o pescoço*, em que o tom do resenhista, após o gancho inicial, se tornava bem mais crítico. Ficava óbvio que ele era suficientemente fã do primeiro livro para não detonar o segundo, mas só isso o impedia de partir para a ignorância. A resenha concluía que, em suma, o segundo trabalho de McTavish era uma decepção. No fim, havia uma rápida resenha de dois outros romances de estreia, cujos autores haviam comparecido com McTavish a um debate no Festival do Livro de Edimburgo...

Eu me virei para Brooke.

— Tá de brincadeira?

Ela deu uma batidinha com o dedo na matéria. Baixei novamente os olhos. Uma pequena foto de poucos centímetros espremida na coluna entre os dois últimos parágrafos. Três pessoas festejando num bar. Eu reconhecia todas.

A legenda dizia: *O consagrado autor de policiais Henry McTavish põe o papo em dia com duas revelações, as romancistas estreantes Lisa Fulton (à esq.) e SF Majors (à dir.) no Festival do Livro de Edimburgo.*

A foto havia sido tirada em um reservado mal iluminado de um pub também mal iluminado — estabelecimento que, pelo que pesquisei, o dono tentou incendiar para receber o seguro em 2015 e não conseguiu —, mas não deixava margem para dúvidas. McTavish enlaçava Lisa com o braço, os dois riam, e SF Majors olhava fixo para a câmera. Copos de cerveja cheios de espuma à frente de todos os três. Sorrisos radiantes, espontâneos. Não parecia uma pose para um jornal; a imagem passava a sensação de camaradagem típica de anuários de escola que faz as pessoas terem saudade da juventude.

Os três, todos no mesmo festival. Vinte anos antes. De novo uma frase dessas. E todos juntos no mesmo trem agora. Eu sabia que precisava levar a coisa a sério.

— Por que você está me mostrando isso? — perguntei.

— Porque, se o melhor de que você dispõe são algumas teorias sobre como *eu* seria capaz de matar alguém, achei que gostaria de saber quem de fato tinha motivo para matá-lo. Essa foto — e ela bateu com o dedo na página incisivamente — foi tirada logo depois de Henry publicar *Encrencado até o pescoço*, segundo livro do Morbund, que foi um fracasso. E um ano antes de ele publicar...

— *Descarrilhado* — completei a deixa. O terceiro romance de Morbund. O que Brooke tentava me dizer ganhava forma aos poucos. — É o livro que Majors mencionou na primeira mesa. O que ela disse ser baseado em uma história real.

— Exatamente! E, sabe, ela já alegou no passado que a primeira vez que mencionou essa história foi... — A cada palavra, ela pressionava o dedo no sorriso cheio de dentes de Majors. — Exatamente. Neste. Festival.

Tentei recriar a cena na minha imaginação. O tilintar dos copos, as fofocas à boca pequena, o consolo mútuo oferecido por resenhas ruins, a atitude sem jeito ao saber de vendas melhores do que o esperado. Um lugar cheio de pessoas que *entendem como é*. Escrever é um trabalho dos sonhos, mas *é trabalho* e às vezes cai bem estar na companhia de gente que também enxerga apostas feitas de papel e tinta como sendo questão de vida ou morte. Escrever é um ato tão solitário que uma sala cheia de angústia compartilhada é um tônico, e muitos não vão admitir ser rejuvenescedor. Lógico, desde que ninguém mate ninguém.

O nome coletivo para definir um monte de escritores na mesma sala inexiste na língua. Quem sabe uma condolência? Talvez uma compaixão. Trata-se de um hospital de guerra para a palavra escrita.

Pensei na minha expectativa inicial para aquela viagem, o meu sonho de me enturmar com McTavish. Naquele momento, visualizava Lisa, McTavish e Majors, todos juntos, compartilhando seus sonhos, inspirações e ideias.

O que Majors havia perguntado no debate? Qual era a cor de *Descarrilhado*? E qual havia sido a resposta de Henry, com direito a sorriso triunfante? *Verde*.

Inveja.

— Majors acha que McTavish roubou a ideia dela para escrever *Descarrilhado*?

— Bingo — disse Brooke. — Ela nunca superou. Diz que eles começaram a beber, a trocar ideias, uma conversa bem casual, com um toque criativo. Sabe como é. Um pouco de *o que você anda lendo?*, um pouco de *em que você está trabalhando?*. Aí, um ano e meio depois, ela vê o novo livro do Henry nas prateleiras. — Brooke fez um gesto que imitava uma pequena explosão.

— Como é que eu nunca ouvi falar disso? Não sou Mongrel, até aí tudo bem, mas sou fã o suficiente a ponto de que teria ficado sabendo de reportagens com acusações do tipo. Como é que você sabe dessa porra?

— A Majors tem que tomar muito cuidado com o que diz — respondeu Brooke. — Wyatt Lloyd tem sido... eu não vou usar a palavra "ameaçador", mas dá pra chamar de... litigiosamente agressivo. Além do que, se eu te dissesse amanhã que iria escrever um romance sobre Henrique VIII, não passaria a ter preferência sobre a história dele. É pública, está aí pra quem quiser, eu escrever a respeito não tira de ninguém o direito de tentar. Aliás, se for parar pra pensar — ela ergueu um dedo zombeteiramente, como quem reflete a respeito —, acho que alguém já foi assassinado num trem antes.

Algo que McTavish tinha falado ressoava na minha mente. *Se você conheceu alguém que morreu ou foi machucado de forma semelhante...*

— Uma outra pergunta, então. Quem é Archibald Bench?

Ela caiu na gargalhada.

— Melhor você voltar pra aquela tese da Annie Wilkes, vai ganhar mais assim.

— Hã?

— *Archie* Bench é a razão pela qual eu não o teria matado. Tenta de novo.

— Ok. — Tentei de novo: — A Majors conhecia as pessoas envolvidas na história real por trás de *Descarrilhado*?

Brooke balançou a cabeça, sem se comprometer com uma resposta. Mais para *como eu vou saber?* do que para *sei lá*.

Voltei à matéria.

— Você guardou isso aqui, o que significa que achou que era importante. Tinha uma lealdade aos livros dele, beleza. Imagino que esteja predisposta a acreditar que ele não tenha roubado a ideia. Mas mesmo assim acreditou no boato?

Brooke suspirou.

— Óbvio que eu tive um motivo pra guardar isso. Acredite em quem quiser, mas esse é um incidente importante. Como qualquer boato que se preze, não é exatamente de conhecimento público, mas não chega a ser oculto. Ao menos a maioria dos Mongrels sabe. De vez em quando falam sobre em algum podcast. Mas não é, tipo, *notícia*, nada disso. — A explicação dela parecia excessiva; eu nunca tinha ouvido falar daquelas acusações. — O McTavish sempre negou. E eu sempre acreditei nele. Mas você tem razão, guardei a matéria. E agora eu o conheci. — Ela segurou meu braço. — Você lê os livros das pessoas e acha que as conhece. Elas conversam com você por centenas de páginas e aí se cria uma intimidade, que você desenvolve por conta própria. Eu amava muito Henry McTavish. E então cheguei aqui, teve a bebida, os excessos, o olhar dele quando me entregou a chave. Talvez agora eu ache que tinha pintado um retrato errado dele. Talvez agora eu ache que ele é um homem que gosta dos prazeres, mas não quer ter que se esforçar por eles. E talvez signifique que eu fique pensando se não deveria ter acreditado nela esse tempo todo.

Digeri a explicação. Parecia um belo resumo de McTavish — um homem que queria prazeres entregues a ele de bandeja. Ou que toma eles à força.

— E a Lisa? Ela não corroborou essas alegações, corroborou? — perguntei.

Lembrei-me de Majors no debate, quase esperando uma defesa de Lisa, da decepção dela quando isso não ocorreu e do atrito quando a capa do livro de Lisa com um elogio de McTavish foi revelada. Algo que poderia facilmente ser encarado como Lisa tendo escolhido um lado. Talvez o elogio fosse até uma oferta de McTavish em troca de seu silêncio.

Brooke balançou a cabeça, mas com os olhos fixos no chão.

As palavras de Royce ecoavam na minha cabeça — *tem mais de uma forma de conseguir um elogio* —, até eu me dar conta de que eram choraminguentas e irritantes demais para serem uma lembrança e que na verdade se tratava do próprio Royce do mundo real, que havia terminado de dar busca nos outros quartos e se encontrava apoiado próximo à televisão. Ele tinha um ar presunçoso, como alguém que colou em uma prova.

— Tá falando do Henry e da Lisa? Eles. Se. Pegaram — disse ele, com desdém. — Henry disse que ela era um estouro, que trepava muito.

Brooke fingiu vomitar ao ouvir a descrição.

— Achou alguma coisa? — perguntei, com um sorriso falso. — Sua compostura, quem sabe?

— Você adoraria saber, né? E o que é que tá acontecendo aqui, interrogando suspeitos sem mim?

— Ela não é uma suspeita das mais prováveis — respondi.

— Isso a torna muito provável, então. — Ele balançou um dedo na minha direção. — Você deveria saber disso, Ernest: nunca é o menos provável, seria óbvio demais. Tem que ser o segundo.

— Vou me ligar nisso — respondi.

— Além disso, você provavelmente não notou, mas eu sou esperto. Ela veio nessa viagem lendo a porra de um exemplar de *Misery*. — Sua pose fazia parecer que se tratava da afirmação mais genial da História. Então ele se voltou para o corredor. — Por que esse cara tá demorando tanto? — O ruído da descarga de um banheiro serviu de resposta, mas, ainda assim, ele gritou: — Aaron?

Brooke se virou para mim.

— *Misery* não é sobre obsessão. Não se você interpretar com base na perspectiva de Annie Wilkes. A temática é bem mais simples. — Ela se levantou e, ainda que tecnicamente Royce não estivesse bloqueando seu caminho até a porta, conseguiu dar um "chega pra lá" nele com o ombro ao passar. Ela ergueu a chave do Vagão do Presidente e, ao depositá-la sobre a mesa, disse: — Nunca conheça os seus heróis.

Aaron surgiu secando as mãos molhadas na parte da frente do colete, enquanto o Ghan reduzia a velocidade até parar por completo. Todos balançamos de uma vez com a mudança de velocidade.

— Tá bem — disse Aaron, batendo no ombro de Royce. — Pelo jeito a investigação de vocês acaba aqui. Ainda bem que os profissionais existem. Bem-vindos a Alice Springs.

CAPÍTULO 16

Fomos forçados a ficar no trem enquanto retiravam o corpo. Eu tinha voltado para a cabine todo envergonhado com o olhar de escrutínio de Juliette, que fitou o relógio (*você demorou bastante*) e perguntou:

— Satisfeito?

Eu assentira, fazendo um carinho na perna dela. Quanto menos conflito, melhor.

Talvez ela tivesse até acreditado, caso eu tivesse conseguido tirar os olhos dos paramédicos, que bufavam ao descer os degraus do vagão, carregando até a plataforma o corpo de boneco de pano de McTavish, dentro de um saco plástico com zíper. Uma atividade tão mundana, tão *prática*, quase como subir dois lances de escada transportando uma máquina de lavar, mesmo sendo o cadáver de um homem famoso. Sempre achei que registrava as coisas no papel para ajudar a me lembrar delas. Mas uma parte de mim escreve no intuito de que eu *seja lembrado*. Observando-os naquela dificuldade com o corpo, me ocorreu que não importa quantas vezes o seu nome apareça nas lombadas de seja lá quantos livros, às vezes, no fim, você vira só um pedaço de carne num saco plástico preto.

Eu estava tão determinado a aproveitar a passagem por Alice Springs quanto Juliette a me distrair para eu não pensar em McTavish. Felizmente, as mesas de debates do dia foram canceladas, o que nos permitiu optar por alguma das atividades oferecidas aos passageiros comuns ou simplesmente vagar pela cidadezinha sozinhos. Foi o que Juliette e eu preferimos (Majors me disse onde encontrar o melhor doce de baunilha), e mais tarde ela insistiu em embarcarmos no ônibus rumo à trilha de

Simpsons Gap, uma maravilha natural onde os penhascos íngremes de rochas vermelhas desbastados pelas intempéries e pelos séculos haviam criado uma ravina. Minha expectativa era a de fazer algumas perguntas a Simone, mas superestimei sua inclinação a passeios turísticos: ela havia preferido ficar no trem (nos disseram que o bar tinha reaberto). De qualquer maneira, a vista majestosa e o contraste entre o ocre acentuado das rochas e o azul vivo do céu logo me conquistaram e esqueci de imediato todos os meus planos de interrogar qualquer pessoa.

Eu me sentei na areia num ponto em que a ravina se encontrava metade no sol e metade na sombra projetada pelo cume. Juliette pôs a cabeça no meu ombro, com o rosto meio na luz e meio na sombra. As rochas à nossa frente estavam ali havia milhões de vidas. Ainda estariam ali quando nossos ossos virassem poeira e nossos livros, material de compostagem. Éramos pontinhos. Mas dois pontinhos são maiores do que um. Acho que a gente sabe que está num bom relacionamento quando é capaz de pedir desculpas sem abrir a boca.

Estava tão agradável que só fiquei parcialmente de olho no que os outros estavam fazendo.

Harriet e Jasper tiravam selfies como se estivessem em lua de mel. Wolfgang escolheu um local plano e elevado na rocha para meditar. As senhoras do clube do livro se deliciavam ao observar wallabies (pequenos cangurus). SF Majors brincava de arremessar pedregulhos num curso d'água no meio da ravina e fazê-los quicar. No mesmo lugar, Brooke, com a audácia da juventude, ia longe, pulando amarelinha de rocha em rocha na margem. Lisa se mantinha à sombra, pedindo a Brooke que tomasse cuidado; mais tarde, ajudou a aplicar óleo de babosa na queimadura no braço da jovem. Royce ficou próximo à mesa de bebidas que os funcionários haviam montado, entornando uma cerveja atrás da outra. Cynthia se mantinha de olho na gente e, de vez em quando, gritava anunciando de quanto tempo ainda dispúnhamos.

Percebi que Harriet e Jasper estavam com dificuldades para tirar uma selfie que capturasse toda a ravina e me aproximei.

— Querem que eu tire? — perguntei. — Juro que uma namorada com Instagram me treinou direitinho. Tiro um monte de fotos pra garantir. E até repito sem reclamar.

Harriet riu e me entregou a câmera, animada. As fotos saíram boas, ainda que eu tivesse reparado que os dois estavam com sorrisos um pouco duros, lábios que acabaram de ter uma briga. Dava para perceber que Harriet queria que eu tentasse de novo, mas Jasper não deixou.

Me afastei devagar, só pra ver se ouvia alguma coisa.

— É muito dinheiro — disse Jasper. — Não dá pra negar.

— A gente não precisa — respondeu Harriet.

— Foi você quem pagou por essa viagem? Vai por mim. Cairia bem.

Harriet não gostou daquilo. Foi de cara feia na direção do bar. Jasper a seguiu, gritando pela esposa.

— Harriet! Harriet?! Harriet? — Uma tríade bem conhecida por todos que vivem relacionamentos longos, cada inflexão com um significado distinto. *Peraí... É sério? Desculpa!*

Wyatt não tinha ido com a gente. Da última vez que o vira, ele estava na plataforma da estação, berrando ao telefone. Imaginei que houvesse alguma burocracia a cumprir quando um autor morre. Douglas também preferira não nos acompanhar.

Não voltei a pensar no assassinato nem em Douglas até retornarmos à estação, de bochechas rosadas e inebriados pelo sol — exceto Royce, esse estava inebriado mesmo —, e eu avistá-lo andando apressado pela plataforma. Não era coincidência estarmos ali ao mesmo tempo: tínhamos sido avisados para voltar às cinco da tarde. A princípio, supus que Douglas estivesse preocupado em não se atrasar. Mas reparei que sua cabeça se virava o tempo todo, tentando ver se ninguém o seguia. Eu o observei se aproximar de uma lata de lixo, tirar a mochila das costas e, depois de uma última espiada, pegar um objeto dentro dela e colocá-lo na lixeira. E logo se afastou dali, quase num só movimento.

Corri os olhos pelo ônibus. As pessoas conversavam, alegres, animadas com o passeio. Juliette dormia no meu ombro. Só eu o vira.

Desembarcamos e, como desculpa para ir até a lixeira, fingi assoar o nariz em um lenço de papel, torcendo para Juliette não reparar que havia passado reto por duas latas de lixo mais próximas. Encontrei o de sempre — embalagens de comida, garrafas de água vazias, miolos de maçãs, cascas de bananas —, mas também um jornal dobrado bem no meio da lixeira. Parecia um objeto incomum para ser descartado de forma tão suspeita. Eu me inclinei e o desdobrei.

Para minha surpresa, encontrei a arma de um crime.

Não a arma *do* crime, óbvio. Mas uma que só poderia ter sido levada para o interior de um trem com o intuito de cometer assassinato.

Bem no meio do monte de papel, havia um revólver prateado reluzente.

PSICOLÓGICO

CAPÍTULO 17

O jantar seria na Estação do Telégrafo, uma das construções mais antigas do *outback* australiano. Localizada na metade da espinha dorsal do país, servira originalmente de posto de retransmissão para mensagens em código Morse entre Adelaide e Darwin. Nós, escritores, fazíamos a mesma rota que um pulso elétrico da comunicação fazia cem anos atrás. A ferrovia podia muito bem ter sido uma linha telegráfica.

A estação em si era um amontoado de cabanas históricas de pedra convertidas em museu, com divisórias de acrílico nos aposentos e ambientes que imitavam salas de jantar coloniais, adornadas com comida de plástico. As cabanas cercavam uma clareira empoeirada, enfeitada para a ocasião com mesas cobertas por toalhas brancas, como as de um casamento, banheiras de latão de cujo interior se projetavam as bocas de garrafas de vinho branco e cerveja e, por isso, mais pareciam minas navais, e um palco onde uma dupla de violão e banjo cantava música country. O cheiro de carne malpassada se insinuava em nossas narinas, já que o jantar estava sendo preparado a céu aberto, distante o suficiente dos convidados para nos encantar com a atmosfera rústica, mas não tão perto que nos fizesse sentir como se estivéssemos na cozinha. Antes da viagem, havíamos sido orientados a levar uma muda de roupa formal especificamente para aquele jantar. Por isso, eu usava smoking, que felizmente cobria a camisa amassada que tinha me esquecido de pendurar. O pôr do sol era quase ofensivamente dourado, de uma fotogenia perfeita. Tripés e lentes de binóculos estavam armados ao longo da cerca de trás, como um exército em defesa de sua posição.

Por mais lindo que fosse o pôr do sol, eu não conseguia tirar os olhos de Douglas. Não sei muito a respeito de revólveres, mas conheço o tipo que ele havia jogado fora — dos de cano bem curto, em que se gira a câmara para jogar roleta-russa —, e, como vários outros, era ilegal na Austrália. Não é o tipo de coisa que alguém vá ter uma desculpa pronta para levar a tiracolo. Não fazia ideia de como ele o levara no avião, considerando que tinha vindo do Texas, por isso presumi que o tivesse arranjado em Darwin. Só porque armas são ilegais na Austrália não significa que sejam inacessíveis, e Darwin é cheia de fazendas onde se usam armas de fogo legais, mas ele teria que querer muito encontrar uma. E se havia se dado a todo aquele trabalho, por que descartá-la sem antes atirar?

Todo estressado e furtivo na estação de trem, Douglas agora parecia tranquilo e despreocupado, dançando com as senhoras do clube do livro em frente aos músicos. Definitivamente estava no clima de celebrar. Esta frase não é tão acusatória quanto parece: havia pouquíssima tristeza no ar. Três quartos do trem não sabiam o que havia acontecido; entre aqueles que sabiam, poucos achavam que fosse algo além de uma tragédia imprevista. O que estou querendo dizer é que as pessoas estavam determinadas a se divertir.

O jantar consistiu em costeletas de cordeiro na grelha, com pão de chocolate de sobremesa. Os assentos eram designados: a disposição dos cartões com os nomes fora meticulosamente pensada para separar todo mundo das pessoas com quem viajavam, no intuito de estimular conversas. Assim, Juliette e eu ficamos separados. SF Majors, contudo, estava na minha mesa. Após a refeição principal, quando alguns se dispersaram para ficar ao redor das várias fogueiras ou banheiras de gelo, dependendo da temperatura que desejassem, me aboletei no assento ao lado do dela.

— Acho que ainda não tivemos uma conversa de verdade — falei, estendendo a mão. — Obrigado por me convidar para toda essa festança.

Majors ergueu as sobrancelhas, parecendo prestes a dizer algo, mas reprimiu uma risada e balançou a cabeça.

— Toda essa "festança" — enfatizou, irritada, devolvendo a mim a palavra — é um desastre absoluto. — Ela esfregou as têmporas. — Se vir Wyatt se aproximando, me avise. Eu prefiro evitá-lo.

— O que aconteceu não foi culpa sua.

— Vai dizer isso pros advogados da Gemini. Ainda que Wyatt esteja a ponto de faturar horrores, literalmente, eles vão querer jogar a culpa em alguém. Lá se vai o meu lugar no conselho do festival também, se não na própria Sociedade dos Autores de Mistério. Matamos Henry McTavish. Tenho certeza de que um monte de autores vai querer entrar na sociedade agora.

Eu me fiz de bobo.

— Achei que tinha sido um ataque do coração.

Ela deu um gole suficientemente grande do vinho para conseguir me aturar.

— Claro que você achou. Eu sou psicóloga, Ernest. Consigo ler você. Me pergunta logo o que veio perguntar.

Com tanta concisão, senti que não conseguiria fazer mais do que uma pergunta e completei a taça de vinho dela, ganhando tempo para pensar na melhor abordagem. O gesto não pareceu conquistá-la, mas Majors bebeu assim mesmo.

— Qual é o perfil psicológico de um obsessivo? — perguntei. — Tipo um *stalker*.

— Ou uma superfã — disse Majors, sem paciência para minha sutileza. — Tudo bem com adulação, a questão é a partir de que ponto ela se torna insalubre. Tem mais a ver com o *stalker* do que com a pessoa seguida. O *stalker* talvez se imagine em certa relação com a pessoa. Uma conexão que só ele vê. Ele se insere num mundo do qual não faz parte e justifica os próprios atos das formas mais improváveis. *Só te segui até em casa para ter certeza de que você estava em segurança*, por exemplo. Incapacidade de distinguir os próprios desejos daqueles da vítima. Confundir gentileza com flerte, ser bem-vindo com ser necessário. Esse tipo de coisa.

— Então o perigo está no ponto de vista. Porque as decisões da vítima podem parecer que afetam o *stalker*, ou até que estão diretamente dirigidas a ele, mesmo quando elas não têm nada a ver. É isso?

— Exato. Digamos que eu consiga o emprego dos meus sonhos e me mude pro outro lado do país. Totalmente inócuo, totalmente pessoal. Alguém que me veja assim pode se sentir pessoalmente atacado. *Stalkers* não gostam de mudanças.

Mudanças, pensei. Como parar de escrever certos livros, talvez. Era algo a se ruminar. Outra coisa que ela havia dito me veio à mente.

— O que você quis dizer quando disse que Wyatt vai ganhar muito dinheiro?

— Ah, um montão. Os livros do Henry vendem, claro, mas isso vai fazer o último romance dele virar um acontecimento literário. Sabe quando catam meio manuscrito de um escritor morto há tempos, tipo o *Vá, coloque um vigia*, da Harper Lee, ou o Stieg Larsson, que morreu antes de terminar a série *Millennium*? O discurso é esse. É o último. Não vai ter mais. Melhor ler. Isso sem falar — e continuou com um gesto amplo — em relançamentos, capas novas, na propaganda baseada no *gênio* — Majors basicamente se engasgou com a palavra — que partiu cedo demais. É uma mina de ouro. A morte do McTavish é uma das melhores coisas que poderiam ter acontecido com Wyatt Lloyd.

— E…

— Peraí. Agora é a minha vez.

Parti um pedaço de pão de chocolate e enfiei na boca. Era gostoso de mastigar e amanteigado, como um *scone*.

— Ok.

— A questão aqui não é justiça. A questão aqui é se provar.

— Essa não foi uma pergunta.

— Não? Aaah… Bom, eu estou certa. E se puder te dar um conselho, é melhor você tomar cuidado com a forma como encara toda essa situação, porque no momento você quer que seja um assassinato. Quer tanto que pode chegar a ignorar os fatos mais básicos só pra que a realidade se encaixe na sua teoria. E parte disso é porque você precisa de uma história e tem cem mil em jogo…

Joguei as mãos para o alto.

— Porra, como é que todo mundo sabe...

— E outra parte é porque você quer se provar pro resto de nós. Wolfgang. Royce. Esses que te acham muito comercial ou que você só deu sorte mesmo.

Ela inclinou o copo na minha direção e eu o completei com a bebida da garrafa no meio da mesa.

— Mas o principal é que você sente a necessidade de ser útil. Porque, se não tiver sobrevivido ao que aconteceu no ano passado para ajudar alguém agora, por que sobreviveu, então? Por isso você escreveu a porra do primeiro livro. Para encontrar algum propósito no que houve. Eis a pergunta que você queria, então: estou na direção certa?

Meu silêncio respondeu a pergunta dela. Ela assentiu: eu já podia continuar com as minhas perguntas.

— O grupo de pessoas nesse festival é bem eclético — arrisquei. — Foram escolhidas a dedo?

— Eu precisava de um equilíbrio entre nomes consagrados, revelações e gente que chamasse a atenção da imprensa. Wolfgang ajuda a conseguir financiamento. Os comitês amam um toque de pedigree. Embora eu não achasse que fosse nos render tantas manchetes por si só. Diria que fiz um ótimo trabalho, concorda?

Estava explicado o convite a Wolfgang. Royce e eu ainda éramos pontos fora da curva.

— Não teve nada a ver com o fato de que você, Lisa e McTavish estiveram no Festival do Livro de Edimburgo em 2003?

A menção fez Majors retesar os joelhos. O vinho, próximo dos seus lábios, foi parado perto da sua boca, e sua respiração embaçou a taça.

— Acho que agora seria um momento bastante desrespeitoso pra comentar sobre isso — afirmou, por fim.

— Por que você me convidou, então?

— Eu não te convidei — respondeu ela, com crueldade, em clara retaliação à minha pergunta anterior.

Ignorei a farpa, mas fiquei pensando: se ela não havia me convidado, quem tinha feito isso?

— Você obviamente queria a presença do McTavish aqui. Existe um boato de que ele roubou de você a trama de *Descarrilhado*. Tem algum fundo de verdade nisso?

Ela se irritou.

— Não vou te dar motivos. Mas isso é interessante. Você acha mesmo que foi assassinato?

— Royce pensa que foi veneno.

Ela fez cara de pouco-caso.

— O que foi?

— Royce pensa. — Com o polegar e o indicador de cada mão, ela fingiu escrever as palavras em uma caixa no céu, como se formassem um título em um letreiro. — É o oxímoro do dia.

— Ele era patologista forense.

— Foi isso que ele te falou?

— Está no release.

— Você sabe que aquilo não vale nada, né? Dá pra colocar qualquer coisa ali.

— Mas ele trabalhou em laboratório? É formado? Sobre isso não dá pra mentir.

— Claro, mas era recém-formado, estagiário, algo assim. Tirava cópias, buscava café pros outros. É tudo marketing. Wyatt sabia que soaria bem, então mandaram essa no primeiro livro e agora, onze livros depois, acho que até o Royce começou a acreditar.

Eu havia apoiado toda a minha investigação na dedução de Royce de que a heroína era a arma do crime. Aquelas palavras reviraram meu estômago. Consegui dizer apenas:

— Ele está ajudando bastante, na verdade.

— Quer um perfil do Royce? Não dá tempo. A gente não daria conta de todas as questões dele nem se tivesse todo o resto da viagem de trem. É óbvio que ele está interessado no assassinato, finalmente tem a chance de estar à altura de uma versão de si próprio que sempre foi uma mentira. Eu *sou* psicóloga e mantive as minhas credenciais em dia. Claro, o Royce deve ter tido algum tipo de treinamento, mas eu pensaria duas vezes antes de deixar ele me diagnosticar. Pesquisa é só teoria. Você acha que a Lisa faz ligação direta em carros que nem a personagem dela?

Mentalmente, eu continuava a tentar salvar a credibilidade das minhas provas. Ainda que Royce tivesse inflado suas credenciais, não havia como negar que ele havia feito pesquisa para onze romances (e três novelas, não vamos esquecer), portanto algum faro ele precisava ter. Também tinha mencionado que havia estudado especificamente a respeito de heroína para um dos seus livros. Dava para confiar? Ou eu só estava enxergando o que queria enxergar? Nisso, Majors estava inegavelmente certa: eu queria desesperadamente ser útil.

Abri a boca para fazer mais uma pergunta, mas ela fechou a mão bem em frente ao meu rosto.

— Certo, o tempo da nossa sessão de hoje esgotou, sr. Cunningham — disse, num tom de voz cantado, ofegante, bem deliberado, da forma como costumava se dirigir, imagino, apenas aos seus pacientes menos sãos. — Acho que seria melhor se continuássemos os seus exercícios de aprimoramento outra hora. — Ela fez um gesto apontando a porta imaginária de seu escritório imaginário. — Na saída, pode agendar a próxima sessão com a minha recepcionista.

Haviam acendido fogueiras em tambores de aço em torno do círculo de cabanas e, à medida que os músicos se empolgavam, o ritmo entusiasmado dos pés na pista de dança levantava a poeira ali. As estrelas, magníficas, pareciam alfinetes brilhantes no céu mais claro que eu já vira. Juliette não estava mais em sua mesa e eu a procurava perto das banheiras de gelo quando senti um toque pesado no ombro. Ao me virar, vi Douglas Parsons de bochechas rosadas, esbaforido. A apalpada no ombro não era só para chamar minha atenção, mas também para ter onde se apoiar e assim se manter de pé.

— Ernest! — gritou ele, parecendo surpreso, como se eu fosse um velho amigo avistado no supermercado, e não alguém que ele mesmo abordara.

— Douglas — respondi, pois *olá* soava um pouco formal e chamá-lo pelo nome validava sua abordagem; além disso, ele parecia meio para baixo no momento.

— Anda se divertindo? — perguntou Douglas.

— Fizemos a trilha. Como foi seu dia na cidade? Muito ocupado?

De tão bêbado que ele estava, quase arrisquei um *Atirou em alguém?*, mas me contive.

Ele contemplou as estrelas como se vivesse uma experiência religiosa. Por fim, disse:

— Mudou minha vida.

— Fico feliz.

— Eu que tenho que te agradecer. Era isso que eu queria dizer. Obrigado.

Hesitei, cabreiro que estava naquela viagem por aceitar pedidos de desculpas que não sabia a que se referiam, mas cedi aos olhos cheios de expectativa dele.

— De nada.

— É de coração, Ernest.

Ele arrancou uma garrafa do gelo como se estivesse desembainhando uma espada. Uma pequena avalanche de cubos de gelo transbordou da banheira para o solo. Douglas estendeu a cerveja para mim. Aceitei, novamente sem saber com o que estaria me comprometendo.

— Percebi que você achou que eu menti pra você no outro dia. Quando a gente se conheceu. Sobre estar viajando sozinho.

— Ah. — Fiz um gesto de *deixa pra lá.* — Não, não achei.

— Achou. E tudo bem. Eu entendo. Eu *estou* viajando sozinho, tecnicamente. Mas tem mais alguém comigo espiritualmente, sabe?

Reitero aqui a regra de que não se permite fantasmas em livros de mistério que joguem limpo, e eu já estava a ponto de encarar Douglas como um bêbado maluco quando ele continuou:

— Eu morava por aqui. Lá onde nasci, eu criava gado e queria mudar de ares. A Austrália me pareceu o melhor lugar para pôr minhas habilidades em prática. Meu parceiro Noah e eu víamos esse trem passar. Dava pra ver da nossa varanda e a gente adorava. Chegávamos a checar os horários. Desde que virou um trem de passageiros, eu queria fazer a viagem. Por ele. Bem — e abriu os braços —, aqui estamos. Tudo o que nós tínhamos sonhado.

— Mas ele não está aqui com você, está? — perguntei, embora já soubesse a resposta. Duas taças de champanhe. Um brinde solitário.

— Ele morreu.

— Sinto muito.

— Não sinta. — Douglas se alegrou. — É por isso que estou tentando te agradecer. Eu fugi quando aconteceu. Cruzei o oceano. Aí fiquei por lá e tentei esquecer tudo. Mas hoje espalhei as cinzas dele. Consegui me despedir. Trinta e dois *anos* depois. Por causa do que você fez. Estou livre!

Ele soltou quase um uivo, olhando para o céu. Reparei que gotículas de cerveja pendiam dos fios de sua barba, como orvalho nas samambaias de florestas tropicais ou, numa imagem menos generosa, como a mandíbula de um cão raivoso. Se estava extasiado ou louco, não dava para dizer.

Eu me lembrei da breve conversa que tive com Douglas. Ele me perguntara qual era a sensação de matar alguém. Queria saber se a vingança era amarga ou doce. Até mesmo levando em conta o contexto do meu primeiro livro, eram perguntas particularmente intensas.

Peraí, pensei. O que ele tinha acabado de dizer? *Por causa do que você fez*. Peço desculpas pelo flashback de uma frase proferida literalmente três parágrafos acima, mas é importante. Peças se encaixavam. Três ocorrências específicas encontravam a sua correlação.

Douglas havia levado um revólver para a viagem.

Henry McTavish havia morrido.

Douglas havia descartado a arma.

Douglas não teria se dado ao trabalho de arrumar uma arma e usar heroína para cometer o assassinato. A única razão para descartar a arma era não precisar mais dela. O que logicamente significava que o homem que ele fora matar já havia morrido. Estaria ele *me* acusando de matar McTavish? Me agradecendo por poupá-lo daquela função?

— Desculpa perguntar — comecei, baixando o tom de voz —, mas você falou que estava há 32 anos com as cinzas do Noah. Seu parceiro... como ele morreu?

Os olhos de Douglas, juro, sem exagero algum, cintilaram.

— Nossa, você é bom. Por que *você* não me diz? Pra cena se encaixar melhor no seu livro. Como se você estivesse explicando.

Aceitei a sugestão. Sabia que certa tragédia ocorrera 32 anos antes.

— Noah era professor, imagino.

— Não era só um professor, mas um bom professor. Um ótimo professor. Conhecia os alunos. As escolas daqui são diferentes. Não tem nada daquele ensino sem personalidade em que só se coloca tudo no quadro-negro, eles se importam e buscam conhecer todas as crianças. Noah percebia que havia algo de errado, mas era só um palpite, e palpites não levam ninguém muito longe, em especial se você é um homem gay no *outback* em plenos anos 1990, vai por mim. Eu não quero verbalizar o que aquele cara fazia, mas algumas pessoas são monstros. Só que Noah tinha reparado. Uma menina da turma, geralmente tão radiante e feliz, tinha começado a ficar quieta. Um dia ele finalmente a convenceu a contar o que estava acontecendo e ia ajudá-la a contar para a polícia. Não sei como o cara descobriu que iria ser exposto, mas descobriu. Por isso teve que pensar numa forma de calá-los. Todo mundo que sabia.

Um professor. Uma criança vítima de abuso. Um abusador a ponto de ser exposto. Quatro crianças e um professor mortos num acidente de trem.

— O motorista do ônibus — falei. — Era o motorista do ônibus. Ele molestava as crianças.

O que Aaron tinha dito? *Era meio complicado fazer qualquer pergunta ao motorista, afinal o sujeito estava bem achatado.* Igual à trama de certo livro.

Douglas assentiu sombriamente.

— Ele parou o ônibus da escola bem em cima dos trilhos. Trancou as portas. As cinzas do Noah eram mais cerimoniais do que reais. E eu te pergunto: você acha que seria possível identificar um corpo no meio daquele caos?

Imaginei de novo as palmas de mãozinhas minúsculas contra o vidro, a nuvem de poeira se aproximando a toda. Mas desta vez, enquanto Douglas juntava as mãos fazendo barulho, visualizei uma única sombra em fuga dos trilhos, mãos suadas largando uma porta trancada.

CAPÍTULO 18

A propósito, o nome do motorista do ônibus não era Archibald Bench.

Óbvio que foi a primeira coisa que eu procurei no Google.

Alice Springs me concedeu a dádiva da conexão à internet, e um trem de carga esmigalhando um ônibus escolar era notícia o bastante para aparecer logo de cara na busca. Encontrei uma lista dos mortos: quatro crianças; um professor, Noah Witrock; e o motorista, Troy Firth. Nada na matéria aludia a quaisquer acusações que pesassem sobre Troy nem à culpa direta de ninguém: um acidente trágico, apenas isso. Só que a história em si, junto à versão contada por Douglas, de fato se aproximava demais da trama de *Descarrilhado*, o livro que Majors acusara McTavish de roubar dela. É só trocar os pais pelo motorista e um carro por um ônibus, e o método de assassinato era basicamente o mesmo. Bem como a forma para se safar ileso.

Troy Firth, infelizmente, não é anagrama de Archibald Bench nem forçando muito a barra. Contudo, você vai ter pensado o mesmo que Douglas pensou: é totalmente plausível que a colisão tenha deixado os corpos inidentificáveis ou irrecuperáveis. E também seria justo o lembrete de que Henry McTavish tinha uma deficiência no lado inferior esquerdo do corpo. Não quero entregar o ouro todo de uma vez, mas já mencionei que algumas pessoas neste livro têm mais de um nome. Todos esses pensamentos passaram voando pela minha mente, mas foram escorregadios demais para que eu conseguisse conectá-los.

Douglas se afastou de mim para voltar à pista de dança. Circulei pelas mesas. Quando passei por Wyatt, ele me agarrou.

— Ei — disse, puxando minha calça. — Eu peguei o cachecol da Simone outro dia. Acho que sua namorada tinha esquecido por aí. Avisa à Simone que tá comigo?

Juliette ficaria aliviada. Eu falei isso para ele e agradeci. Wyatt se esticou e me deu um tapa nas costas, mas, como estava sentado, foi como um soco nos rins. Estava com um ar incrivelmente jovial para alguém cujo autor e, presumo, amigo acabara de bater as botas, mas lembrei que ele também se encontrava em posição de faturar uma baita nota com a morte. Na noite anterior, quando eu os escutara do lado de fora de sua cabine, ele parecia bem insatisfeito pelo manuscrito de McTavish não ser um livro de Morbund. Imagino que a publicidade póstuma tenha compensado o valor inferior do conteúdo.

— Eu devolvo quando a vir... Menos um motivo pra ela ficar amargurada — comentou Wyatt, rindo. — Aquela ali detesta perder.

— Acho que até a Simone entende que alguém morrer não conta como perder um cliente.

— Eu pagaria pra ver você falar isso pra ela. — Wyatt gesticulou para uma das fogueiras, onde era possível ver Simone sentada ao lado de Wolfgang. — E ela não saiu totalmente de mãos vazias. Dei um prêmio de consolação pra mulher. Não que ela vá assinar contrato com ninguém com aquilo. — Ele riu da própria piada, que eu não sabia bem qual era. — Fora que ela não perdeu o Henry porque ele *morreu*. Não, é muito mais humilhante do que isso. Ela vendeu o peixe dela. Te ferrou nessa, aliás. Ele recusou. *Aí* ele morreu. Enfim, que vá em paz. — Wyatt fez um sinal da cruz quase ofensivo, tão pouco firme que Jesus precisaria de um quiroprata. — Ei! — gritou ele de novo, mas desta vez com os olhos focados em algo atrás de mim. — Jasper! Champã? Tem muita coisa pra celebrar.

Ele ergueu sua taça e derramou metade do conteúdo. Jasper estava se encaminhando para encontrar Harriet, que eu via na pista de dança. O grito de Wyatt alterou sua rota e ele fez uma careta ao receber uma taça. Wyatt estava claramente disposto a celebrar a boa sorte repentina com quem quer que cruzasse seu caminho. Como quem tira o pé de cima de uma mina terrestre ou como Indiana Jones trocando o ídolo dourado por um saco de terra, empurrei para Jasper a tarefa de dar atenção a Wyatt e me afastei depressa, indo na direção de Simone e Wolfgang.

Wolfgang registrou minha chegada com um rosnado, e eu não entendi muito bem se era a minha mera presença que o incomodava ou o fato de ele ter se rebaixado a ponto de saber quem eu era. Ele e Simone seguravam longos espetos de metal que usavam para tostar marshmallows de uma tigela próxima. Wolfgang se limitava a chamuscar o seu. O de Simone já parecia um meteoro incandescente cujo açúcar queimado pingava em cima do carvão.

— Pelo visto, está todo mundo surpreendentemente de bom humor — observei. — Levando em consideração os acontecimentos do dia.

Wolfgang descamou seu marshmallow com os dentes.

— Menos um picareta no mundo, quem teria o que reclamar?

Simone riu cruelmente. Sim, eu sei que isso é um advérbio.

— Quanta frieza — devolvi. — Aposto que você nunca nem leu nada dele.

— Li, sim — respondeu Wolfgang, bufando, para minha surpresa. — O primeiro. Bobagem, óbvio. Gramaticalmente assustador. Usa vírgulas como se fossem sapos-cururus. Elas surgem aos montes em todos os cantos, para listar tudo. E é viciado no diabo da vírgula serial.

Não queria embarcar numa conversa com Wolfgang sobre escrita pobre, pois com toda a certeza eu seria insultado. Mudei de assunto.

— Como está indo o seu projeto de arte?

— Projeto de arte?

— É, sua pintura, sei lá o que é. *A morte da literatura.*

Wolfgang deu uma risada seca.

— Vai muito bem, obrigado. E não é uma *pintura*, é uma experiência.

— Vale a pena se manter vivo pelo menos até Adelaide, então — respondi.

— Se chegar até lá. — Wolfgang fez numa carranca. A luz da fogueira projetava uma sombra comprida do seu nariz até o queixo, como um talho. — Essa pode ser uma viagem perigosa para você. No seu lugar, eu me preocuparia.

— Eu? — Minha voz falhou.

Aquilo seria uma ameaça? Ele sabia que eu estava bisbilhotando, brincando de detetive?

Sua boca se partiu num sorriso, mas não do tipo que acompanha uma piada, e sim uma pegadinha maldosa.

— Tem alguém abatendo escritores ruins. Se eu fosse você, trancaria a porta.

Simone deu um soquinho no braço ele, no que me pareceu um baixo nível de violência física para quem cobrava quinze por cento. Ela percebeu minha cara feia.

— Relaxa, Ern.

— Não é uma forma agradável de ser lembrado, só isso.

— Não é? — Wolfgang falava com escárnio. — Você acha que a gente se lembra com carinho dos mortos? Deixa eu te dar uma aula de História. O obituário de Edgar Allan Poe no *Washington Post* dizia que a notícia "surpreenderia a muitos, mas enlutaria ninguém". E aquele era gênio *mesmo*. Todos vocês, autores de policiais, devem a carreira a ele. Falam de Christie e Conan Doyle e se esquecem de Poe.

Fiquei surpreso com o conhecimento de Wolfgang a respeito de um gênero que ele supostamente menosprezava, tanto quanto me surpreendeu ele ter lido McTavish. Cheguei até a gostar um pouco mais dele por isso: pelo menos fazia o esforço de se envolver naquilo que desejava criticar.

Ele continuou resmungando:

— E alguém espera que eu sinta muito pela morte de um escocês qualquer só porque os livros dele vendiam razoavelmente bem? Por favor. Eu já mostro respeito suficiente a ele ao tratá-lo com o desdém que um grande artista merece. Como se classifica um homem? Ele pode ser odioso e imundo, mas se as suas palavras tiverem valor, ficarão após a sua morte.

— Um etos que você pretende fazer valer, pelo que vejo.

O rosto de Wolfgang assumiu uma expressão que mais parecia o marshmallow passado do ponto de Simone — flácido, derretido. Após erguer o copo numa mesura a ela, esgueirou-se para a noite, me ignorando.

— Você tá de mau humor — comentou Simone, atiçando o carvão; a ponta do espeto prateado exibia uma coloração laranja incandescente salpicada com o açúcar queimado.

— Você não acha que tem algo acontecendo aqui? — perguntei. — Todo mundo parece feliz da vida com a morte do McTavish.

— Só porque todo mundo tá feliz por ele ter morrido não significa que alguém o matou. — Seus olhos refletiam as chamas. Logo se acenderam por conta própria, no entanto, e seus lábios se contorceram. — Você tem motivo pra estar feliz também! Já tem um livro pra escrever! Deve ter sido um alívio.

— Por falar no livro, como é que todo mundo sabe do meu adiantamento?

Simone manteve a expressão impassível e deu de ombros.

— Fofoca, né?

Sabia por experiência própria que Simone reagia a cara feia com veneno, e por isso preferi dar um tempo e capitalizar seu bom humor. Se estava feliz por eu ter enfim algo sobre o que escrever, pensei que estaria aberta a me ajudar com alguns detalhes.

— Digamos que isso vire o livro. Me ajuda com a história pregressa. Você trabalhou para o McTavish, não foi? Como isso aconteceu?

— Participei de um programa de intercâmbio no Reino Unido e trabalhei no departamento editorial da Gemini. Isso na época em que era uma editora de fundo de quintal, antes de encher os cofres com o Morbund, mas eu não iria perder uma chance de mudar de ares. Depois que o primeiro Morbund decolou, Henry me puxou pra ser assistente dele em tempo integral.

— Valia a pena?

— Melhor que trabalhar pro Wyatt. Pagava bem, horário tranquilo. Acho que levava menos cantadas, se bem que nisso eu confundo os dois um pouco. — Ela suspirou. — Ai, meu Deus, os anos 2000...

— Sinto muito saber que era tão ruim naquela época.

— Naquela época? — zombou Simone. — Isso acontece *hoje*. Tá, alguns dos mais podres são "cancelados", pedem desculpas, somem por um tempo. Mas daqui a pouco voltam vendendo mais livros do que nunca, aparecem na TV, enchem estádios. O problema é que o buraco é mais embaixo e cada pessoa que se acomoda achando que está resolvido só porque eu não tomo mais tapinhas na bunda no trabalho ignora os problemas estruturais enraizados.

— As coisas parecem estar bem entre você e Wyatt — comentei. — E você queria representar o McTavish.

Ela retirou a ponta incandescente do carvão e sustentou-a no ar.

— Tem que ser corajoso pra acusar uma feminista de dois pesos e duas medidas, Ernest.

— Eu não quis dizer...

— Eu sei que não. Mas você não pode dizer essas coisas, porque não tem que fazer essas escolhas. Como eu falei, homens como esses estão sempre aí. Eu tenho que jogar o jogo tanto quanto qualquer um. Já que entrei na dança, vale a pena ficar com um pouco do dinheiro deles. *Isso* é feminismo, se você for parar pra pensar.

Eu me impressionei com aquele lado de Simone, um vislumbre de suas vulnerabilidades. Seu orgulho e autoconfiança inabaláveis sempre a haviam feito parecer tão acima de tudo. Mas, naquele momento, eu enxergava os artifícios que ela usava e o sacrifício que representavam para sua real identidade: precisava ser durona para conseguir enfrentar gente como McTavish e Wyatt.

Pensei em McTavish. O que ele teria feito para merecer aquele castigo? Eu me lembrei de Brooke na mesa de debates e das anotações no quarto do escocês. Seria Archibald Bench uma acusação pública, e não uma tentativa de impressionar?

— O Henry tinha algum tipo de vínculo com gente, digamos, desagradável?

— O que você quer dizer com isso?

— Grupos de ódio? Esse tipo de coisa.

— Não que eu saiba. Por quê?

— Encontrei a palavra *Reich* em alguns papéis.

Simone deu uma risadinha.

— Adoro que você esteja pensando em códigos e enigmas. Isso vende livros. Livros à beça. Cinco estrelas pelo esforço. — Ela piscou como se tivesse acabado de me dizer algo relevante, mas eu não tinha certeza do quê. — Mas não, se o Henry era nazista, escondia muito bem. Não teria como dizer se ele tinha qualquer envolvimento com algo do tipo. Moças bonitas eram o fraco dele. E não é o único.

Assenti.

— Majors me disse que McTavish teve um lance com Lisa Fulton.

— Ah, é? — Simone correu os olhos pelo local e avistou Majors gritando com, logo quem, Douglas Parsons, à sombra de uma das construções. Douglas parecia não entender nada. Sua linguagem corporal era defensiva, e as mãos se projetavam como quem diz *não faço ideia do que você está falando*. Será que se conheciam? — Bem, ela sempre teve mágoa da Lisa. Desde Edimburgo.

— Por não a apoiar nas alegações de plágio?

Acho que foi a primeira vez que vi Simone impressionada.

— Olha só... Talvez você tenha mesmo um livro nas mãos. Sim. Acertou: Majors não tira da cabeça que a Lisa deveria tê-la defendido. Teima ainda hoje que ela não a apoiou porque estava com o Henry naquela noite.

— Então ela e o Henry têm um namorico, e aí ela passa vinte e tantos anos sem escrever outro livro? É verdade isso?

— Quanto à escrita eu não saberia dizer, mas eles tiveram alguma coisa. — Simone baixou a voz. — Hoje em dia foi abafado. Mas quando eu era assistente do Henry, tinha acesso a todos os logins. Aliás, a senha era a mesma pra tudo, não tinha nada de código nem de enigma. E era eu quem cuidava dos e-mails, do site. Via as coisas que ele costumava mandar. *Podre*. Mandava inclusive pra Lisa, depois daquela noite.

— Você conseguiria entrar ainda hoje?

— Deus do céu, de jeito nenhum. Nunca me lembraria das senhas. Mas lembro o que ele disse. Falou que ela era, se eu me lembro bem, "um estouro na cama". — Simone estremeceu só de repetir as palavras. — Fico espantada com o tempo que eu durei nesse emprego, se for parar pra pensar.

— Por que você saiu?

— Só fiquei lá um ano e meio. Depois de *Encrencado até o pescoço*, o segundo livro do Henry, as vendas pioraram. Não era muito bom. O segundo livro é sempre difícil. E aí teve o acidente. Os analgésicos o deixavam sem foco, isso pra ser gentil, e eu percebia que parir o terceiro seria como expelir um cálculo renal. Senti que precisava sair antes de o Henry se dar conta de que não tinha mais como pagar uma assistente. Fora que, sabe como é, eu via todo esse negócio pipocando sobre a Majors. Preferia trabalhar com literatura de verdade. Juntei minhas economias e me mudei de volta pra Melbourne pra abrir minha agência. Óbvio que foi um erro enorme, dada a popularidade de *Descarrilhado*, ainda mais porque pra me tirar da Gemini ele havia topado um contrato com direito a bônus, mas... — ela me deu um apertão na bochecha — ... agora tenho você, não é?

— Mas você ainda tinha a sensação de que ele te devia algo e por isso queria que o sujeito fosse seu cliente?

Simone riu.

— Você enxerga coisa onde não tem. Não é por aí. Já disse quais as razões pra eu querer o Henry. Ele dá muito dinheiro e eu queria uma parte. Mas tá bem, talvez inconscientemente eu achasse que ele me devia um pouco pelo ano e meio que passei tendo que aturá-lo.

— E surgiu uma oportunidade porque o Wyatt estava insatisfeito com o livro seguinte do McTavish? Um queria encerrar a série, o outro queria continuá-la. Daí a fricção entre os dois. Sem um agente, imagino que o Wyatt controle coisas como direitos para cinema, merchandising e todo o resto que geralmente não passa pela editora. É muito dinheiro. McTavish valia mais pro Wyatt do que só as vendas de livros.

— Muito bem. Você tem se dedicado.

— Como você se sentiu quando o Henry recusou a oferta?

Achei que Simone iria me empalar, mas ela preferiu espetar outro marshmallow.

— E onde você ouviu isso?

— Fofoca, né?

Ela contraiu as bochechas.

— Eu apareço, então?

— No quê?

— No livro.

— Talvez.

— Está me pintando como suspeita?

— Depende de como você se sente quanto à rejeição do Henry.

— Ah, peraí. Isso é raso. Fora que você não pode ficar tão indignado com o comportamento de todo mundo aqui e não olhar pra si mesmo. Como se não se sentisse um pouquinho grato. Um pouquinho mais seguro em termos de inspiração pro próximo livro. Caiu bem no seu colo. Esses assassinatos são *exatamente* do que você precisava. Que sorte, hein? — Ela fez uma pequena reverência. — De nada.

— De nada? — repeti; que coisa estranha para se dizer.

— Por te forçar a sair da zona de conforto. *De nada.* — Desta vez ela falou com a cadência lenta que as pessoas usam quando se sentem pouco reconhecidas, esticando as palavras como se fossem chiclete.

— Você não respondeu à minha pergunta — insisti.

Urros de satisfação irromperam na mesa do clube do livro e Simone se virou. Observou-as por um tempo e então voltou à nossa conversa.

— Vou falar a verdade. Caras como o Henry e, porra, o Alan Royce acham que são únicos. Só que na verdade tá cheio de gente mais determinada do que eles por aí, à espreita. E daí se eu não consegui que o Henry assinasse contrato? Vai ter outro Henry. Vai ter outro como *você*. E, apesar do que o Wolfgang acha, vai ter outro como ele também. E ele pode ganhar todos os prêmios do mundo, mas eu vi as prestações de contas dos royalties. — Ela ergueu o polegar e o indicador com um espaço mínimo entre eles, bem estilo fofoca maldosa. — Agora, o que eu *mataria* alguém pra ter — ela apontou para a mesa das senhoras — é um desses livros da Erica Mathison. Eu sei que é um daqueles livros com nome e sobrenome, mas olha como vendem! — Ela assoviou. — Wyatt deve estar bem feliz.

— Livros com nome e sobrenome? — perguntei, confuso.

— Sabe quando põem o nome inteiro do personagem no título? Se for para ficar bem chamativo mesmo, botam um número do lado. É moda agora. *Os onze orgasmos de Deborah Winstock*, *As cinco vidas de Erin O'Leary*, *Os quatro primos de Barbara Que-Se-Foda*. Estão em tudo quanto é lugar. Você devia pensar nessa possibilidade pro que quer que isso daí — e girou um dedo apontando para mim — acabe virando.

— Vou pensar. — Avistei Juliette, enfim, próxima ao local do passeio de camelo, conversando com Harriet. — Me dá licença, acabei de ver a Juliette. E, ah, o Wyatt tá com seu cachecol azul. Ele vai te devolver. Obrigado pela conversa.

Simone agarrou meu braço quando eu me preparava para ir embora e apertou-o com uma força levemente exagerada.

— Você tá num bom caminho, Ern, e é ótimo ver você pensando e escrevendo outra vez. Estou orgulhosa. De verdade. E eu quero que você escreva esse livro. Mas só um negócio: me deixa de fora, ok?

Soava mais como uma exigência do que como um pedido. Assenti, mais por um senso de obrigação do que por concordância, mas ela pareceu satisfeita.

— Bom menino. Outra coisa: se isso vai virar livro, você precisa apimentar um pouco. Nem *tudo* tem que ser verdade. Joga um pouco de romance. Estou com aquela lista que você me passou com a sua estrutura. Acho que a viagem está bem de acordo com ela até agora. Elencar todos os suspeitos e motivos é ótimo, mas você provavelmente precisa de um pouco de *ação*.

Fiquei surpreso por ela sequer ter guardado minhas divagações, quanto mais levá-las a sério. Seus olhos brilhavam de entusiasmo.

— O que você precisa, meu amigo, é de mais um assassinato.

Ela não estava errada. Não estamos muito longe da marca das sessenta mil palavras, ou seja, já estou quase devendo outro cadáver. Não que o mundo real tenha qualquer dívida para com o meu diagrama de escrita, mas, até aquele momento, parecia estar um pouquinho próximo demais dos meus desejos para este livro. Atribuí o fato a uma conjunção cósmica.

Eu remoía as palavras de Simone enquanto acenava para Juliette. A caixa no meu bolso roçava em minha perna. Não tinha como produzir mais um corpo — na verdade, preferiria mil vezes evitá-lo —, mas romance eu podia providenciar.

Simone fora surpreendentemente sincera: minha sensação era de ter aprendido muito a respeito de McTavish. O que eu só viria a saber depois foi que ela havia acabado de mentir para mim. Duas vezes.

As Duas Inverdades de Simone Morrison, podemos chamar assim.

CAPÍTULO 19

Romance eu posso providenciar.

Entoei a frase como um mantra na minha mente ao marchar na direção de Juliette, até perceber que, de tão determinado, estava mesmo *marchando*, no sentido literal. Tentei ajustar a caminhada para algo mais casual, mas acabei tão vacilante que passava a impressão de estar sofrendo de assaduras.

— Tomou umas? — comentou Juliette, rindo.

— Acabei de ver meu marido — disse Harriet, em um tom que mostrava saber que havíamos brigado recentemente. — Melhor dar um freio nele antes que aconteça a mesma coisa.

Foi uma saída tática e rápida. E então ficamos apenas Juliette e eu. Ela levara a sério o código de vestimenta e estava linda, com um vestido laranja na altura dos joelhos. Sem vincos, havia sido pendurado com o maior cuidado. Acima de nós, o céu estrelado mais desanuviado que eu já vira na vida, na metade de uma das maiores jornadas ferroviárias do mundo, no meio de um deserto que era uma maravilha da natureza. Era para ser perfeito. E, no entanto, os resquícios da briga pendiam sobre nós, mais visíveis do que as estrelas. Apesar do nosso dia na ravina, eu ainda não tinha pedido desculpa *de fato*. Queria estar segurando alguns marshmallows para manter as mãos ocupadas.

— Oi — falei.

— Oi.

Justo. Ela queria que eu me esforçasse.

— Do que vocês estavam falando? — perguntei, indicando Harriet com a cabeça.

— Homens.

— Ah. Coisas boas?

Como qualquer homem que mora com a namorada sabe, às vezes nossas perguntas se respondem sozinhas.

— Desculpa se eu exagerei na dose — falei.

Ela respirou fundo.

— *Se?*

Tentei de novo.

— Desculpa. Eu exagerei um pouco.

— Ok, serve. — Ela sorriu e pegou minha mão. Inclinou a cabeça para trás. Eu me aproximei e ficamos lado a lado por algum tempo, só observando a noite. — E eu não quis ser tão negativa. Fico feliz de você estar animado. Fico feliz de você ter potencial pra um novo livro. Mas também quero que você esteja aqui comigo. Quem passa muito tempo procurando pistas não vê as estrelas.

— E se as estrelas forem as pistas? — perguntei.

— Verdade. Sagitário é o culpado.

Eu não sabia que estrelas formavam a constelação de Sagitário, mas estava atrás de um momento, de qualquer forma.

— Eu te amo, sabia?

— Sabia. Eu te amo também.

Minha mão tocava a caixa no bolso, massageando-a através do tecido.

— Estava pensando que a gente podia passar mais tempo juntos.

— É um bom começo. — Ela achava que eu ainda estava pedindo desculpa por ter sumido para brincar de detetive.

— Quis dizer todos os dias.

— Estamos confinados juntos num trem. Acho que vamos nos ver bastante.

— Bem, não nos vimos tanto assim na primeira metade da viagem.

— E a culpa é de quem?

— Eu não estava falando d… Olha, eu estou tentando falar de outra coisa. Eu faria tudo por você.

— E eu faria tudo por você, Ernest. Você tá bem?

— Você é o meu pontinho.

Ela deixou de olhar para as estrelas e me analisou de alto a baixo.

— Do que caceta você está falando?

Eu apoiei um joelho no chão. Se foi porque não sabia mais o que fazer ou porque a tentativa ia de mal a pior e perdi o equilíbrio, ainda está sujeito a debate.

— Ai, meu Deus — disse ela.

— Eu sei que a gente não aproveitou essa viagem ao máximo. Eu ando distraído e não ficamos tanto juntos. Não pude ir com você à excursão do desfiladeiro e depois fiquei acordado quando você foi dormir cedo.

Fiz uma pausa. Havia acabado de pensar em algo.

— Pra um homem que não gosta de prólogos, esse aí tá bem longo — disse Juliette.

— Você foi direto pra cama na noite passada?

A boca dela formou círculos sem palavras por alguns segundos.

— Foi pra me fazer essa pergunta que você ajoelhou?

— Não, só me passou pela cabeça que.... É só que... quando você diz que faria *tudo* por mim...

— Ai, meu Deus. — Este foi um *Ai, meu Deus* bem diferente do primeiro. — Você está... me *interrogando*?

— Não. Desculpa. Eu quero perguntar...

— Não me importo com o que você quer perguntar, me importo com o que perguntou. Você tá checando o meu álibi?

— Só me passou pela cabeça.

— Passou. — Não era uma pergunta.

As pessoas nas mesas de jantar haviam reparado que eu estava ajoelhado. Percebi que elas começaram a se virar para nos observar. De onde estavam, longe demais para ouvir o que dizíamos, parecia que a coisa ia melhor do que na realidade, e grupos animados começaram a se formar. O vento carregava sussurros, que soavam como se fossem ondas quebrando na praia.

Ok, olha só. Não estou orgulhoso do que está para acontecer. Mas prometi contar a verdade, incluindo imbecilidades, e por isso resisti à tentação de editar minha postura para que parecesse mais — como vou dizer? — elegante.

— Você não tá falando sério que me considera suspeita, né? — perguntou Juliette.

— Todo mundo é suspeito, sabe como é.

— Você é?

— Bom... não.

— Por que não?

— Eu sou o narrador.

Juliette fez menção de jogar as mãos para o alto, mas se deu conta de que todo mundo nos olhava. Então se conteve, trêmula, mantendo as mãos junto ao corpo e fingindo um sorriso.

— Isso é lorota e você sabe — disse, entredentes. — Só porque é você que tá escrevendo, não significa que tenha direitos especiais. Isso aqui é a vida real: não segue nenhuma das *regras* dos romances policiais. Se você continuar zanzando por aí como se fosse invencível, vai acabar morrendo. O Royce também está escrevendo, viu, ô, gênio? Aposto que ele não é o vilão no livro dele.

— Só estou fazendo perguntas. Esse caso é importante.

— Caso? *Caso?!* Você não é detetive, Ern. — Juliette balançou a cabeça. — Eu sabia que não deveria ter vindo.

Lágrimas começaram a escorrer pelo seu rosto, e ela as enxugou freneticamente com as costas da mão. Irritantemente, isso arrancou um urro de entusiasmo de uma pessoa que achou que o choro era de felicidade. O flash de uma câmera disparou.

— Você não queria vir? — perguntei, surpreso com a mágoa que aquilo me fez sentir.

— Não sei como te explicar isso. Você anda pra baixo desde os assassinatos. Eu entendo, entendo de verdade. Você achou que aquele livro te definia, dava algum sentido ao que aconteceu. Você se definiu muito por meio dele. Eu achei que vir pra cá te devolveria um pouco da confiança. Mas você é incapaz de tirar *cinco segundos* do seu dia pra agradecer.

— Agradecer o quê?

— Não foi você que convidaram pra esse festival, Ern. Fui *eu*.

Foi como se as estrelas se desligassem. Minha visão começou a ficar turva, escurecida. A conversa com Majors passou de relance pela minha mente. A maneira como ela me olhou quando agradeci pelo convite. *Eu não te convidei.*

— Mas a Majors...

— *Me* convidou. Uma espécie de "toma lá, dá cá" em troca do aval que ela queria. Eu recusei e sugeri você no meu lugar. Achei que você precisava, que iria te ajudar a se sentir valorizado. Em vez disso, fui relegada a uma ponta no Ernest Cunningham Show, como se fosse uma personagem secundária na minha própria história. Você vive dizendo que eu estou esperando minha próxima aventura, mas quando é que eu disse isso? Talvez eu queira abrir um resort novo. Talvez queira escrever outro livro. Mas você nunca quis saber, porque é só de você que a gente fala o tempo todo. E eu *sei* que tudo pelo que você passou te destruiu e sei que tem sido difícil superar. Mas a *minha casa* pegou fogo no ano passado. Eu perdi o *meu* ganha-pão. E mesmo assim repassei o convite pra você. Eu não estou aqui de braços cruzados "esperando minha próxima aventura". Eu estou esperando *você*. Mas agora estou começando a perceber que talvez, pra você, eu não passe disso. Uma parte da sua história. — Ela respirou fundo. — Isso me assusta.

— Desculpa — respondi, simplesmente porque não sabia o que mais dizer.

Eu nem sequer tinha sido convidado para a viagem. Ela havia feito um tremendo gesto por mim sem dizer nada e era assim que eu a tratava? A vergonha queimou meu estômago. Meu joelho sentia a aridez da terra. Os murmúrios das pessoas aumentavam. Elas começavam a pensar que aquele era o pedido de casamento mais longo que já tinham visto. No que se refere à duração desejada, pedidos de casamento são o oposto do sexo: quanto mais rápido, melhor.

— É tarde demais pra pedir desculpas — disse Juliette. — Você achou que eu era a culpada.

— Não achei...

— Mesmo que por um segundo. Mesmo que tenha só passado pela sua cabeça. Já é o suficiente. — Ela fungou. — Agora me conta. *Por que* eu teria matado ele?

É uma grande virtude entender quando uma pergunta é retórica. Uma virtude, logo aprendi, que não possuo.

Eu devia ter deixado quieto.

Definitivamente *não* deveria ter ouvido a voz de Simone na minha cabeça. *Como se não se sentisse um pouquinho grato... Caiu bem no seu colo.*

— Talvez você quisesse me ajudar... — Você quer que eu pare, mas infelizmente não paro. Soa tão imbecil agora quanto soou na hora. — ... a escrever o livro.

Ela me olhou como se eu fosse um garçom que errou seu pedido.

— Você acha que isso é motivo pra assassinato?

Não sei por que minha boca continuava a se mover. Eu estremeci ao continuar:

— E ele fez aquela resenha ruim do meu livro.

— Ern, que porra de tese machista ultrapassada. Nem toda mulher mata só porque arranharam o orgulho do namorado dela. — Juliette começou a rir. — *Eu* assassinei Henry McTavish porque *o seu* livro ganhou uma resenha ruim. Uau. Você acha mesmo que essa é a *sua* história.

— Por favor, Juliette. — Respirei fundo. — Me desculpa. Eu não estava pensando direito. Estava nervoso. Minha língua tem mente própria. Por favor. Deixa eu começar de novo.

Tirei a caixa do bolso, abri e levantei o anel.

As pessoas vibraram.

CAPÍTULO 20

Ela disse não.

CAPÍTULO 21

É um pouco mais complicado do que isso.

Dentro da esfera dos pedidos de casamento fracassados, acusar sua namorada de assassinato no processo deve estar no top 3. Eu disse antes que *só um idiota* acusaria Juliette de ser a assassina. No caso, o idiota sou *eu*.

— Estou indo pra casa — disse ela.

Eu continuava ajoelhado, ainda erguendo o anel. Sentia a tensão nos tendões: não havia planejado ficar tanto tempo nessa posição. Uma dica para quem pretende pedir alguém em casamento: um treino de agachamento antes vem bem a calhar.

— O quê? Agora? Você não pode ir embora assim.

— Não é uma excursão da escola. Eu posso fazer o que quiser.

— Mas o trem...

— Eu arranjo um hotel qualquer pra hoje à noite e pego um voo amanhã.

— Por favor.

— Não é um não *não*. É só não agora.

— Não agora — repeti. — Quando, então?

— Você tem muita coisa pra pensar daqui até Adelaide. E não estou falando de nenhum crime. Quando você souber a quem pertence a história sendo contada aqui, aí sim. Mas agora... — Ela pegou minha mão e me ajudou a levantar. — Vamos nos poupar do constrangimento. Tá todo mundo olhando. Vamos fazer uma cena pra eles.

Ela me beijou. Fez-se um alvoroço, flashes foram disparados e os lábios dela, frios e secos, colaram-se aos meus sem emoção, como se estivéssemos posando para os paparazzi. Ela incluiu até os quadris no jogo, erguendo uma das pernas com o salto alto apontado para cima.

Enquanto escrevo — aquele beijo congelado no tempo graças a essas palavras e à foto que Lisa Fulton me mandou por e-mail antes de... bem, a gente chega lá —, considero novamente a pergunta de Juliette: a quem pertence esta história?

Não é spoiler contar que, se estou pondo tudo isso no papel, é porque o culpado foi descoberto e providências foram tomadas. O que nos leva à regra primordial a que me agarro tão ferrenhamente: se este relato é em primeira pessoa, então eu sobrevivi aos acontecimentos da história. Mas só porque sou eu escrevendo, não significa que a história seja minha ou que já tenha acabado. Por exemplo, eu poderia escrever esta frase no exato momento em que alguém dá um pontapé na porta do quarto do hotel em que estou em Adelaide e mete uma bala na minha cabeça. Quem conta a história não é a escrita, é a leitura.

As palavras numa página só se tornam um legado quando são lidas.

E se eu estiver aqui escrevendo e a história ainda não tiver acabado?

Durante minha busca por uma bebida, fui submetido a um carnaval de tapinhas nas costas, e me deparei com um oásis em Jasper Murdoch, que estendia uma taça de champanhe para mim como se fosse um daqueles ganchos que porta-aviões têm para capturar os caças. Se ele achou estranho eu estar brindando sozinho, foi educado demais para dizer.

— Acho que estamos compartilhando comemorações — comentou o homem, enquanto eu bebia a taça de um gole só e me largava à mesa com ele, que entendeu errado meu desânimo e voltou a encher minha taça. — Cara, eu sei como é. Eu me lembro direitinho de quando pedi a Harriet em casamento. Parecia que eu tinha corrido uma maratona.

— Não fica nem um pouco mais fácil da segunda vez — respondi.

— Aaah... — Ele não sabia do meu casamento anterior, o que também significava que meu outro livro jazia fechado em sua mesa de cabeceira. Jasper corou ligeiramente e então tentou consertar: — Com certeza é melhor do que divórcio.

Ergui a taça sarcasticamente. O champanhe estava indo direto para o meu cérebro.

— Um brinde às pequenas conquistas, então. Você é melhor em romance do que eu. Vi as pétalas na sua porta na noite passada. Era o seu quarto, não era? Bem do lado do Wyatt? Matreiro, você.

— Pena que fez o Wyatt ficar espirrando. — Jasper riu. — Mas é tudo coisa da Harriet — disse, e imitou o ritmo da fala irlandesa da esposa. — *Pra animar o ambiente.*

Eu o examinava.

— Como é que você consegue?

— Conseguir o quê?

— Não levar tudo muito a sério.

Jasper suspirou.

— Ainda é do Henry que estamos falando?

— Se eu dissesse que não é, você acreditaria?

Ele inclinou a cabeça em sinal de compreensão do meu dilema.

— Escritores costumam mentir melhor do que você.

— Estou aprendendo rápido.

— Resenhas ruins fazem parte da vida de um escritor. Todo mundo recebe. Aconteceu comigo uma vez e eu escrevi pra resenhista. E aí me casei com ela.

— Tá brincando! A Harriet?

— É! Harriet era jornalista de cultura, muito tempo atrás — confirmou ele. — Olha só, não tem segredo. Você escreve pra que as pessoas leiam, pra que elas curtam ou pra ganhar os holofotes? Essa é a pergunta que conta.

A conversa com Majors havia me encorajado a experimentar traçar eu mesmo um perfil psicológico. Aquele trem era uma turba de egos, elogios, legados — e Jasper, no meio disso tudo, parecia indiferente demais a ser *conhecido*. Harriet claramente discordava daquela postura. Mas talvez não fosse humildade. Talvez fosse necessidade. Eu me lembrei de como Wyatt, que eu mal vira esboçar um sorriso a viagem inteira, queria tomar uma para comemorar com ele, o que reforçou minha confiança no que eu havia deduzido.

— Falar é fácil quando seu nome nem aparece nas capas dos livros — comentei.

O sorriso de Jasper foi para tão longe que ele precisou recuperá-lo. Por fim, balbuciou:

— Não sei do que você tá falando.

— Claro que não.

Eu o encarei.

Jasper se digladiou com a minha descoberta e então a aceitou.

— Só não conta pra ninguém. É sério. Só vale alguma coisa porque ninguém sabe.

Aquela estava longe de ser minha dedução mais brilhante. O exemplar de Veronica tinha um autógrafo personalizado: *Para V!* Um exemplar que eu sabia ter sido comprado em Darwin, quando ainda embarcávamos no trem. O autógrafo só poderia ter sido dado nos últimos três dias. Não havia outra solução. Erica Mathison estava no trem.

— Você está arrasando — comentei. — Não é à toa que Wyatt estava sorrindo. Você veio na viagem pra discutir a renovação do contrato. Pelo jeito tem algo a celebrar?

— Eu? Tenho. Harriet? Em algum momento. — Ele notou a minha expressão. — Ela está feliz por mim, é claro. Mas preferiria que eu usasse meu próprio nome.

Eu me lembrei da discussão dos dois sobre dinheiro. Começou a fazer sentido: Harriet estava decepcionada por ele escrever só pela grana. Queria que o marido fizesse aquilo por desejo próprio e vinha tentando convencê-lo de que não importava se a decisão acarretasse em um baque financeiro. Harriet queria vê-lo do outro lado daquelas mesas de debates a que haviam comparecido só para assistir.

— Mas eu já fui publicado com meu próprio nome. Não é essa Coca-Cola toda. E estou bem assim, principalmente se Wyatt continuar dobrando meu adiantamento. Às vezes eu acho que poderia ser bom... — Percebi que o olhar dele estava longe, do outro lado do pátio, onde Harriet dançava em meio à poeira, braços sobre a cabeça, no ritmo da música. — Por outro lado, tenho projetos melhores em que colocar o meu nome. — E apontou para ela. — É naquilo ali, ó, que você deve apostar suas fichas. Estamos na fila da adoção. O meu nome vai ser passado pros filhos deles e daí por diante. Isso dura mais do que qualquer livro.

— É — murmurei com os olhos baixos.

Ele se voltou novamente para mim.

— É bom ter com quem conversar sobre isso.

— Já que estamos sendo sinceros, talvez eu tenha feito uma tremenda cagada com a Juliette.

— Seria um baita recorde. Vocês ficaram noivos faz vinte minutos.

— Pelo jeito eu minto melhor do que você achava.

— Por que diabos está aqui bebendo comigo, então?

Eu me levantei.

— Muitíssimo bem colocado. — Estendi a mão e falei com um sotaque formal afetado. — Prazer em conhecê-la, srta. Mathison.

Ele gargalhou com grande alívio na voz. Segredo revelado, peso descarregado. Apertou minha mão e imitou minha postura elegante.

— Prefiro que me chame de Jasper Murdoch, por favor.

CAPÍTULO 22

Você vai ter que ler Erica Mathison se quiser uma corrida até o aeroporto e um clímax romântico (além de uma trepada no banheiro, se formos nos fiar por esse tipo de livro), porque fazia menos de dez minutos desde que eu falara com Jasper e já estava todo mundo sendo tocado para dentro dos ônibus que nos levariam de volta ao Ghan. Me informaram que Juliette já havia pegado um táxi para a cidade. Ela não estava atendendo ao celular — eu tentei durante todo o trajeto. Na plataforma, Aaron olhava nervoso para o relógio e, sugando os dentes, me disse:

— Sinto muito, senhor, ela me pediu que não o informasse para onde estava indo. Saímos em cinco minutos.

Estudei a plataforma na esperança de que Juliette tivesse mudado de ideia e aparecesse de repente. Reparei que já não havia mais carros de polícia por perto.

— Algum policial vai nos acompanhar na segunda metade da viagem?

Aaron pareceu surpreso.

— Não. Por que seria necessário?

— Ué, proteção.

— E estariam nos protegendo do quê? Já levaram o corpo e você e o seu colega mesmo disseram não haver indícios de crime. Escute, eu sei que a noite foi difícil. Mas é entrar no trem ou ficar aqui.

As luzes da cidadezinha projetavam um halo sombrio na noite. Minha visão do que aquela viagem poderia vir a ser havia desmoronado: foi apenas um sonho. A escolha era entre o trem e bater à porta de todos os quartos de hotéis em Alice Springs até o dia raiar.

Ao olhar em retrospecto para botar tudo isso no papel, é fácil perceber que cometi alguns erros até aqui, tanto no campo dedutivo quanto no emocional, e aí vai mais um.

Escolhi o trem.

CAPÍTULO 23

A primeira coisa que fiz ao subir a bordo de novo foi cometer um crime.

Roubo, para ser mais específico. Estavam todos de bom humor devido à comida e à birita, e a maioria continuava os trabalhos no vagão-bar. Douglas pediu a Cynthia que lhe preparasse um chá, reclamando que a chaleira do corredor não servia para nada e fora parar no lixo. Eu também fui até lá para beber alguma coisa na intenção de afogar minhas mágoas — não, na verdade isso não bastava, eu queria era torturar minhas mágoas na água, melhor dizendo. Contudo, assim que entrei, vi Alan Royce, com as pernas abertas feito corretor da Bolsa no transporte público, e dei meia-volta corredor acima. Não que eu estivesse evitando Royce, mas ele havia mudado de roupa.

Lembre-se de que poucas portas no Ghan têm trancas, então me esgueirei rapidamente para dentro do quarto de Royce. Como esperado, ele continuava alérgico a guardar as coisas: o casaco amassado daquela tarde estava em cima da cama. No chão, embolada como se ele literalmente tivesse acabado de tirá-la, a calça. Xeque-mate.

Eu sei. Não é algo legal a se fazer, nem mesmo com um homem como Royce. Mas acho que, após os acontecimentos deste livro estarem todos registrados, ele não vai se encontrar em posição de me acusar de algo tão pequeno quanto arrombamento. Não depois do que ele fez.

Em seguida, perambulei pelos vagões até chegar ao final do trem, onde havia um deque externo para fumantes. Era minúsculo, cabiam no máximo três ou quatro pessoas, e tinha um gradeado de ferro fundido para evitar que os passageiros caíssem, além de um pequeno toldo. Ali, o ruído metálico do trem ficava mais alto, mecânico e destoante em contraste com a quietude da noite no deserto. Os trilhos simétricos passavam a toda sob o vagão, e a linha que formavam dava a exata medida da nossa jornada, desvelada metro a metro enquanto ganhávamos velocidade. Observei toda a cidade de Alice Springs desaparecer no horizonte.

Desdobrei o pedaço de papel que havia retirado do bolso de Royce. Aquele que ele surrupiara durante a busca no quarto de McTavish. Era um cheque. Bom, era meio cheque. Fora queimado a partir do canto inferior direito, e o fogo devorara todas as informações que revelariam maiores detalhes exceto pelo nome do banco e pelo montante: 25 mil dólares. Eu me lembrei das cinzas no chão da cabine de McTavish, da minha suposição de que ele havia burlado a regra de não fumar. Esse foi um dos pontos em que eu tinha errado.

A porta se abriu atrás de mim. Enfiei o cheque no bolso, me virei e dei de cara com Lisa Fulton. Ela usava um vestido de festa azul-safira que ia até o chão, quase chique demais para o código de vestimenta *passeio completo* indicado no itinerário. A bainha estava suja de terra e poeira, e Lisa tinha um machucado logo acima do cotovelo do braço direito, discreto mas visível a ponto de eu me sentir feliz por não ter me arriscado em meio ao alvoroço da pista de dança.

— Parabéns — disse ela, protegendo o cigarro do vento e pressionando o isqueiro.

Precisei de um instante para entender por que ela estava me felicitando. O brilho opaco de Alice Springs ainda era visível atrás de nós.

— Obrigado, estamos muito felizes.

— Tão feliz que está viajando sozinho?

Achei que ainda teria algum tempo antes de as pessoas começarem a perceber que Juliette não havia embarcado de volta no trem comigo. Tentei pensar em uma desculpa rápida.

— É que foi tudo meio no improviso. A gente pensou em resolver isso logo. Logo, tipo fim de semana que vem. Tem muita coisa pra organizar.

Lisa não me pareceu ter engolido. Portanto, como sempre se faz quando uma mentira tem pernas bambas, coloquei ainda mais peso sobre ela.

— Fora que, para o conceito dela de férias perfeitas, aqui tinha cadáveres demais — complementei, rindo.

— Tese furada. Só teve um.

— E um já basta, claro.

— Depende de onde você passa férias. Aliás, eu tirei uma foto do seu pedido de casamento. Me passa seu e-mail que eu te mando enquanto a gente ainda tem sinal de celular.

Fiz o que ela pedira e, um minuto depois, com o sinal ficando mais lento à medida que avançávamos, meu telefone apitou. Para quem não soubesse de nada, parecia a típica foto romântica, com direito a noite estrelada e brilho das fogueiras de assar marshmallows, mas eu só conseguia enxergar a tensão na minha mandíbula. O brilho nos olhos de Juliette.

— É bem... — Eu cacei a palavra e arranquei-a do céu. — Memorável. Obrigado.

— De nada. Agora me diz o que é isso que eu fiquei sabendo sobre você e o Alan acharem que a morte do Henry foi suspeita.

Esse terreno era bem mais confortável para mim.

— Acho que as circunstâncias pedem certo nível de escrutínio. E acho que muita gente tinha razões pra desgostar do McTavish.

— Muita gente?

— Bom, todo mundo.

Ela desviou o olhar dos trilhos e me encarou.

— Isso me inclui?

Hesitei.

— Ouvi dizer que você e o McTavish têm uma história em comum.

Ela agarrava a grade.

— Está mais pra conto do que pra romance. Durou bem pouco.

— Mas ele se lembra até hoje. Ele te deu aquele elogio. E só você estava ausente da mesa de debates dele hoje de manhã.

— Tudo isso tem sido um pouco opressivo. — Ela suspirou. — Enfim, ainda bem que não apareci.

— Foi medonho. Você deu sorte de não ter visto.

— Deve ter sido bom como pesquisa.

— Queria que as pessoas parassem de falar isso.

Ela começou a morder o filtro do cigarro, nitidamente desconfortável, mas ainda assim sem ir embora. Parecia querer que eu perguntasse algo. Como a verdade de Jasper: desesperada para ser exposta, de certa forma. Ou queria descobrir quanto eu sabia. Se esse era o jogo, eu o jogaria com o maior prazer.

— Royce me disse que ouviu sua voz no quarto do McTavish ontem à noite.

Lisa deu uma meia risada bufada.

— Royce é um bebum.

— Então você não estava no quarto dele? A Majors eu duvido que ele deixasse entrar. O sotaque da Harriet é irlandês, Cynthia e Brooke são jovens demais e Simone fala muito alto. Tenho a sensação de que mesmo bêbado o Royce não iria confundir essas vozes todas.

Lisa permaneceu em silêncio.

Tirei do bolso o cheque queimado e mostrei para ela.

— Será que isso é o bastante pra comprar um elogio na capa?

Ela riu, fazendo pouco-caso, mas percebi que estava um pouco surpresa.

— Se você acha que estou ganhando o suficiente com as vendas do livro pra sair distribuindo 25 mil em troca de um elogio, está maluco. Fora que uma quantia como essa não faria nem cosquinha no coração do Henry.

— Talvez existam outras formas de pagar.

Lisa fez uma cara azeda.

— Essa você aprendeu com o Royce, né?

Fiquei olhando para os trilhos. Eu de fato reciclara uma fala de Royce, e ela deixara um gosto desagradável na minha língua.

— É, desculpa. Não faz o meu estilo. Mas você quer me contar alguma coisa. Por isso me seguiu até aqui. E é a primeira pessoa a praticamente me pedir pra ser interrogada. Talvez eu esteja fazendo as perguntas erradas. O que você quer me contar?

Aquela era uma tática melhor. Ela respirou fundo.

— Não fui eu quem matou ele — disse. — Mas amanhã você vai achar que fui. E acho só que eu queria dizer isso pra alguém. Imagino que você esteja anotando tudo pra um livro. Será que pode colocar essa frase exatamente dessa forma?

— O que vai acontecer amanhã?

— Essa seria a pergunta errada.

— Mas você estava no quarto dele?

— Se isso te faz feliz, sim, estava. Fui até lá pra agradecer, *com palavras*, pelo aval dele. O Royce estava esmurrando a porta e por isso tive que ficar lá até vocês dois irem embora. Fim.

Considerei a informação por um segundo.

— Você não bateu nele? Tinha uns lenços ensanguentados na lixeira.

— Não.

— Deixa eu propor uma hipótese. Você vai até o quarto dele pra agradecer pelo aval, com palavras.

Ela assentiu.

— Mas talvez palavras não sejam o bastante — continuo. — Talvez McTavish queira outra espécie de agradecimento. A gente sabe como ele era. Talvez ele agarre seu braço com força, a ponto de deixar uma marca bem aí, logo acima do cotovelo. Talvez você dê um soco no nariz dele. Não é assassinato. Por que esconder, então? Estou chegando perto?

Ela se virou para ir embora. Fiz menção de impedi-la, mas me segurei. Não queria ser o tipo de homem que agarra mulheres.

— Eu acredito em você — disse a ela. A frase bastou para ela própria se voltar de novo para mim. — McTavish era um safado. Seja lá por que você está preocupada com o que vai acontecer amanhã, quem sabe não podemos nos adiantar? Ajudar um ao outro?

Ela não respondeu, mas só pela forma como a bochecha se retorcia, dava para ver que estava trincando os dentes.

— Você tem experiência em direito. Seria bem útil saber o que você acha disso tudo.

Essa frase me garantiu um vislumbre de seus dentes. Uma sugestão de sorriso.

— É isso que você tá fazendo? Assessoria forense do Royce? Assessoria psicológica da Majors? Assessoria jurídica minha? Assessoria do Wolfgang em, sei lá, como ser babaca? Todas as nossas especialidades unidas em um só superdetetive? É tipo um Megazord dos Power Rangers?

Fiquei vermelho.

— Falando desse jeito, soa estúpido.

— É estúpido. Nós somos escritores. Eu não exerço a profissão desde... pera, qual foi exatamente o perfil que a Majors traçou de mim?

— Amante rejeitada — respondi.

Não se preocupe, sua memória não está falhando e você também não pulou página alguma. Majors não havia traçado um perfil psicológico de Lisa. Imaginei que, ao inventar um, poderia gerar uma reação. Funcionou.

— Aquela egoísta filha da... — Lisa fervia de raiva. — Não escuta ela. A Majors quer me ferrar.

— Por que você não a apoiou com relação a Edimburgo?

De tão furiosa, Lisa até acabou se esquecendo de que eu a estava sondando.

— Não tinha como, e ela sabe disso. Porra. Não é como se ela tivesse sido convocada a depor. Um ano depois, *Descarrilhado* é lançado — ela estalou os dedos — e de repente é meu problema. Isso é ridículo. — Ela voltou a me encarar. — Eu não matei o Henry. As pessoas só matam por uma razão: amor. Eu não o amava. Mas nem de longe.

— As pessoas matam por duas razões — contrapus. — Amor e dinheiro.

Ela balançou a cabeça.

— Talvez as pessoas matem por amor *ao dinheiro*. Mas no fim das contas é tudo amor. — Lisa abriu a porta. A luz suave dos vagões vazou para o deque e proporcionou uma visão mais clara dos trilhos que passavam a toda sob nós. — Cacete, é que nem você disse, todo mundo tem um motivo. De repente todo mundo o matou.

— Acho que isso já foi feito antes.

— Nada supera um clássico.

Ela entrou e fechou a porta.

CAPÍTULO 24

Seria um clichê e uma falsidade dizer que minha cama parecia vazia sem Juliette, já que se tratava de um beliche.

Mas ainda assim algo estava faltando. Ela havia ido embora com tanta pressa ou tão determinada a me evitar que não tinha voltado ao trem para recolher seus pertences. Suas roupas continuavam nos cabides, sua escova de dente ainda estava ao lado da pia. A cabine parecia deserta em ambos os sentidos da palavra.

Procrastinei antes de dormir, dobrando impecavelmente as roupas dela, fechando sua bolsa de mão e colocando-a sobre a cama de cima do beliche. Resisti à ânsia de procurar por quaisquer pequenos frascos nos bolsos. Eu queria, mas as palavras dela pesavam com força na minha mente — *mesmo que por um segundo... mesmo que tenha só passado pela sua cabeça... já é o suficiente.*

O sinal de celular enfraquecera mais e mais; àquela altura, estava por um triz. Mandei uma mensagem para Juliette. E um e-mail. E outra mensagem.

Então, tentei arrumar tempo para preencher lacunas contextuais via Google. Eu sei, é um método de investigação preguiçoso. Mas me deem um desconto. Hoje em dia, autores de policiais sempre têm que dar um jeito de confiscar os celulares de seus resolvedores de crimes, caso contrário o leitor fica o tempo todo pensando: *procura no Google!* Meus compatriotas da Era de Ouro não tinham que se justificar, não havia nada tipo "Ah, não, Sherlock Holmes não pode acessar a Enciclopédia Britânica porque alguém perdeu a chave da biblioteca!".

Comecei, já que estava perdendo a confiança no pedigree médico de Royce, com os sintomas de overdoses de heroína. A contragosto (ou talvez fosse só a minha impressão), o Google confirmou a versão de Royce. A seguir, dei busca por "Henry McTavish manco", e não obtive muita coisa em termos de resultados (exceto por resenhas do segundo livro dele, o mais mal recebido, em que "manco" era usado como adjetivo), e depois por detalhes de seu acidente, o que foi mais frutífero. Uma imagem de um McTavish irreconhecível, de rosto arroxeado e com curativos aos montes, carregou aos poucos na tela do meu celular como se fosse um fax chegando. Cirurgiões tiveram que reparar a pele de sua perna quase que por completo. Isso foi em 2004, entre a publicação de seu segundo e terceiro romances. Como Simone se referira ao processo de escrita do terceiro? *Cálculo renal.* Em processo de recuperação de um acidente como aquele, porém, não era de se estranhar que tivesse sido difícil.

Nada de Juliette ainda. Comecei a me perguntar se eu continuava dentro da zona de sinal da internet, mas não de mensagens — não sei bem se essa teoria faz algum sentido do ponto de vista tecnológico, mas me ajudou a me sentir bem momentaneamente, até o celular apitar e refutá-la. Para minha decepção, era uma mensagem de Andy:

Já tenho minha lista de suspeitos. Estatisticamente falando, o mais provável é que seja o ex-marido.

Respondi: *Sim, me parece razoável. Ciúme. Raiva. Todos bons motivos.*

Andy logo mandou outra mensagem: *Ótimo. O problema é que ela não tem um ex-marido. Mas tem marido.*

Rebati: *Se ela não tem ex-marido, por que tem um na sua lista de suspeitos?*

Uma pausa. Andy, bendito seja, estava tentando pensar.

Aparentemente é provável, foi a resposta.

Aparentemente?, mandei.

Coloquei todos os detalhes aqui — e me enviou o link — *e essa é a probabilidade maior.*

Cliquei no link, que me levou ao ChatGPT, o software de inteligência artificial de código aberto que tomara o mundo de assalto, para a consternação inúmeras universidades cujos alunos vinham usando-o para escrever os trabalhos. Ainda que fosse de fato um projeto impressionante de engenharia de software, era também muito assustador para quem havia feito carreira escrevendo palavras ou assistindo a *O Exterminador do Futuro*. É só jogar qualquer coisa lá que você recebe uma resposta, seja algo do tipo "Escreva para mim um trabalho de quinhentas palavras sobre o Egito Antigo", ou, no caso de Andy, o "Sobre o autor" do seu site, ou "Quem roubou a floricultura da senhora?". Óbvio que Andy curtia IA; ele é alguém que usa a palavra *fungível* a sério, além de ser capaz de declarar que criptomoedas são o futuro enquanto reclama que recebeu centavos a menos de troco num café. Fiquei tentado a digitar "Como chamar meu tio de idiota de um jeito que soe construtivo?" no programa. Mas acho que a IA não ia saber toda a infinidade de palavrões necessária para tal.

Mandei outra mensagem para ele: *IA não substitui o cérebro humano, Andy. Mas vamos lá. Quais são os outros suspeitos da Skynet?*

O bom de insultar Andy é que às vezes só é necessário dar a deixa para que ele mesmo faça isso. Sua resposta foi: *Um agente infiltrado do FBI. Ou então um culto satânico.*

Nova pausa e então nova mensagem dele: *Ok, entendido. Boa noite.*

Minha internet travou e depois retornou. Voltei para a pesquisa. Desta vez, entrei no fórum Morbund's Mongrels no Reddit. O post mais recente tinha como título "*Nasce o dia*: Discussão com spoilers". Eu meio que esperava o vazamento da notícia da morte de McTavish, mas era óbvio que ela ainda não se espalhara.

Percorri as respostas. As pessoas discutiam o lançamento mais recente e muitas se diziam angustiadas com o fim do detetive Morbund. Um post me chamou a atenção:

MongrelWrangler22 (admin.):

"Ai, gente, não. Morbund é a minha VIDA. Sério, eu estou literalmente gritando na cama. Preciso conseguir outro exemplar porque este aqui já está manchado de lágrimas. Não sei o que eu vou fazer se for o final mesmo..."

Era uma conta de administrador, o que se encaixava no perfil de alguém que tivesse algum papel organizacional dentro dos Mongrels: presidente, talvez. Para mim, parecia muito se tratar de Brooke. Rolei a tela pelas respostas: eram um misto de comiseração para com MongrelWrangler22, negativas veementes de que Morbund pudesse ter morrido e um post preocupante que dizia "A gente só precisa ter acesso ao McTavish. Tenho certeza de que... dá pra convencê-lo... com a motivação certa". Para coroá-lo, vinha com ele um pequeno emoji de martelo.

Fiquei cansado da torrente de comentários e cliquei no perfil MongrelWrangler22. O avatar, presumi, devia ser uma versão em cartum do próprio Morbund, levando-se em conta os traços escoceses e a aparência austera, e o perfil indicava a Austrália como local do usuário. De resto, era anônimo. Todos os comentários recentes de MongrelWrangler22, porém, estavam perfeitamente listados logo abaixo. Cliquei em um qualquer:

"Posso dizer uma coisa? Amo esses livros porque me sinto como se ele estivesse falando comigo. Sabe? Como se fossem escritos só pra mim. Tipo uma história pra dormir ou um presente especial. Eu sei que todo mundo aqui ama os livros tanto quanto eu, mas é como eu me sinto quando leio. Como se fôssemos eu e ele. Me contem porque vocês leem os livros do Morbund. Adoraria saber a opinião de todo mundo. ☺"

O que Majors havia falado a respeito de obsessão? Que seria a capacidade de centrar a experiência do outro em si próprio? Aquele era um exemplo perfeito.

Voltei para a página principal do perfil de MongrelWrangler22 e abri o comentário mais recente, só para ver se mencionava o Ghan. Tinha sido postado três dias antes, no fio sobre "*Nasce o dia*: Discussão com spoilers":

"Descansar. Repito. Descansar. Já posso respirar de novo.

Archie Bench, caralho!"

Os comentários a seguir eram diferentes versões de "Quem é Archie Bench?" e "Não entendi, o que isso tem demais?", mas MongrelWrangler22 não havia postado desde então. Convenientemente, o timing do post se encaixava à perfeição com o ato de embarcar num trem rumo ao *outback* com sinal limitado de celular. Não conseguia enxergar a possibilidade de que fosse qualquer outra pessoa que *não* Brooke.

Descansar. Era modo de dizer ou era literal? Tudo é literal na internet hoje em dia, literalmente tudo, e assim ficava difícil definir. Como assim "descansar"?

Tentei dar uma busca em "projeto de arte de Wolfgang" só porque me deu na telha. Mas os resultados foram vagos demais. Fui submetido a páginas e mais páginas sobre seu xará, o famoso músico austríaco. Me perguntei se Wolfgang por acaso saberia alemão e poderia me ajudar com aquela questão de *Reich*. Então tentei todas as combinações do nome de Wolfgang com as palavras "escritor", "arte", "interativa" e "experiência". Só vinham releases como o desse festival, com a mesma frase repetida ao final de cada um: "Seu próximo projeto é um projeto de arte interativa chamado *A morte da literatura*".

Um pensamento fugaz me veio à mente — *Quão interativo exatamente é esse seu projeto, Wolfgang?* — e logo se perdeu.

Meu celular travava uma luta inglória. Apertei o enter na expectativa de uma busca a mais, porém a página demorou cinco minutos para carregar, sinal de que era a última instância de ajuda da tecnologia do século XXI com que poderia contar. Aquela pesquisa final, no entanto, não havia sido em busca de pistas, mas por mera curiosidade. O artigo era do *The New York Times*, de 2009, e tinha como título "Estreante na literatura policial, Jasper Murdoch não se compara aos melhores do gênero". Era assinado por Harriet Sykes, uma freelancer de Melbourne, Austrália.

Ao ler o texto, com toda a sinceridade, fiquei surpreso por ele ter se casado com ela. Era uma tremenda paulada. Embora a resenha não tivesse muito a dizer a respeito do livro, teimava em comparar Jasper aos pesos-pesados da literatura do gênero — autores de carreira, multimilionários. Harriet não conseguia aceitar que ele não estivesse no mesmo nível e o punia por isso. "Murdoch adoraria escrever como McTavish, e pode-se vislumbrar potencial em sua obra, mas lamentavelmente fica abaixo do alto padrão estabelecido pelo celebrado escocês."

Não era de se espantar que Jasper tivesse parado de escrever policiais. Mas eu me lembro do seu olhar ao contemplar Harriet dançando. Se aquela resenha os havia levado a cruzar o caminho um do outro (eu o imaginava criando coragem para mandar um e-mail à resenhista, talvez convidando-a para um café no intuito de explicar o que pretendera com o romance, ou quem sabe entornando meia garrafa de vinho branco e lançando um glossário completo de palavrões inventivos e inventados), ele provavelmente não tinha o menor problema com isso. Reli o texto sob a ótica hippie-zen de Jasper e não me soou mais tão cruel. Ao descer a página, vi também que Harriet era a autora do tão parafraseado elogio do *NYT* a McTavish — "Impossível de largar e de superar: McTavish não tem igual." —, saído de uma resenha de seu quinto romance, de 2006.

Mandei outra mensagem para Juliette e fiquei momentaneamente animado com o apito imediato do celular, até me dar conta de que era um ponto de exclamação em vermelho avisando que a mensagem não tinha sido entregue.

Larguei o celular e fechei os olhos. Mas a voz de Jasper não saía da minha cabeça. Só que agora a frase que ele dizia era outra: *principalmente se Wyatt continuar dobrando meu adiantamento.* Eu me lembrei de Wyatt ao telefone na estação. Na tentativa de fechar os termos de um contrato, talvez?

A princípio, aquilo me passara despercebido. Eu presumira que o novo contrato de Jasper fosse de um livro de Erica Mathison. Mas, se aquela resenha tinha algum fundo de verdade, se a escrita de Jasper não passava mesmo de um genérico de McTavish, sua própria ficção narrativa nunca passaria de uma imitação. Essa sensação nem o sucesso de *Os onze orgasmos de Deborah Winstock* teria conseguido esconder: ele seria um aspirante permanentemente relegado a ficar à sombra de um autor melhor. Talvez uma forma de superar a comparação fosse dar fim a ela em definitivo.

Caí no sono com dois pensamentos em mente:

Em vida, Henry McTavish não queria continuar escrevendo os livros do detetive Morbund.

E, talvez, para Wyatt Lloyd, um McTavish furreca fosse melhor do que McTavish nenhum.

CAPÍTULO 25

Eu não fazia ideia de quanto tempo eu tinha dormido, mas pelos murros na porta já dava para saber quem era o dono de punhos tão pouco elegantes. Não fiquei muito surpreso ao ver Royce plantado no corredor. O que me surpreendeu foi a fila de gente atrás dele.

— Vem. — Foi tudo o que ele disse, partindo para o ataque à porta seguinte antes mesmo de eu esfregar os olhos.

O homem continuou seu trajeto de cabine em cabine, como se fosse um agente penitenciário acordando os detentos. Entrei na dança entre Simone e Wolfgang. Estava todo mundo de pijama: eu usava uma camiseta de banda desbotada e calça de moletom; Simone, calça e blusa de seda roxa com as iniciais SM bordadas no bolso do peito; o mais surpreendente era Wolfgang, de pijama de flanela todo listrado de azul e branco. Eu o imaginava dormindo de terno. SF Majors, atrás de Wolfgang, ainda estava com a mesma roupa chique do jantar, o que significava que tivera tempo de se vestir ou ainda não fora para a cama. Perambulamos até a porta seguinte. Chequei a hora: três da manhã.

Cutuquei o ombro de Simone.

— O que tá rolando?

— Royce matou a charada — sussurrou ela. — Quer que todo mundo vá até o vagão-bar.

— Hein? — Se eu estivesse com uma bebida na boca, a teria cuspido. — *Royce?*

— Não é como se você não tivesse tido oportunidade também. Porra, Ernest, era pra você ter resolvido primeiro.

— Bom, e qual é a dessa cena toda agora?

— Não seja amargo. Você sabe que precisa juntar todos os suspeitos pra fazer a grande revelação. É o que você mesmo faria, não é?

— Eu sei muito bem como funciona um *denouement* — respondi, contrariado.

— *De-nu-mônt* — corrigiu Wolfgang, atrás de mim, gastando seu francês como se fosse uma calda despejada por cima do meu erro de pronúncia. — Não é *di-nau-ment*.

— *Merci* — rosnei, me recusando a virar o rosto para encará-lo.

À nossa frente, Lisa saiu da cabine e fechou a porta rapidamente para ninguém ver o que havia lá dentro, depois entrou na fila.

Senti uma mão pesada no meu ombro. Wolfgang de novo. Não via seu rosto, mas podia sentir seu esgar queimando minha nuca.

— Pelo jeito ele te superou, meu chapa. Seu livro vai ficar em segundo plano.

O público de Royce era mais sonolento e menor do que ele esperava. Nós nos largamos nas cadeiras e sofás, enquanto Royce, de pé em frente ao bar, puxava seus suspensórios e contava as cabeças. Os autores estavam todos presentes, mas a maioria dos demais não — só Harriet, que devia ter acordado com a passagem da procissão do lado de fora do quarto (imaginei-a com Jasper, decidindo no par ou ímpar quem iria até lá ver que alvoroço era aquele), e Simone. Jasper, Douglas e Wyatt estavam ausentes, bem como as integrantes do culto a Erica Mathison. Os quartos de Aaron e Cynthia ficavam do outro lado do restaurante, e, pelo jeito, Royce não os havia acordado; devia ter achado que não tinham importância.

Royce parecia hesitante em começar; seu dedo ainda cutucava o ar, refazendo a conta. Wolfgang finalmente se levantou para ir embora, o que levou Royce a preferir limitar suas perdas e pigarrear ruidosamente.

— Tenho certeza de que vocês devem estar se perguntando por que reuni todos aqui, especialmente a uma hora dessas — disse ele, de um jeito ensaiado.

Houve um burburinho geral de discordância, pois todos sabíamos exatamente por que estávamos ali. Mas isso não adiantou de nada para fazer Royce desviar do script.

— Talvez alguns aqui se surpreendam ao saber disso, mas Henry McTavish *foi assassinado*. E alguém neste aposento — ele vacilou —, neste trem, desculpem, é o responsável.

O tropeço foi revelador. Royce não quisera começar o discurso porque uma pessoa importante para sua teoria não estava no recinto. Isso incluía Jasper, as senhoras do clube do livro, Wyatt, Aaron, Cynthia, Douglas e imagino que Juliette. Talvez Royce não soubesse que ela havia deixado o trem. Brooke também estaria incluída na lista se não tivesse entrado no vagão no exato momento em que tive esse pensamento, contemplando o grupo com os olhos semicerrados e cansados, na tentativa de entender o que estava acontecendo. Ela se sentou ao lado de Lisa, que parecia irritada por dividir seu espaço com alguém e afastou o corpo.

— Vai logo com isso — disse Simone.

Royce ficou ainda mais irritado.

— Quer uma mãozinha? — Não pude resistir a atormentá-lo. — Já fiz isso antes.

— Dá pra você... — Ele apertou os punhos contra as laterais do corpo e respirou fundo. — Obrigado, Ernest. Eu me viro sozinho aqui. — Remexeu no bolso e, numa pequena derrota, tirou seu caderno, do qual desprendeu sua caneta da Gemini e a usou para traçar sua posição no discurso. — Muitos de nós aqui tinham razões para desgostar de Henry McTavish. Vários provavelmente estão felizes por ele ter morrido. Mas só tem uma pessoa... aaah, sim, só uma... — aquilo certamente estava escrito ao lado da frase “pausa dramática” — ... pessoa que de fato cometeria o crime.

Simone bocejou alto. Royce começava a ficar vermelho debaixo do colarinho.

— Olhemos ao redor. Temos a colega romancista que acha que Henry roubou uma ideia dela. Temos a agente literária que queria uma fatia dos ganhos do McTavish e foi largada metaforicamente no altar. — Ele brandia a caneta na direção das acusadas, que faziam cara feia. Para ser justo, até ali as teorias de Royce eram razoáveis: eu as havia considerado também. — Temos o autor literário que odeia ficção comercial.

— Sério que é esse o motivo que você arrumou pra mim? — comentou Wolfgang, bufando. — Eu não o matei.

Royce fez uma pausa, pensou por um instante e então moveu sua caneta pelo caderno, traçando claramente uma linha horizontal. Pelo jeito, discordar de Royce já bastava para ser riscado de sua lista de suspeitos.

— Temos ainda o escritor em dificuldades. — A caneta apontou para mim. — No desespero para arrumar uma trama para seu segundo livro. Talvez ele mesmo a tenha criado. Também há um pouco de dinheiro em jogo. Talvez outra pessoa queira que ele seja bem-sucedido, alguém próximo, como... — Royce virava a cabeça para todos os lados, claramente à procura de Juliette.

— Ela está dormindo — justifiquei. Lisa me lançou um olhar, como se estivesse surpresa por eu mentir. Levei uma mão a cada bochecha numa expressão debochada de surpresa. — A não ser... a não ser... talvez esteja por aí matando gente. — Engoli em seco, arfando.

— Se você não vai levar a sério...

— O escritor em dificuldades está levando tudo *muito* a sério — repliquei, franzindo a testa dramaticamente.

— Eu sou suspeita? — Lisa ergueu a mão. — Conta pra eles qual a razão de eu ser suspeita, Alan.

— Bem, eu acho que uma ex-namorada não é exatamente...

— Na verdade, seria bem provável — interveio Majors. — Pensando no perfil psicológico.

— Você me parece uma pessoa que já teria superado isso depois de vinte anos — disse Royce para Lisa entredentes. Parecia quase disposto *demais* a evitar falar da possível motivação dela. — Não te acho uma suspeita das mais viáveis.

— Então posso ir pra cama?

— Não. — A boca de Royce espumava. — Eu não falei ain...

— Tenho que reconhecer, Royce — interrompeu Wolfgang. — Em geral suas palavras são ótimas pra me fazer dormir. Mas isso está surpreendentemente divertido.

— E você? — perguntei. — Por que não é suspeito?

— Henry era, hã — ele hesitou —, meu amigo.

— O que você acha, Majors? — indaguei.

— Se formos pensar no perfil psicológico, alguém com um relacionamento pessoal próximo provavelmente faz até mais sentido.

— Você ficou furioso por ele não te dar uma elogio para a capa — comentei. — Falou pra mim que ele devia aquilo a você, e muito.

— Não falei — negou Royce, pálido.

— Falou. Quando você estava bêbado de cair e foi fazer uma visitinha a ele, louco pra encher os ouvidos do sujeito. Talvez você tenha acabado enchendo ele de outra coisa.

— Será que dá pra todo mundo *calar a boca um*... — Royce respirou fundo. — Não é assim que funciona. Ok? Eu é que vou de pessoa em pessoa, desconstruo os álibis de vocês e revelo o assassino. Normalmente não tem tanto questionamento em um *denouement*.

— *De-nu-mônt* — dissemos eu e Wolfgang em uníssono.

Se o Ghan fosse um trem a vapor, as orelhas de Royce poderiam fornecer combustível.

— Só existe uma pessoa com motivo real. É para isso que apontam as pistas. Alguém que visitou Henry no quarto, que era próximo dele a ponto de envenenar o cantil. Alguém que estava abalado pela quantidade de dinheiro que iria perder com o livro seguinte do Henry. Alguém que ofereceu a ele um cheque de 25 mil pra mudar o final. Henry recusou a oferta. Queimou o cheque na frente do nosso assassino. E eu aposto que você não sabia que eu tinha essa pista, não é, Ernest?

Ele apalpou os bolsos em busca do cheque queimado para exibi-lo e, óbvio, não conseguiu achá-lo. Eu escondi um sorriso.

— Eles brigaram e por isso o Henry estava com o nariz ensanguentado. Essa pessoa se deu conta de que o livro seguinte do Henry seria duas vezes mais vendável com ele morto do que vivo. Essa pessoa era...

Vou fazer uma interrupção rapidinho. Talvez ver quem está mais próximo de 108 ajude em algo. Vamos a uma contagem nome por nome:

— ~~Henry McTavish: 280~~
— Alan Royce: 218
— Simone Morrison: 98
— SF Majors: 91
— Wyatt Lloyd: 90
— Lisa Fulton: 83
— Wolfgang: 75
— Brooke: 58
— Jasper Murdoch: 57
— Aaron: 55
— Harriet Murdoch: 51
— Douglas Parsons: 35
— Clube do Livro/Veronica Blythe/Colmeia: 23
— Cynthia: 23
— Archibald Bench: 23
— Erica Mathison: 11
— MongrelWrangler22: 6
— Troy Firth: 3
— Juliette: ISENTA
— Noah Witrock: ISENTO (por ter sido apresentado depois da metade, tarde demais para ser o assassino em um livro de mistério que jogue limpo)

Majors, correndo por fora, entrou na briga pra valer, e no pelotão de trás também há uma movimentação da parte de Aaron, Jasper, Harriet e Brooke, todos crescendo um pouco e ficando mais ou menos ali juntos. Royce já adentrou a categoria "óbvio demais". Fora que, fosse ele o assassino, por que fazer toda essa *mise-en-scène* da grande revelação? Alguns parecem só estar acrescentando emoção à contagem, mas consideremos que, do último apanhado para cá, Wolfgang não acrescentou nem quarenta menções e tudo pode acontecer. E lembre-se de somar identidades múltiplas como se fossem uma só.

Ok, interlúdio terminado. Vou deixar Royce terminar a frase dele...

— ... Wyatt Lloyd!

O silêncio se instalou enquanto todos digeríamos a informação. Apesar de haver mais gente coçando a cabeça do que engolindo em seco. Puramente por um ângulo estatístico, tendo o nome sido usado 92 vezes, Wyatt (93) com toda a certeza está no páreo.

— Isso faz sentido? — perguntou Brooke, cética, rompendo o silêncio.

Eu repassava as pistas na cabeça. Wyatt definitivamente tinha motivo: Royce estava certo com relação ao aspecto financeiro. Só que eu os ouvira discutir na cabine de *Wyatt*, não na de McTavish, embora Royce não soubesse disso. A queima do cheque teria que ter ocorrido lá. Eu também tinha certeza de que o nariz ensanguentado havia sido obra de Lisa.

— É claro que faz, porra — rosnou Royce.

Simone ergueu a mão.

— Não sei se faz, não. Onde você encontrou o cheque?

— Vinte e cinco não dobrariam o Henry. Os adiantamentos dele devem ser na casa de cem mil pra cima — disse Wolfgang.

— Os nós dos dedos do Wyatt estavam machucados? — perguntou Majors. — Eu não notei.

— ESCUTEM! — berrou Royce. — Eu estou dizendo exatamente o que aconteceu. Henry McTavish foi assassinado e, na minha mente, não há um pingo de dúvida de que Wyatt Lloyd é, *com toda a certeza*, o assassino.

Nem meio segundo depois de ele terminar a frase, ouviu-se um grito vindo dos vagões de trás. Ninguém abriu a boca nem se mexeu por alguns segundos. Foi quando Jasper entrou no recinto, ofegante, e disse:

— Wyatt Lloyd morreu!

SUSPENSE DE TRIBUNAL

CAPÍTULO 26

O livro. O sangue. O corpo.

A cabine de Wyatt era um cenário de carnificina. O colchão da cama de baixo do beliche estava virado, os lençóis, rasgados, e o travesseiro, jogado no chão. A marca ensanguentada de uma mão manchava a porta do banheiro. Na mesa sob a janela havia uma pilha de papéis da grossura de um punho. Abaixo dela, entre a mesa e a porta do banheiro, estava Wyatt Lloyd.

Wyatt estava apoiado entre o canto da parede e o banheiro, com a cabeça caída. O sangue havia fluído do pescoço para a frente da camisa, formando um mórbido guardanapo vermelho, e se acumulado no chão entre as pernas. Ele usava uma cueca samba-canção azul de cetim e uma camiseta lisa que um dia fora branca: aparentemente, havia ido para a cama antes de ser atacado. Para além da sanguinolência e da morte, o que parecia mais indigno era o fato de ele estar de pijama. Um tecido empapado de sangue envolvia uma de suas mãos: o cachecol azul de Simone.

A fonte do sangue estava espetada no pescoço dele: o cabo de uma caneta da Gemini Publishing. Eu me lembrei de quando Royce acenara para mim com a dele, de como a ponta era afiada. Era fácil imaginá-la mergulhando na carne macia do pescoço de Wyatt, ele se debatendo, a mão apoiada na porta do banheiro, agarrando-se ao pedaço de pano mais próximo na tentativa de interromper o fluxo do sangue.

Nós nos amontoamos em torno do batente, nenhum de nós disposto a entrar no quarto. Um aglomerado de cabeças querendo dar uma boa olhada e lotando o corredor estreito. Royce, atrás de todos os demais, esticava-se para conseguir olhar, parecendo incomodado pela transformação de seu suspeito número um em vítima. Jasper, depois de nos alertar, fora buscar Aaron.

Simone me deu um "chega pra lá", espiou o quarto por cinco segundos, deu meia-volta e retornou ao corredor.

— Argh. — Ela apoiou a cabeça nas mãos. — Que desperdício.

— Eu sei, ele não merecia isso — falei, enlaçando-a com o braço.

Ela se desvencilhou como se fosse uma alga.

— Esse cachecol só pode ser lavado a seco — acrescentou.

E foi embora, balançando a cabeça.

— Dá licença? Posso ver? — Royce ainda tentava enfiar o nariz no quarto; devido à estatura, tudo que conseguia era fazer pressão contra a floresta de ombros. — Peraí!

— Você vai contaminar a cena do crime — advertiu Lisa, se virando.

— Acho que vocês vão se beneficiar da minha expertise médica — retrucou ele, bufando.

— Disso não dá pra ter certeza, já que supostamente ele era o seu assassino.

— Talvez ele não tenha conseguido conviver com a culpa — protestou Royce. — Se matou.

— Apunhalar a si próprio no pescoço com uma caneta não parece um método confiável de suicídio — disse Majors. — Além disso, acho que não tem muita gente que detone o próprio quarto e depois tente desesperadamente estancar o sangramento causado por si próprio.

— Deixa eu examinar o corpo e te digo.

— Royce? — Não pude resistir. Movi ligeiramente o corpo mais para a frente da porta. — Acho que você não deveria examinar nada aqui. Me disseram que seu currículo todo é um mito. Você nunca foi patologista, era só um estagiário. Sua biografia é tão inflada quanto o seu ego.

— Quando te conveio você não se fez de rogado em aceitar minha orientação — disparou ele. — Eu estudei por décadas! Tenho duas formações. Cursei a mesma universidade que Arthur Conan

Doyle, só pra você saber. Essa é a minha qualificação — disparou ele. — E o *Sunday Times* disse que eu tenho uma compreensão muito boa do realismo.

O *Sunday Times* claramente não havia estado com Royce cara a cara.

— Bem, pra estarmos de acordo com a experiência que você de fato tem com laboratórios forenses, se a gente precisar de um café com certeza eu te informo.

Royce tremia.

— Se você continuar me tratando com tanto desrespeito, eu... eu... eu vou reter meu diagnóstico sobre a causa da morte.

— Tem meia caneta entalada na garganta dele — respondi. — Acho que a gente descobre.

Com essa, Royce saiu de supetão, atropelando Brooke, que se juntara à rabeira do grupo e se esgueirou para dentro da pequena cozinha enquanto ele passava. Lisa, ao vê-la, pôs a mão no seu ombro e a guiou para longe da cabine.

— A cena ali dentro é brutal. Você é nova demais pra ver isso.

Wolfgang acabou sendo o primeiro a entrar. Passou por cima das pernas de Wyatt e espiou a papelada em cima da mesa, correndo os dedos pelas páginas de cima. Fui atrás, procurando pistas pela cabine, mas devido ao seu tamanho já dera para ver da porta tudo que era digno de nota. Eu não conseguia entender se a busca por algo levara à destruição do aposento ou se o caos era derivado do conflito mortífero. A mala de Wyatt se encontrava no chão, com o zíper fechado. Se alguém estava à procura de algo, não havia sido tão minucioso na busca.

Por cima do ombro de Wolfgang eu enxergava a página no topo da pilha sobre a mesa: um manuscrito cuja fonte entregava ter sido digitado na máquina de escrever e cujo título era *Vida, morte e uísque*. Abaixo, as palavras *Primeira versão* e nossa data de saída de Darwin, significando que ele o terminara, ou pelo menos digitara a folha de rosto, no primeiro dia. No pé da página, escrito à mão em tinta azul: *Henry McTavish*. Era a história todinha ali: McTavish havia terminado o manuscrito, assinado e entregado a Wyatt, e isso desencadeara a discussão que eu ouvira por acaso na primeira noite.

— Esse livro não é do Morbund — notou Wolfgang, levantando os olhos do manuscrito. Fingi certa surpresa, afinal ele não sabia que eu havia escutado Wyatt reclamar precisamente disso. — Mas também não é policial. É, bem... é ficção literária. — Ele ergueu as sobrancelhas. — E não é ruim.

Esse ter sido o primeiro elogio que ouvi sair da boca de Wolfgang foi algo que não me escapou. Até ele pareceu surpreso.

— McTavish estava escrevendo ficção literária? — perguntou Majors.

— É, claro que ainda é o McTavish, né. Ele nunca vai superar todas as fraquezas. A prosa de um autor é como uma tatuagem. Alguns hábitos não são fáceis de largar. Mas ele melhorou em algumas áreas. — Wolfgang pareceu notar que estava sendo gentil, pois logo acrescentou um: — Me parece.

Lembrei-me de Simone ridicularizando o número de vendas de Wolfgang. Não era à toa que Wyatt ficara abalado com o livro. McTavish não apenas se afastava de um personagem muito conhecido como também dava uma guinada rumo a um gênero de vendagem potencialmente baixa. Mas era uma guinada interessante, que, aos meus olhos, o humanizava um pouco. Até mesmo ele, depois de tantos livros vendidos, queria ser levado a sério.

— Lisa? — chamei. — Sua vez de se exibir. Legalmente, a quem pertence *Vida, morte e uísque* a partir de agora?

Lisa pensou por um segundo.

— Ainda pertence ao McTavish, na verdade, apesar de morto. O copyright costuma durar setenta anos após a morte do autor. Então tem ontem, mais setenta anos, acho.

— Mas Wyatt ia ganhar dinheiro com isso. Foi a razão de o Royce ter achado que ele estava por trás do assassinato. McTavish entrega um livro que não é de gênero, Wyatt acaba com a vida dele e de repente o valor do livro dispara. Certo?

— Sim, mas só com o incremento nas vendas — disse Lisa. — O direito de Wyatt publicar a obra não teria mudado em nada.

Ou ele tem um contrato, e o detém junto ao acervo de McTavish, ou não tem contrato válido, e isso significa que vai ter que comprar o livro do acervo.

— Henry era um solteirão convicto — disse Wolfgang. — Não tinha família.

— Então quem fica com os direitos?

— Ou o testamento vai listar beneficiários — lembrou Lisa —, ou imagino que possa ir a inventário e lá eles encontrem um herdeiro adequado.

— E pessoas podem alegar ser herdeiros adequados, não podem?

— Sim, é isso que acontece quando se faz o inventário. Eles cuidam de toda essa parte — disse Lisa, sem dar muita importância. — Mas, no caso do Henry, quem faria isso?

— Irmãos desaparecidos há décadas etc. etc. — resmungou Wolfgang, com o nariz ainda enfiado nas páginas. — Os lobos saem da toca quando tem dinheiro envolvido.

— E Wyatt não alegaria ser um herdeiro adequado?

— Só por ser o editor do Henry? Não.

— Mas eles têm um relacionamento de muitos anos — disse Majors, plantada junto ao espelho e aos pequenos armários. — Não é loucura imaginar que Wyatt poderia ser o beneficiário do testamento do Henry. Amigos de longa data de alguém podem ir parar no testamento da pessoa. Isso daria ao Wyatt, mais uma vez, um motivo para o crime. Mas sobre o motivo para assassinar *o próprio Wyatt*... bom, a pessoa mais provável de se beneficiar seria o segundo da fila. Ei, essa caneta na garganta dele tem a marca da Gemini. Onde se consegue uma dessas?

— Brinde de editora — respondi. — O Royce tem uma.

— Estava na mão dele durante o discursinho — disse Wolfgang. — Ousaria dizer que ele fez um grande esforço pra que nós a víssemos na mão dele.

Pensei em Royce indo de pessoa em pessoa durante a reunião, certificando-se de que a caneta apontasse para cada um de nós. Era uma baita observação.

— McTavish provavelmente tinha uma — disse Lisa. — Viram uma semelhante na suíte dele?

Balancei a cabeça. De caneta, só tinha visto uma hidrográfica. Por outro lado, eu não fora o primeiro a chegar lá. O que Brooke havia falado? *Eu vim atrás de um suvenir.*

— Você também — disse Wolfgang. Tive que acompanhar seu olhar para ver a quem ele se dirigia. Lisa. — Antes de você mudar de editora.

— Talvez eu tenha uma em algum lugar — respondeu Lisa. — Enfiada numa caixa em casa, sem dúvida. Já faz muito tempo que eu fui autora da Gemini.

— Que conveniente — retrucou Wolfgang.

— E isso aqui? — Majors apontava para o armário, onde duas caixas de madeira estavam enfileiradas junto ao minicofre aberto e vazio. Ela abriu uma caixa. Dentro, em cima de um pano branco de seda, havia uma caneta da Gemini. Ela checou a outra. Igual. Eu nunca havia me dado conta, mas a embalagem de uma caneta chique lembra muito um caixão. — Talvez houvesse uma terceira.

— O que vocês todos estão fazendo? — perguntou Aaron, na soleira da porta.

Jasper e Harriet pairavam atrás: deviam ter ido buscá-lo.

— Investigando — respondi.

— Pensando — disse Lisa.

— Lendo — complementou Wolfgang.

— Fora. Fora. Fora! — Aaron nos conduziu até o corredor e bateu a porta. — Não acredito que vocês estão me fazendo dizer isso, mas vocês poderiam não ficar de brincadeira perto de um cadáver?

— Não é brincadeira — rebati. — Se tem um assassino neste trem, nós queremos descobrir quem é antes que mate mais um de nós.

— Mais um? — repetiu Brooke, com voz de choro.

— Em quanto tempo a polícia consegue chegar aqui? — perguntei a Aaron.

— Nós estamos no meio do deserto. A polícia não vem.

— Dá pra mandarem um helicóptero — contrapus.

— Estão todos ocupados combatendo os incêndios. — Ele mordia o lábio. — Não sobrou ninguém.

Pássaro filho da puta, pensei.

— Vamos voltar pra Alice Springs — argumentou Majors. — A distância até lá é o quê, seis horas?

— Ah, tá, lógico, a gente pega o retorno ali na frente!

— Para o trem e chama um ônibus, então — propus.

— Ainda há trens de carga operando nessa linha. Nós temos que chegar até as nossas paradas pra liberar os trilhos e eles poderem passar.

— Tá, mudem os horários dos trens de carga, então — disse Wolfgang. Quando exaltado, ele era assustadoramente intimidador, até de pijama listrado. Olhava Aaron de cima. — Eu quero sair dessa lata velha *agora*.

Por fim, Aaron explodiu:

— Escutem! *Nenhum* de vocês é detetive nem da polícia. Exatamente como da última vez que encontramos um corpo, vou pedir a todos que voltem para as cabines e esperem. Vamos parar em Manguri, onde um policial vai subir a bordo, vamos deixar o trem de carga que vem atrás nos passar e aí vamos seguir direto pra Adelaide.

— E Coober Pedy? Pelo itinerário, era pra ser nossa próxima parada — disse Lisa.

— É uma cidade pequena, mas tem pelo menos uns mil habitantes, não tem? — acrescentei.

— Nós não vamos parar em Coober Pedy — rebateu Aaron. — Vamos parar em Manguri, que é o ponto mais próximo de Coober Pedy na linha férrea. Manguri não é uma estação propriamente dita: é uma plataforma no meio do deserto feita pra que o trem de carga passe por nós e pra onde não temos alternativa senão ir, a menos que a gente queira ser abalroado por trás. Há quarenta quilômetros de poços de minas entre nós e a cidade. Confiem em mim: o melhor plano é parar em Manguri, deixar o trem de carga passar e aí seguir direto pra Adelaide. Espero chegar lá cerca de doze horas antes do horário originalmente estabelecido.

Wolfgang já saía pisando firme.

— Bem, eu *espero* não morrer — disse ele, olhando por cima do ombro. — Vou fazer minhas refeições na cabine, por favor.

Aaron estendeu as mãos abertas, como que para salientar o fato de não ter nada melhor a nos oferecer. Cynthia chegou com uma cadeira e se sentou no corredor. Era evidente que recebera instruções para ficar de guarda.

A adrenalina baixou e a noção do horário começou a bater: o nascer do sol já estava próximo. Soava esquisito dar boa noite, algo tão estranhamente formal e que ao mesmo tempo não era o bastante naquela situação. Uma frase como "durmam bem" soava como se trouxesse o sentido oculto de *protejam-se*. "Nos vemos amanhã" virou uma afirmação sombria. Ainda assim, trocamos gentilezas e lentamente nos dispersamos para as cabines. Quando cheguei à porta da minha, só restava Lisa. Seu quarto era mais próximo do bar, o que significa que ela passara reto deliberadamente e me seguira até o meu.

— O que você acha? — perguntou ela. — Amor ou dinheiro?

— Não pode ser só dinheiro. Todo mundo que tinha motivação financeira pra matar o McTavish não tem nenhuma pra matar o Wyatt. — Eu estava pensando especificamente em Jasper; depois de tudo, minha ruminação de fim de noite de que ele poderia ter desejado se livrar da concorrência soava equivocada. Na noite anterior, matar McTavish para garantir um contrato de publicação fizera sentido para torná-lo suspeito na minha mente, mas tornava-o possivelmente a pessoa com *menos* motivos para matar Wyatt, com quem acabara de assinar. — Como você sabia que isso ia acontecer?

Lisa franziu a testa.

— Eu não disse isso.

— Você disse que algo iria acontecer e eu iria achar que você era a assassina. Pode ser que você imaginasse que o corpo fosse ser encontrado de manhã. Talvez o Jasper tenha estragado tudo descobrindo antes. Foi isso que você quis dizer?

Ela olhou para os dois lados. O corredor escuro estava vazio, e as sombras da vegetação ao largo dos trilhos açoitavam sua face como uma roleta tremelicante. Ela se aproximou e baixou o tom de voz.

— É esse tipo de pergunta que você quer fazer quando nós estamos sozinhos?

— Você precisa se esforçar um pouquinho mais se quiser soar ameaçadora. Usa mais os ombros — respondi. — Além disso, você me seguiu até aqui. Eu ando pensando nas implicações de botar tudo isso no papel. Você quer se certificar de que esteja no livro, de ser uma personagem importante a ponto de ter a sua história escrita. É por isso que está fazendo de tudo pra criar uma confusão. Não acho que você seja assassina, mas tem algo que você quer que eu diga por você.

A bochecha dela se contraiu.

— Você não pode difamar os mortos — continuei. — Se a questão aqui for essa. — Como ela permanecia em silêncio, joguei uma isca. — Não sabia que Wyatt te publicava.

— Wyatt publicou meu primeiro livro. O livro sobre o ladra de carros. Não é como se eu escondesse isso. Qualquer pessoa pode checar. Eu mudei de editora pro livro novo. Uma decisão puramente profissional — ela ergueu um dedo em sinal de alerta —, antes que você tenha qualquer ideia.

— Não tenho.

— Acredito nisso ainda menos do que nas desculpas do Aaron para nos manter nessa armadilha mortal. — Ela se aproximou ainda mais. — Sabe a expertise jurídica que você queria que eu desse? Pois então: eu trabalhei com a polícia por tempo suficiente pra saber como eles agem. Eles poderiam nos levar de ônibus até Coober Pedy *facilmente*. É um lugar pequeno, mas tem hotel e um aeroporto minúsculo. Mas quanto mais elos se acrescentam a uma corrente, como um ônibus até a cidade, mais ela se enfraquece. Nesse momento, estamos confinados. Ninguém entra. Ninguém sai.

Caiu a ficha.

— Eles não fariam isso.

— Fariam. Não querem que o assassino escape e por isso nos trancaram aqui com ele. Até o final da viagem.

CAPÍTULO 27

Não ande para trás em Coober Pedy, diz o ditado.

Coober Pedy é famosa por duas coisas. Em primeiro lugar, o calor implacável que força a maior parte da população de mil pessoas a viver nos subterrâneos. As casas são escavadas nas encostas de montanhas; as salas com paredes de pedra mais parecem bunkers nucleares dos anos 1950. As portas podem ser entradas esculpidas na pedra ou escotilhas no solo. Surpreendentemente, se levarmos a primeira em consideração, a segunda coisa pela qual a cidade é famosa não é a deficiência de vitamina D, mas a mineração de opala. Ainda mais singular é que, embora haja tanta riqueza sob o solo, a atividade não é totalmente dominada por um conglomerado multibilionário de mineração; a extração de minério é feita basicamente por um misto de operações industriais e garimpeiros esperançosos. Segundo boatos, a cidade é cheia de milionários secretos que optam por passar a imagem de pobreza para que ninguém suspeite do valor de seus terrenos e apareça para escavá-los.

Mineração de opala é algo simples: cavar poço, checar poço, abandonar poço. Coober Pedy determina que os poços de minas sejam deixados abertos e os montes de terra escavada, depositados ao lado. Isso tem dois propósitos: impedir que pessoas caiam dentro de um poço mal preenchido e declarar que o local já foi explorado. A consequência é um deserto salpicado de campos de perfuração, poços de minas e montes de terra. Embora não desse para ver Coober Pedy da estação em Manguri, onde o trem já se encontrava parado, os pontos de escavação se espalhavam por meu campo de visão como um cinturão de asteroides em eterna expansão. Às vezes, um poço está a apenas um metro de distância do outro e sua profundidade, bem como a letalidade da queda, varia. O conselho geral, portanto, é olhar para onde se pisa. Por isso, nunca ande para trás.

Eu não corria tanto risco de despencar num poço de mina, dado que havíamos sido confinados às cabines pelo restante da viagem. Não invejava as duplicatas de Aaron e Cynthia do outro lado do trem, onde passageiros sem qualquer ligação com o festival não sabiam do possível assassinato de McTavish nem do de Wyatt — sobre o qual não havia dúvida — e deviam estar apenas incomodados porque aquela viagem, do tipo que só se consegue fazer uma vez na vida, fora abreviada.

Eu contemplava pela janela os milhares de montinhos de terra que indicavam poços. Estava tentando determinar, entre as muitas teorias, motivos e suspeitos, qual era a verdade. Solucionar um crime era bem parecido com mineração de opala. Escavar poço, checar poço, abandonar poço. Para ser sincero, eu achava já ter solucionado o suficiente para descartar quatro suspeitos àquela altura, e só precisava de uma pecinha para eliminar o resto. Precisava apenas cavar mais um poço.

Um LandCruiser com tração nas quatro rodas apareceu levantando poeira e serpenteando pelo caminho aberto entre as escavações, parando então junto ao trem. O carro não tinha emblema policial nem o homem que saltou portava qualquer distintivo, mas era óbvio que se tratava de um policial ou de um detetive. Carregava uma pequena mochila e usava um chapéu de abas largas amarrotado pelo uso constante, o oposto exato daquele de Douglas, com cara de recém-comprado. Sua indumentária bege de fazendeiro parecia do tamanho errado e seu bigode era tão grosso que ele devia tê-lo deixado crescer para impedir as moscas de entrarem na boca. Ele se esticou para dentro do LandCruiser e disse algo em um comunicador de rádio montado no painel, caminhando então até o trem e batendo levemente na lateral do vagão-bar.

O silêncio no corredor era tal — os demais seguiam as regras com muito mais facilidade do que eu — que deixar a cabine parecia ilícito. Ter passado três dias em movimento, com o ruído dos trilhos sob os pés, tornava a quietude ainda mais profunda. Assassinatos parecem emocionantes na ficção, mas na vida real são uma montanha-russa de adrenalina, e às vezes você precisa de um momento a sós. Esse era o clima no vagão — todo mundo havia se retirado para refletir.

Cynthia dormia na cadeira em frente à cabine de Wyatt. Passei por ela na ponta dos pés.

No vagão-bar, Aaron conversava com o policial quando me avistou. Ele ergueu o braço de imediato, com o dedo apontado.

— Não — disse ele. — Não. Não. Isso outra vez, não. Você de novo, não. Agora tem profissionais aqui. Volte pro quarto, por favor.

— Eu quero saber o que está acontecendo — falei.

— Esse é o detetive amador? — O sorriso irônico do policial fazia seu bigode se contrair. — O tal que está ajudando?

— Não está ajudando — retrucou Aaron categoricamente. — Está criando problemas, pra ser sincero com o senhor.

— Ernest. — Atravessei o bar e estendi a mão para o policial. Ele a apertou.

— Detetive Hatch.

— Por favor, detetive — implorou Aaron. — Essa farsa já foi longe demais. Acho que não devemos mais legitimá-la.

— Eu precisava falar com o Ernest em algum momento e pode muito bem ser agora. Tenho certeza de que as contribuições dele serão valiosas.

Não tive como deixar de inflar o peito um pouco. *Minhas contribuições serão valiosas.* Pode apostar que serão. O detetive pôs uma das mãos nas minhas costas e me levou até um assento. Dava para sentir, mesmo através do tecido da camisa, que suas mãos eram grossas e ásperas. Ele parecia à vontade, sem pressa: imaginei que planejasse seguir viagem conosco até Adelaide e de lá subir no primeiro trem de volta a Manguri para pegar seu carro.

— Me fala o que você sabe, parceiro — disse Hatch, e admito que senti uma leve palpitação com o som da palavra *parceiro*.

— Bom, o Henry McTavish teve um colapso ontem de manhã no meio de um evento. Suspeitamos que tenha sido intoxicado. Possivelmente por heroína, embora estejamos abertos a outras teorias.

— Suspeitamos?

— Alan Royce e eu.

— Ah, aquele que era patologista? — As mãos de Hatch estavam entrelaçadas à sua frente. Imaginei que fosse daqueles detetives cuja mente é elétrica a ponto de não precisar tomar nota de nada. Um típico Morbund da vida real. Ele assentiu devagar. — Bom, pelo jeito vocês acertaram. Heroína. Segundo os exames de sangue.

Olha só... estagiário ou não, Royce deu uma dentro, pensei.

— E o que mais? — perguntou o detetive.

— A maioria do pessoal aqui tinha alguma razão pra acabar com a vida do McTavish — continuei. — Diria que, dependendo do suspeito, a coisa vai da antipatia ao ódio mais profundo. Começando com SF Majors, por exemplo. Ela acha que o McTavish...

— Tá bem, tá bem. — Hatch descruzou as mãos e fez um gesto de que a minha explicação não importava. — Primeiro vamos falar de todos os fatos, depois pensamos nas teorias. E o segundo assassinato?

— Foi hoje mais cedo. Encontramos Wyatt, o editor de McTavish, apunhalado na garganta depois de o trem sair de Alice Springs. O fator complicador é: daria pra dizer que Wyatt é quem mais tinha motivos pra matar McTavish porque poderia ganhar muito dinheiro com o aumento póstumo do valor do livro.

Descrevi para ele as informações de bastidores sobre por que o valor das últimas palavras de McTavish — literalmente, já que seu nome escrito à mão na capa foi provavelmente a última marca que deixou no mundo — daria uma inflacionada, o que seria ótimo para a editora.

— Mas quem tem motivos pra matar Wyatt? — continuei. — Bom, se formos mais uma vez atentar para os suspeitos, poderíamos pensar em Lisa Fult...

— Sim. Excelente trabalho. Sim.

— Eu ainda não expliquei pra você minhas teorias.

— A gente chega lá, a gente chega lá. — Ele enfiou a mão no bolso da camisa e retirou um caderninho. Clicou na caneta e girou-a entre os dedos como se fosse uma ficha de pôquer. — Então... Wyatt Lloyd. Vocês acharam o corpo dele quando estavam em movimento. Bem, o Jasper achou. Ele está na cabine ao lado. Disse que ouviu os passos de todo mundo e, já desperto, sentiu cheiro de sangue. Alguém viu o Wyatt sair do jantar na Estação do Telégrafo?

— Eu não vi — respondi. — Não posso falar pelos outros. Quer que eu toque no assunto nas minhas próximas entrevistas?

— Uma coisa de cada vez. Antes de aumentarmos sua carga de trabalho. — *Clique, clique*. A caneta girou. — Então ninguém o via desde o jantar. É concebível que tenha morrido antes de vocês saírem de Alice Springs?

— Acho que não. O sangue parecia fresco... mais ou menos.

— Mais ou menos? — Ele repetiu aquilo como se eu estivesse falando outra língua. — Essa é a opinião médica do Royce?

Pigarreei.

— Não exatamente. Cheguei à conclusão de que o Royce era meio que um calcanhar de aquiles e achei melhor deixá-lo fora dessa.

— Parece uma decisão razoável. Separar o joio do trigo e usar a própria extensa experiência. — Ele enfatizou a palavra *extensa*.

Minha presunção erodia rapidamente. Percebi que o vocabulário dele — "carga de trabalho", "parceiro" — era o mesmo que se usa para mandar uma criança ir à loja comprar sorvete. *Agora tenho uma missão muuuuito importante pra você, agente!*

— Mas então, como exatamente foi desenvolvido o consenso médico a respeito da hora da morte do Wyatt? — Ele rodava a caneta no ar.

— Era bastante óbvio.

— É. Mais ou menos fresco. Muito bom.

— Tá me sacaneando?

— Não, sr. Cunningham. Estou levando isso muito a sério. — Ele anotou alguma coisa. — Então é concebível que Wyatt Lloyd tenha sido assassinado antes do Ghan ir embora de Alice Springs.

— Imagino que sim. Afinal o sangue *era* fresco.

— Mais ou menos.

— É — insisti. — Ele poderia já estar morto havia algum tempo. Eu não sei.

— Ah.

— Olha só — falei, me inclinando na direção dele. — Você vai querer minha análise de cada suspeito? Eu fiz vários interrogatórios.

— Interrogatórios? Fascinante.

— Na minha opinião…

— Acho que por ora vamos nos ater aos fatos — interrompeu ele, sorrindo —, sr. Cunningham.

— Você não tá nada interessado na minha visão disso tudo, né? Só estava me inflando.

Seus dentes se insinuaram por entre as cerdas do bigode, como um tigre-branco avistado em meio à selva densa.

— Não. Não preciso das suas teorias estrambóticas e poderia muito bem passar sem sua performance. Só preciso que me ajude a verificar alguns fatos com relação à cronologia.

Eu me virei para Aaron.

— Eu não vou ficar aqui sendo tratado como um incapaz enquanto tem um assassino à solta nesse trem. Deixa eu ajudar.

— Você está totalmente seguro. O assassino não está no trem! — disse Aaron. — A prisão já foi efetuada em Alice Springs.

— Já basta, obrigado — disse Hatch, enfático.

Mas Aaron já havia entregado demais. Hatch se virou para mim e percebi: mesmo que não estivesse nem aí para as minhas deduções, ele precisava que eu lhe dissesse *algo*.

— Vocês prenderam alguém? Quem?

Percorri a lista de contatos mental de todos que tinha visto desde que embarcamos de volta no trem. Jurava que vira os outros a bordo. Talvez com a exceção de Wyatt. Será que ele havia mesmo sido morto antes de sairmos da estação? Sabia que Hatch não botava muita fé nas minhas opiniões médicas, mas até mesmo ele provavelmente admitiria que eu saberia a diferença entre sangue fresco e seco.

— Não entendo quem mais vocês poderiam ter prendido em Alice Springs. — Eu me virei para Aaron. — Não sei se estamos seguros.

— Ela já foi detida — assegurou Hatch. — Você está seguro.

— Ela?

Hatch desviou os olhos diante do erro. De repente, entendi tudo. Por que ele queria falar comigo. Por que eu não havia recebido ligações nem mensagens antes de perder o sinal de celular. Por que ele estava apreensivo quanto a Aaron falar demais.

Empalideci.

— Você só pode estar brincando!

— Juliette saiu do jantar antes de você. Você a viu de novo antes da partida?

— Isso é ridículo. — Fiz menção de me levantar.

Hatch pôs uma das mãos pesadas sobre meu ombro e me empurrou para baixo. Ainda que as roupas não o favorecessem, seu físico era poderoso e sua força me surpreendeu e subjugou.

— Preciso que você responda à pergunta. — Ele apertou levemente meu ombro. — E não é ridículo. Era Juliette quem estava usando o cachecol encontrado enrolado em torno do punho de um morto. A menos que você tenha como explicar isso, preciso saber se a viu entre o jantar e a partida.

— Você tá enganado. O cachecol é da Simone, Juliette tinha pegado emprestado.

— E a Juliette devolveu para a Simone, então?

— Bom... não... mas esqueceu na mesa do café da manhã. — Uma lembrança me ocorreu. — Foi o Wyatt quem pegou! Porque reconheceu que era da Simone. Ele me falou que iria devolver pra ela.

Hatch fixou os olhos nos meus.

— Então a única pessoa capaz de corroborar sua informação de que a Juliette não estava mais com o cachecol é um morto?

— Mas é a verdade — implorei. — E não. Eu não a vi depois do jantar.

— Mas ela saiu antes de você, certo? Pegou um táxi. Eu já falei com o taxista. Ele a deixou na estação de Alice.

Eu tremia de incredulidade.

— Talvez porque seja o centro da cidade. As malas dela continuavam na cabine, intocadas. Ela não voltou pra dentro do trem.

— Ou é o que ela quer que você pense. Por que ela iria embora? Todo mundo sonha com uma viagem como essa e ela sai no meio? Só se estiver fugindo de algo.

A pergunta era ácida. Hatch devia saber a verdadeira razão pela qual ela havia ido embora. Juliette teria explicado racionalmente suas motivações se a questionassem. Com certeza.

Eu não aguentava mais.

— Posso ir embora? — perguntei enfaticamente.

Hatch aliviou a pressão no meu ombro, substituindo-a por um leve tapinha, do tipo que médicos dão em crianças que tomam vacina: *Tá vendo como não dói tanto assim?*

— Claro. Obrigado pela *expertise*.

Ao me levantar, não pude resistir a ter a última palavra.

— Minha noiva não é assassina.

— Só é *mais ou menos* noiva — ironizou Hatch. — Não é?

Eu não considerei a ideia. Nem por um segundo. Não me passou pela cabeça.

Juliette era inocente. Tinha que ser. E essa espécie de confiança total, que ela tanto me solicitara doze horas antes, quando eu estava semiajoelhado, despertou algo novo dentro de mim. Um detetive da Era de Ouro não *precisa* de fato de caracterização ou motivo, por assim dizer: a curiosidade intelectual é sua *raison d'être*. Para ele, basta coçar no lugar onde bate a coceira, resolver o enigma simplesmente porque está lá. Essa fora a minha atitude no início, meramente curioso em juntar peças, sem me engajar no que a resposta podia significar. Minha motivação havia se ampliado — eu quis construir meu livro a partir dela — e, dada a maior violência da morte de Wyatt em comparação à de McTavish, a busca por uma trama dera lugar ao medo. Mas todas essas motivações — curiosidade, faturar uma grana, segurança — são egoístas. É exatamente o que Juliette havia falado sobre quem eu achava ser o dono da história. Eu.

Imaginei-a sentada em um banco frio de alumínio dentro de uma cela. Toda aquela coisa de detetive não era mais brincadeira. Agora, não era apenas que eu *queria* resolver o caso, eu *precisava* fazer isso. Rápido.

Essa revelação me acometeu enquanto ocorriam, simultaneamente, duas coisas. A primeira foi um aviso de Aaron pelo intercomunicador para anunciar a liberação dos trilhos e que dentro de cinco minutos sairíamos de Manguri para o trecho final da viagem até Adelaide. A segunda foi que reparei que o LandCruiser do detetive Hatch estava com uma janela quebrada e que uma sombra ocupava o assento do motorista.

Saí voando da cabine. Não precisei voltar ao bar para esbarrar com Hatch, que espiava o quarto de Wyatt, reclamando ao examinar a cena. Já acordada, Cynthia se levantou quando me aproximei. Hatch se virou e estendeu um braço para bloquear minha passagem.

— Acho melhor você ficar na sua cabine — disse ele. Mas eu conseguia enxergar o espaço entre seu braço e o corpo, e o que vi bastou para confirmar minha suspeita. — Cara, na boa — complementou Hatch. — Agora é melhor deixar com os advogados e com os tribunais.

Eu me senti tentado a soltar um "tem alguém roubando seu LandCruiser", mas preferi erguer as mãos obedientemente e recuar pedindo desculpas. Fiz todo o possível para manter um ar casual ao me dirigir ao meu quarto, mas minhas pernas coçavam para correr, então optei por um andar rígido e acelerado. Ao chegar à cabine, chequei rapidamente se Hatch estava olhando para o outro lado, passei reto e segui em frente rumo à divisa entre vagões. Ao passar pela porta, permiti às minhas pernas alçarem voo. Corri depressa pelos vagões restantes, quase quicando nas paredes dos corredores estreitos até finalmente chegar à rabeira do trem e escancarar a porta que dava para o fumódromo.

O calor do deserto me atingiu como uma parede. O brilho branco fez eu me encolher. Com um estrondo, os motores voltaram à vida e um barulho metálico anunciou a entrada do trem em movimento rumo a Adelaide. Contemplei o panorama que ficava para trás, onde o chão virara uma esteira rolante. A velocidade aumentou, de caminhada para trote, e então para corrida. O solo começou a ficar desfocado. Eu não podia mais hesitar.

Não dava mais para cavar poços. Era hora de encontrar algumas opalas.

Eu me agarrei à grade de ferro e saltei por cima dela, caindo com um ruído seco no meio dos trilhos.

CAPÍTULO 28

Não dava tempo de pensar nas consequências da partida do trem, que sumia ao longe e me deixava sem sombra, água ou comida, quarenta quilômetros de deserto estéril me separando da cidade mais próxima. Ou no fato de estar sozinho, à caça de um assassino em potencial, e a pé enquanto ele ou ela tinha um veículo. Eu agia por instinto e adrenalina.

Suspeitava que o carro seria roubado em algum momento, só não sabia quando. Mas então vira a sombra sentada no Land-Cruiser, me lembrei de Cynthia adormecida e entendi o que havia acontecido. Uma rápida espiada para dentro da cabine de Wyatt sobre o ombro de Hatch era tudo de que eu precisava: não havia nada sobre a mesa próxima à janela. *Vida, morte e uísque* havia desaparecido.

Eu corri sobre os trilhos — ao partir, o trem deixara o Land-Cruiser para trás, e eu tinha que voltar até onde ele estava. O chacoalhar do Ghan esmaecia, o que possibilitava ouvir o ruído de aceleração de um motor no qual alguém tentava desesperadamente fazer ligação direta, dedos suados deslizando pelos fios ao verem minha aproximação. Eu havia chegado a uns cinquenta metros do veículo quando a pessoa desistiu e virou para o deserto, me olhando por um segundo e então correndo estrada afora para dentro dos campos de opala.

— Lisa! — gritei. — Espera!

Saí da lateral dos trilhos rumo aos campos, chegando a uma enorme placa com um crânio e ossos cruzados que dizia *Aviso: Poços de minas descobertos. Não entre a pé*. Passei acelerado. Lisa estava à minha frente. A distância entre nós diminuíra cerca de dez metros. Eu seguia com um olho nela e outro no chão. Por todo o entorno, havia poços escancarados com montes de terra próximos a eles. Como Lisa estava se deslocando de modo ligeiramente mais cuidadoso do que eu por entre os buracos, eu ia diminuindo a distância entre nós.

— Eu sei o que aconteceu! — berrei. — Por favor, vamos conversar.

Ela não parou. Eu continuava a correr, desviando dos buracos, da terra e me aproximando passo a passo. Cada vez mais perto. Cada vez mais perto. Focava em suas costas à medida que a distância diminuía. Mais trinta segundos e a alcançaria.

Meu pé esquerdo escorregou para o lado. Olhei para baixo e vi uma cascata de lodo mergulhar num profundo poço escuro. Abri os braços para recuperar o equilíbrio. Fiquei imóvel por um segundo, espiando o buraco e respirando o alívio profundo.

Quando ergui os olhos, Lisa havia sumido.

Virei a cabeça para todos os lados, mas nada dela. Todo o campo de opala estava desolado, vazio. Montes de terra me cercavam como estátuas. As pernas finas de guindastes e brocas despontavam ao longe contra o céu azul cristalino. Ouvi com atenção. Nada de passos.

Ela não poderia ter me deixado para trás tão rápido; eu havia levado poucos segundos para me reequilibrar. Será que Lisa tinha caído? Nesse caso, imagino que eu haveria escutado um grito. Ela só podia estar escondida; devia ter se abaixado atrás de algum dos montes de terra. Quem sabe até não estivesse indo de monte em monte de volta para o carro. Ou à espreita atrás de mim. Imaginei mãos nas minhas costas e me virei de supetão. Nada. Só eu e centenas de montes silenciosos.

Avancei mais, desta vez priorizando o silêncio em detrimento da rapidez e olhando atrás de cada monte pelo qual passava.

— Apareça, Lisa. O Ghan já foi. Só estamos nós aqui.

Eu continuava a avançar, explorando mais e mais a área, ganhando uma visão cada vez mais ampla das costas dos pilares de terra. Foi quando vi um cotovelo. Era indistinto e estava a cerca de três montes do meu lado esquerdo — Lisa estava mesmo voltando para o carro, pulando de um monte para o outro, enquanto minha cabeça virava. Eu a vira apenas de relance. Caminhei de lado para ter uma visão melhor.

O ditado deveria ser "nunca ande para trás *nem de lado* em Coober Pedy", mas não era a hora mais adequada para ser pedante. Desta vez, eu havia pisado mais firme, bem no meio do poço: no vazio. Imediatamente me precipitei para a frente, com a perna inteira no buraco. Meu peito se chocou contra a borda, e eu fiquei sem ar. Logo depois, a outra perna deslizou para dentro. Minhas mãos arranhavam a superfície em busca de algo em que me segurar, mas não havia nada além de cascalho, minúsculos cacos de terra e pedra que cortavam a ponta dos meus dedos e destruíam as unhas da mão sem luva. Tentei gritar, mas não consegui puxar ar suficiente. Meus pés chapinhavam no vazio abaixo de mim. Tentei firmar os antebraços na borda, mas eles escorregavam, puxados para baixo pela gravidade. Não fazia ideia de quão fundo era o poço, mas, ainda que a queda não fosse fatal, certamente jamais seria encontrado naquele lugar. Uma perna quebrada e uma semana até morrer, na escuridão profunda. Torci para o impacto me matar.

Ouvi passos. Alguém estava correndo. Difícil identificar de onde vinham enquanto eu me debatia. O rastejar das minhas mãos se tornou ainda mais desesperado. Mas só o que eu conseguia fazer era desassentar o terreno cada vez mais, criando acidentalmente um funil quase perfeito pelo qual escorregar para baixo. Sentia o sangue na ponta dos dedos, pegajoso e quente. *Lá se vai a segunda leva de impressões digitais.*

Deslizei mais alguns centímetros para trás e sabia que não havia mais jeito. A poeira vermelha estava no meu cabelo, meus olhos, acumulada na minha boca. *Ao pó voltarás*, não é? As lágrimas escorriam pelo meu rosto. Fiquei me perguntando se seria capaz de ver o céu lá do fundo ou se morreria no escuro. Pensei em Juliette, sozinha naquela cela, se ela teria uma janelinha, se contemplaria o mesmo pedacinho de azul que talvez me fosse visível do poço — e, com isso, não me senti tão só.

Caí.

CAPÍTULO 29

Uma mão enganchou meu punho.

Senti um puxão violento no ombro. A queda interrompida. Olhei para cima. A silhueta de Lisa contra o sol, pernas espalhadas, saltos fincados na terra da borda do poço. Ali permanecemos por mais um segundo, eu pendurado sobre o poço. Da forma como estávamos posicionados em relação um ao outro, o contrapeso dela bastava para me impedir de cair, mas não para me puxar para fora. Cravei os joelhos na parede, me arrastei para cima e, de alguma forma, conseguimos superar a gravidade e me cuspir sobre a terra do alto do poço. Repousei a lateral do rosto contra o chão, maravilhado por estar respirando. Lisa se sentou com os joelhos para cima e os punhos apoiados neles.

— Obrigado — falei.

— Não fui eu quem matou ele — afirmou Lisa, em tom suave. — Nenhum dos dois. E, como não sou assassina, não vou deixar você apodrecer no fundo de um buraco desses. — Ela limpou o nariz com as costas da mão. Seu cabelo se emaranhara todo na corrida. — Mas imagino que você não acredite em nada disso.

Girei o corpo, me deitando de costas, ainda tentando recuperar o fôlego. Pedrinhas afiadas espetavam meu pescoço. Isso é o que falta nas cenas de ação de romances do gênero: às vezes, todos os envolvidos precisam de um descanso.

— É exatamente nisso que eu acredito, na verdade — respondi, me apoiando nos cotovelos. — E eu sei o que ele fez com você. Em Edimburgo, 2003. Essa história de caso amoroso não é verdade. Ele te estuprou.

— Ele não... — Achei que ela fosse negar, mas logo ouvi o chiado em sua garganta. — Ele não parava. — Ela me olhou fixamente. — Eu tentei. Tentei de verdade. McTavish disse pra todo mundo que eu queria. Eu era a novata jovenzinha e esperançosa, ele era o bambambã mais velho. Era difícil acreditarem em mim. Todo mundo achava que eu estava deslumbrada. Não foi isso.

— Tudo bem.

— Nunca contei isso pra ninguém. Mas a Majors estava no bar, antes de ir cada um pra um lado. Tenho certeza de que, no fundo, ela sabia que tinha algo errado. Eu fui até ela, implorei pra me apoiar. Mas ela se calou pelo mesmo motivo que eu também acabei fazendo isso. Você não entenderia. Eu quero ser conhecida pela minha arte, pelas minhas palavras, minha voz, não pela marca que um homem deixou em mim. — Ela suspirou. — Claro, a princípio eu quis denunciar. Mesmo que fosse sozinha. Queria justiça. Eu tinha tentado me desvencilhar, arranhado a bochecha dele, portanto tinha o DNA dele debaixo das unhas. Mas teve uma merda de um erro administrativo e trocaram os rótulos dos meus exames, você acredita? Até encontrarem, levou tempo e já estavam inutilizáveis, porque ninguém poderia garantir que não haviam sido adulterados. O Wyatt me ameaçou, disse que acabaria com a minha carreira. Naquele momento, eu achei que não tinha outra opção, por isso assinei um acordo de confidencialidade. Ofereceram dinheiro também. Mas, pra ser sincera, tinha virado a minha palavra contra a dele, e assinar me pareceu a única saída. E eu precisava do dinheiro. — Ela tensionou a mandíbula. — Como você descobriu?

— Por algumas razões. Wyatt publicou seu primeiro livro e você foi fazer o segundo longe dele, o que sugere algum tipo de desentendimento. Óbvio que não iria querer trabalhar com o homem que permitira que Henry McTavish se safasse depois do que fez. Mas isso só fica claro depois que as outras peças entram no lugar. Minha agente, Simone, já foi assistente do McTavish. Existe certo... certo *tom*, digamos, nas interações dele com mulheres.

— É, dá pra chamar assim.

— Ele é um tremendo canalha, se preferir. Mas isso é subjetivo. Assim como o fato de você e a Majors terem se recusado a apoiar as acusações uma da outra depois de Edimburgo. Vocês estavam juntas na cidade, afinal. Com certeza cada uma viu *alguma coisa* que pudesse ajudar a outra.

A própria Lisa tinha me falado: *Não é como se ela tivesse sido convocada a depor.* Sem Majors, faltava uma testemunha que corroborasse sua narrativa. E, descartada a prova física, não havia chance de processo criminal.

— Majors poderia ter sido uma segunda voz, mudado essa questão de ser sua palavra contra a dele, mas não te socorreu. Um ano depois, ela percebeu que McTavish tinha roubado a ideia dela para o novo livro e a única prova vinha daquela mesma noite. Você foi testemunha da conversa em que a Majors contou a história ao McTavish. Ela recorreu a você, mas àquela altura você já havia assinado o acordo de confidencialidade. Além do que, com certeza estava magoada demais pra corroborar a história dela. Tá esquentando?

— Não a culpo. — Lisa jogou uma pedra no poço e observou-a sumir na escuridão. Não a ouvi atingir o fundo, o que me deu um frio na barriga. — Ela não tinha muita escolha. Teriam arruinado a carreira dela. E eu teria tido que quebrar meu acordo pra apoiá--la. Mas doeu. E é isso, acabei optando por não a ajudar também. A quantidade de vezes que já vi isso... — Ela balançou a cabeça. — O mundo não consegue ver duas mulheres fortes e bem-sucedidas no mesmo lugar. Nós temos que odiar uma à outra, temos que competir. É a estrutura criada por Wyatt. Eu não tenho nada contra ela. Só... deixei Wyatt e Henry vencerem. Ainda que na época não tivesse consciência de estar fazendo isso — completou, lançando outra rocha para o abismo.

— Essa foi a chave pra eu ter descoberto — comentei. — Wyatt não teria encarado bem a perda do seu novo livro pra outra editora. E McTavish era uma alma amargurada. Por isso armaram um estratagema. Era óbvio que sua nova editora iria amar um elogio de Henry McTavish na capa, mesmo com a ressalva de que não era pra você ver o layout antes dessa viagem. A princípio eu achei que você tinha ficado muito emocionada quando viu o elogio, mas não era isso. Você estava horrorizada. Porque era exatamente a palavra usada pelo Henry numa mensagem que te enviou. Simone já foi assistente dele e Royce é um tarado, mas eu ouvi a mesma palavra dos dois. *Estouro.* Ao incluírem essa palavra em algo que era para ser seu, eles marcaram seu livro. Para sempre. Uma humilhação que só você identificaria.

— Falando assim, parece uma excelente razão pra matar os dois — disse Lisa. — Você ainda não tem razão alguma pra acreditar em mim. Então por que acredita?

— Imagino que ver a frase tenha sido a gota d'água. Você invadiu o quarto do McTavish, disse pra ele que não se importava com o acordo de confidencialidade e não ia mais esconder os segredos dele. Ele fez um cheque de 25 mil dólares, tentou te subornar, assim como fez antes, mas você queimou o cheque na frente dele. O mundo mudou e sua esperança era de que dessa vez as pessoas te ouvissem. Você não aguentava mais. Foi nessa hora que ele te agarrou?

Lisa assentiu.

— Foi.

Suspirei.

— Estou decepcionado. Achei que nós estávamos falando a verdade aqui. Pra que mentir?

Lisa engoliu em seco. Havia parado de jogar pedras no buraco, mas espiava seu interior como se pular lá dentro fosse uma forma viável de escapar da conversa.

Continuei.

— Henry não te agarrou. Ele tinha uma deficiência do lado esquerdo do corpo; a mão esquerda estava sempre na bengala. Se fosse pra te agarrar, teria sido com a mão direita. Então, se você estivesse na frente dele, e precisaria estar, pra acertar o nariz do cara, McTavish teria pegado você pelo seu lado esquerdo. Seu machucado está no braço errado.

Lisa fez um barulho com a boca.

— Tudo bem — continuei. — Não é uma acusação. Só estou tentando juntar todas as peças. Você ia bater no McTavish de qualquer jeito. Foi até lá pra isso. Deu uma cabeçada direto no nariz. Em parte porque a sensação foi boa, em parte porque assim poderia pegar pra si um lenço ensanguentado. Forjou o machucado em si própria pra poder alegar autodefesa caso o McTavish ousasse dar queixa, mas isso foi só por precaução: dado o tema da conversa, você sabia que ele iria ficar calado. O que você queria de fato era o lenço. Ou, melhor dizendo, o sangue. É aqui que a coisa se complica.

Lisa riu, mas era um riso nervoso.

— Por que eu iria querer um lenço com sangue?

— Você teve um bebê. Um bebê *dele*. Foi por isso que aceitou a grana pra calar a boca, você estava grávida. Agora, tantos anos depois, queria ter acesso ao DNA dele pra provar. Você levou duas décadas pra escrever seu segundo livro em parte por causa dos sentimentos que tinha quanto ao mercado editorial. A dificuldade de voltar a confiar em alguém com relação ao trabalho, à vida. Mas em parte porque tinha um bebê pra cuidar. Forjar uma briga é ótimo e tal, e você saiu com o que queria: o DNA. Só que o McTavish morreu e você se deu conta de que se tornaria a principal suspeita. Havia o histórico pregresso e agora também evidências físicas de um confronto violento. E você passa a ter motivos ainda mais claros, pois o copyright de todos os livros dele, inclusive o novo, entra na herança. E você é mãe de quem vai herdar tudo. Ou ao menos é isso que o teste de DNA vai provar. Por isso você afana o manuscrito, pra protegê-lo, e espera que, quando alguém se der conta do seu sumiço, já tenhamos capturado o verdadeiro assassino. Seu único problema é que fazer ligação direta em carros na vida real é bem mais difícil do que na teoria. E, claro, tem a questão de ter tido que deixar sua filha pra trás.

Lisa empalideceu tanto que achei que a queimadura de sol seria instantânea.

Eu me levantei e tirei a poeira dos joelhos.

— Vamos ver quão boa você é nisso de roubar carro, porque preciso que me ajude a voltar para o trem. Aí o lado da Brooke nessa história eu ouço dela própria.

CAPÍTULO 30

A volta para o LandCruiser levou o dobro do tempo que deveria. Até mesmo em terreno plano, seguro, caminhávamos como se cruzássemos um rio sobre pedras soltas. Eu checava duas vezes cada lugar onde botava o pé.

— Achei que eu tivesse escondido tudo tão bem — disse Lisa. — Não queria que o Henry soubesse.

— Tal mãe, tal filha — respondi, apontando para os machucados. — Braço errado.

Ela se empertigou.

— Ele machucou ela?

— Não. O braço direito da Brooke está com uma queimadura de sol. O público do festival está todo em vagões no lado leste do trem. Como pagaram ingresso, têm direito ao nascer do sol. Os escritores estão todos do lado oeste, por isso nós pegamos o pôr do sol. Cada cabine só recebe sol metade do dia. Se ela estivesse sentada junto a uma janela numa cabine de passageiro, onde deveria estar, a queimadura deveria ser no braço esquerdo, não no direito. Caso tivesse se queimado do lado de fora, estaria por igual nos dois braços. O que significa que ela está acomodada em uma cabine de autor. Além disso, era bem óbvio que ela estava mentindo sobre o número da cabine quando eu perguntei. Ela é o "mais um" de alguém.

Lisa riu. Havíamos chegado ao LandCruiser. Tirei do assento os cacos do vidro da janela quebrada e me acomodei no lado do carona. Lisa se agachou junto aos pedais, ao lado do painel desmontado e dos fios pendurados em que mexia antes de eu começar a persegui-la.

— Nossa — comentou. — Tudo deduzido a partir de um braço queimado.

— Não foi só o braço — respondi. — Quando o Royce nos acordou, você saiu da sua cabine o mais rápido possível pra ninguém ver que tinha mais alguém lá dentro. Royce só acordou deliberadamente os autores, mas, óbvio, quando bateu na sua porta, acordou ela também. Ela não resistiu à curiosidade e seguiu você. Por isso foi a última a chegar. Por isso você ficou tão amuada quando ela se sentou do seu lado. E tinha toda aquela fascinação dela com o McTavish, que soava estranha para a idade. Levei um tempo pra decidir se era psicopatia ou não. E você ainda a guiou pra longe do corpo do Wyatt. Disse pra ela tomar cuidado quando estava brincando de amarelinha nas pedras no cânion. Deu óleo de babosa pra passar na queimadura. Tudo aponta pra um instinto materno. Isso e o fato de ela estar no Vagão do Presidente à procura do manuscrito.

— Muito bom — disse Lisa, com um cabo na boca.

— E ela sabia demais sobre aquela noite em Edimburgo, quando foi concebida. Guardava uma cópia da reportagem em que vocês todos aparecem, por exemplo. Mas também sabia muito sobre as acusações de plágio da Majors. Ela fez pouco-caso, disse que era de conhecimento público, mas não é verdade: não houve nem sequer uma acusação oficial de plágio nessa viagem, nada além de ameaças veladas. Pra Brooke saber o que aconteceu naquela noite, só por meio de alguém que esteve lá. — Brooke tinha me dito: *Deveria ter acreditado nela*. Eu achei que a garota estava falando de Majors, mas era da mãe dela. — Você contou a ela pra tentar descredibilizar o McTavish.

— Ela era fascinada por ele. Pelo Henry em si, óbvio, com todo o sucesso, mas acima de tudo pela ideia geral de um pai. Quando ela chegou à adolescência, tinha várias perguntas. Eu sabia que teria. Passei muito tempo pensando no que contar pra ela. Não podia mentir, mas também não conseguiria contar o que ele fez comigo. A minha esperança era de que falar sobre o caso da Majors bastasse pra ela entender que ele não prestava sem eu ter que contar a história inteira. Achei que nunca precisaria fazer isso porque ele estava a um oceano e uma vida inteira de distância. Achei que ela nunca o conheceria.

— Mas ela queria uma figura paterna, então construiu uma pra si. Tirada dos livros dele — supus.

Pensei na interpretação que SF Majors tinha de obsessão: O stalker *talvez se imagine em certa relação com a pessoa. Uma conexão que só ele vê. Ele se insere num mundo do qual não faz parte.* Nesse caso, a conexão era mais literal, mas a interpretação continuava válida. MongrelWrangler22 postara que se sentia como se fosse alvo direto das palavras de McTavish. *Tipo uma história pra dormir.* Para Brooke, ler os livros do detetive Morbund era como falar com o pai. Não é de se espantar que não quisesse que a série acabasse.

— E eu estimulei. Achava inofensivo, saudável até. Uma válvula de escape. Como eu já falei, era pra ele estar a um continente de distância.

— Até esta viagem.

— Isso mesmo. Ai! — Lisa pegou os cabos com a ponta dos dedos e os sacudiu, gerando faíscas e fazendo o motor crepitar e depois rugir. Acomodou-se no assento do motorista e deu um tapinha no painel. — Até que pesquisar tem suas utilidades.

E começamos a viagem. Como a única estrada em Manguri era a tortuosa trilha que levava a Coober Pedy, Lisa seguiu pelo deserto, acompanhando os trilhos. O terreno era plano a ponto de acomodar o trem, mas irregular a ponto de nos jogar de um lado para o outro no carro. O Ghan era um pontinho no horizonte à nossa frente.

— Quando você foi convidada a comparecer ao evento, imagino que ela tenha implorado pra vir junto.

— Feito uma desesperada. Mas eu não queria nem saber. Não ia nem aceitar o convite. Pode ter certeza de que eu preferia estar bem longe dele. Mas ela queria muito encontrá-lo um dia. Tivemos um arranca-rabo épico, daqueles de fazer as paredes tremerem. E eu contei, ali no calor do momento, o que ele havia feito comigo. Que ele tinha me estuprado.

— E ela quis vir assim mesmo? — perguntei, apesar de saber a resposta; *deveria ter acreditado nela.*

— Só aumentou a vontade. Você tem que entender. Eu não me sentei com ela e contei com toda a delicadeza qual era a realidade. Eu gritei a plenos pulmões do outro lado da sala. — Lisa desviou o olhar dos trilhos, onde a traseira do Ghan já aparecia bem mais próxima, não mais um caroço borrado, mas sim aço cintilante, para analisar minha expressão. — Você obviamente não tem filhos. Ou pelo menos não tem filhas. Ela ficou irada, me acusou de falar qualquer coisa pra que ela não viesse. Ela é esperta, não deixaria a raiva superar o bom senso, e sabe do que os homens são capazes. Mas você tem que entender que ela tinha uma imagem dele formada na mente. O pai dela. O autor dos livros favoritos dela, que contava histórias pra ela dormir. Há anos, ele conversava com ela através do Morbund. Substituir aquela ilusão que ela havia construído não foi tão fácil.

— Imagino que ela teria dado um jeito de vir sem você.

— Me falou que, se eu não a trouxesse, ela pagaria do próprio bolso. Venderia o carro, se precisasse. Achei melhor estar com ela e protegê-la.

— Pelo jeito, não era ela que precisava de proteção.

— Ela não teria matado os dois.

— Acho que você mesma não acredita nisso.

Flashes de conversas com Brooke me vinham à mente. O jeito como ela criara coragem para se apresentar a McTavish. Ele pressionando sua mão e deixando a chave da cabine com ela. A imagem do pai que ela construíra — ignorando os alertas da mãe — desmoronando perante seus olhos. A chave, apertada com tanta força que deixara um corte na palma de sua mão. O bilhete no uísque: *De alguém que te admira.* O sussurro de McTavish para ela: *Isso aqui é bom demais pra beber sozinho.* A frase dela para mim no Vagão do Presidente: *Nunca conheça os seus heróis.*

Os nós dos dedos de Lisa, colados ao volante, estavam brancos. O homem que a estuprara e o homem que abafara o caso estavam mortos. Eu não precisava dizer nada.

Lisa devia estar pensando igual a mim. Eu sabia exatamente por que ela deixara Brooke sozinha. *Mesmo que por um segundo. Mesmo que tenha só passado pela sua cabeça.* O amor não nos torna imunes à dúvida. Eu sabia tão bem quanto qualquer um. Lisa tinha noção de que, ao deixar o trem, ela incriminaria a si própria, faria com que parecesse culpada, e assim a filha poderia ganhar tempo para se safar.

Lisa me procurara, me passara informações, na esperança de que eu registrasse tudo. E que um dia sua filha lesse e entendesse o que ela fizera para salvá-la.

A ironia era que Brooke considerava a mãe capaz de cometer o mesmíssimo crime. Por isso forçara tanto a barra para me apresentar às possíveis motivações de Majors: para me distrair das de Lisa. Uma protegia a outra.

— Por que me levar de volta? — perguntei.

— Porque você resolveu o crime. Não resolveu?

Fiz que sim, mas o LandCruiser chacoalhava tanto que o movimento de cabeça saiu com mais entusiasmo do que eu desejava, então acrescentei um "quase".

— E você *não* acha que foi ela. Dá pra notar. Então talvez ela precise de você. — Lisa sentou o pé no acelerador e o motor ganiu. — Por isso estou levando você de volta pro trem.

De tão focado que estava nela, quase me surpreendi quando ergui os olhos e constatei que a traseira do Ghan ocupava todo o meu campo de visão. Lisa, quase a oitenta por hora, emparelhou com o vagão, reduziu para setenta e se manteve próxima. Do lado de fora, nem sinal do calmo e meditativo *clac-clac* do movimento: o barulho do trem era uma tremenda cacofonia.

— Você não está nem aí se eu peguei o manuscrito. E não acha que a assassina sou eu — gritou Lisa em meio ao ruído. — Queria me perguntar alguma coisa. E ainda não perguntou. Só está me falando o que já sabia. O trem tá aí. Melhor perguntar logo.

— Majors. Ela está contando a verdade?

— Sério? É isso?

— Você estava lá naquela noite. Eu acho que ela contou ao McTavish uma versão da história que *não era* a história real dos jornais. Essa foi a versão que ele roubou pra fazer *Descarrilhado*. Estou certo?

— Você pulou de um trem *em movimento* pra me perguntar isso?

— Eu tinha que ter certeza.

— Você já sabe. Não aprendeu nada ainda sobre Henry McTavish? Sobre o que ele faz? — Ela assentia. — Ele é um homem que se apropria das mulheres. Se apropriou do meu corpo. E se apropriou da mente dela.

CAPÍTULO 31

É bem mais difícil se pendurar na janela de um carro do que fazem parecer no cinema, quanto mais pular de um.

Eu apoiava uma mão no espelho retrovisor lateral e outra no teto enquanto me posicionava para tentar sair do carro. A janela não descia até o fim e, por isso, o vidro prendia minhas coxas. O vento rugia nos meus ouvidos, os pneus atiravam poeira nos meus olhos e minhas bochechas ardiam com o ataque dos insetos. Eu olhava para o Ghan, minha testa franzida contra o vento. O alvo de Lisa era o fumódromo: ela mantinha o Land-Cruiser o mais perto possível dos trilhos sem se chocar com eles. O fumódromo era alto demais para que o salto fosse fácil, mas eu tinha certeza de que conseguiria me agarrar ao gradeado e escalá-lo.

Chegamos mais perto, nos posicionando bem ao lado do trem. A ponta dos meus dedos quase tocava a grade. Apoiei um pé no peitoril da janela, me segurei firme e tensionei as pernas.

— Vou pular! — gritei para Lisa. — Mantenha a velocidade.

Ela falou alguma coisa, mas o vento e o trem me impediam de ouvir a resposta. Esperava que tivesse me ouvido. Estendi o braço para o gradeado, respirei fundo e...

... o carro se sacudiu violentamente, freando e desviando ao mesmo tempo. Pendi vertiginosamente para o lado, com o rosto virado para o solo vermelho que passava chispando abaixo de mim, mas logo me recompus e recuei, batendo com a costela na moldura da janela. E vi a traseira do Ghan se aproximar depressa. Estávamos indo mais rápido do que o trem, então puxei a cabeça para dentro do carro bem a tempo de o vagão passar raspando pela janela feito um foguete, arrebentando o retrovisor numa explosão de vidro.

— Desculpa. Era o poste do telégrafo — disse Lisa.

Olhei pelo vidro traseiro e vi uma grande coluna encolhendo atrás de nós, ao lado dos trilhos: Lisa tivera que contorná-la.

— Me avisa da próxima vez.

— Eu falei que não era pra pular.

Olhei para o trem ao lado. Lisa tirou o pé do acelerador e recuou para a altura do fumódromo novamente, desta vez ficando um pouco atrás. Dei uma espiada no velocímetro. Cinquenta. O trem diminuíra um pouco a velocidade.

— Talvez a gente precise de um plano B. Esse heroísmo não dá pra mim, não.

Lisa pensou por um segundo e então girou o volante abruptamente na direção dos trilhos. O carro deu um solavanco, uma cascata de faíscas se projetou atrás de nós e, com a mesma rapidez, ela puxou o volante, encaixando-nos bem no meio. Os trilhos corriam por entre as rodas; estávamos diretamente atrás do trem.

Acenei com a cabeça, admirado.

— Esse plano é melhor. Fica de olho na velocidade. Parece estar diminuindo um pouco.

— Trinta e oito — disse ela.

Alavanquei o corpo para fora da janela de novo, só que, desta vez, em vez de tentar saltar para o lado, fui me apoiando até estar agachado sobre o capô. Não é exatamente o tipo de coisa que se vê nos filmes de ação — pela velocidade em que estávamos, teria dado para executarmos o truque até perto de uma escola. Mesmo assim, minhas pernas tremiam que nem vara verde. Se eu caísse, talvez a queda não me matasse. Mas se fosse parar debaixo do LandCruiser ou se ficasse espremido entre o carro e o trem, ou ainda se caísse debaixo do trem, adeus, vida, fosse qual fosse a velocidade.

Lisa avançou um pouco mais. Ouvi um ruído satisfatório de metal sobre metal; aquilo era o mais próximo que conseguiríamos chegar. Não seria tão simples quanto caminhar de um veículo para o outro: era difícil para Lisa manter a mesma velocidade do trem, de forma que o vão entre o vagão e o carro variava do inexistente ao assustador à medida que a posição do LandCruiser oscilava. Adotei a posição de largada de um velocista, mantendo uma mão em contato com o para-brisa.

Foi quando meu celular tocou.

Mais especificamente, senti o zumbido no meu bolso. Devíamos ter chegado a uma área com um pouquinho de sinal. Tirei o aparelho do bolso e atendi sem nem olhar.

— Juliette? — gritei.

— Não, cara. É o Andy. Tá ocupado?

Considerei a frente amassada do LandCruiser, colado num trem em disparada, o vento zunindo ao meu redor enquanto me agachava no capô. O Ghan bloqueava a maior parte do ruído do vento, por isso dava para ouvir Andy em meio ao caos.

— Pra ser sincero, não é uma boa hora — respondi.

— É rápido. É sobre a Margaret.

Ouvi a buzina do carro e dei uma olhada na expressão exasperada e incrédula de Lisa, com as duas mãos para cima, num gesto universal de *Que porra é essa?*.

— Quem é Margaret?

— O roubo que eu estou investigando.

— Você não disse que o nome dela era Poppy?

— Não, disse que ela vendia sementes de papoula. Poppy no sentido de papoula.

— Não disse. Eu falei que é importante ser específico, Andy.

Lisa buzinou de novo, um toque longo e lento. Ergui o dedo. Eu a vi falar uma palavra que não posso publicar aqui. Andy, na verdade, é bem importante. Eu disse que isso acontece em livros assim: dois casos distintos entram em conluio.

— Deus do céu, Andy. Eu e você estamos trabalhando no mesmo caso.

— Hein? Você tá investigando um caso?

— Dois assassinatos.

Andy fez um som amuado de "tsc".

— Você sempre tem que sair por cima, né?

Eu o ignorei.

— O seu roubo. Você acha que foi um viciado, né?

— É! Era o que eu queria contar. Arrombamento é comum nesse ramo de floriculturas. Porque, você sabe, certas plantas têm ópio. Que é basicamente heroína. Eles fazem limpeza química pra extrair.

— Papoulas — confirmei.

— Paula? Não, o nome dela também não é Paula. Já te falei que é Margaret.

— Eu falei *papoulas*. Papoulas contêm ópio, Andy.

— Sim, era isso que eu estava dizendo. É a especialidade da loja... — A ligação foi cortada, mas logo restabelecida. — Estranho, né? O que isso tem a ver com os seus assassinatos?

— Acho que o seu ladrão é o meu assassino.

— Você não tá forçando a barra?

Contemplei o fumódromo, aonde teria que me atirar.

— Nem me diga.

— Fala sério. — O entusiasmo de Andy acelerava. De um lento despertar, já dera lugar a gritos. — Solucionei o caso pra você? Hein?

Não, ele não tinha solucionado. Eu havia feito a maior parte da dedução após a conversa com Lisa, mas estava me sentindo generoso. Talvez fosse a adrenalina. E ele me dera uma ótima pista na noite anterior. Por isso, respondi:

— Sim, Andy. Você solucionou.

— *Yes!* Vou botar isso no meu sit... — A ligação caiu.

Lisa buzinou de novo, agora duas vezes seguidas, com ênfase, e voltei a atenção para o trem à frente. O ruído do vento diminuíra ainda mais. Lisa deu mais um toque na buzina, imaginei que para me apressar. O vão entre o capô e o gradeado variava, mas mantinha-se sempre pequeno. Era a minha chance.

Eu me levantei, andei sobre a capota e pulei.

* * *

Exagerei no ímpeto.

Dada a velocidade, esperava que o salto levasse meio segundo a mais, mas me choquei imediatamente com a grade. Atordoado, deslizei um pouco até me firmar, segurando-a com força enquanto recobrava o fôlego. Ali era menos turbulento; o açoite do vento era mais fraco. Cheguei até a rir. Uma reação espasmódica a ter sobrevivido. Quem teria imaginado quando iniciei minha jornada que eu estaria pendurado na traseira de um trem em alta velocidade? Agora só precisava dar impulso para passar por cima do gradeado.

Não tinha coragem de olhar para baixo, pois achava que não conseguiria lidar com a visão do solo em rápido movimento, mas lancei um olhar para trás, esperando não mais ver o LandCruiser, levado dali por uma nuvem de poeira, libertando Lisa e o manuscrito de *Vida, morte e uísque*.

Mas o LandCruiser continuava colado ao trem. E o mais surpreendente não era isso: o mais surpreendente era que Lisa não estava mais ao volante. Nem cambaleando sobre o capô. Estava parada ao lado do carro, no chão.

Peraí. *Parada?*

Olhei para baixo. Sim, vi o solo. Mas ele não estava se movendo.

Pendurado num trem em alta velocidade uma ova. Não era à toa que o pulo tinha me levado a me enfiar de cara na grade, que o vento havia ficado mais fraco. Com a buzina, Lisa queria me avisar para não pular, porque o trem estava parando. Quando saltei, nossa velocidade devia ser a de uma caminhada. E ali estava eu, desesperadamente agarrado à grade, com o Ghan totalmente imóvel.

Constrangido, escalei o gradeado e saltei para dentro do deque para fumantes. Lisa pegou uma mochila no banco traseiro e me seguiu.

A porta de trás se abriu e Aaron apareceu.

— Mas que diabos vocês dois estão fazendo aqui atrás? — perguntou ele.

Para surpresa minha e dele, eu o abracei.

— Obrigado. Obrigado. Você parou pra gente.

— O que é isso nos trilhos? — Ele olhava perplexo para o LandCruiser. — O que vocês estavam fazendo?

— Tentando voltar pro trem.

— *Voltar* pro trem?

— Não foi pra isso que você parou? — perguntou Lisa. — Não viu o Ernest dar uma de Tom Cruise?

— Mas de onde vocês tiraram isso? Eu não parei pra vocês.

Ele fez uma pausa de um segundo para absorver minha aparência: rosto picado por insetos, crosta de terra no queixo, cabelo bagunçado pelo vento. Olhou de novo para o LandCruiser e seu queixo despencou, como se movido por uma engrenagem.

— Você teve que parar? — Torci para ninguém mais ter morrido. — Por quê?

— Vacas nos trilhos. — Ele balançou a cabeça, incrédulo. — Isso não é a porra de um filme de ação.

CAPÍTULO 31,5

Estou quase solucionando o caso.

Bom, na verdade já solucionei. Estou quase explicando tudo para todo mundo. Como Royce tentou. Só que eu vou conseguir.

Você sabe como essas grandes revelações tendem a ser. De acordo com o meu diagrama de escrita — ao qual os acontecimentos desses últimos dias têm se mantido assustadoramente próximos —, acabamos de passar pelo momento "Tudo está perdido" (eu quase morri duas vezes!), o que significa que chegou a hora de tudo se revelar.

Pensei, portanto, em fazer uma pausa e proporcionar a você, sabe como é, uma última oportunidade de lançar sua aposta. Esta página é a última em que você poderá se vangloriar de ter descoberto tudo antes de mim. Se quiser pegar papel e caneta e fazer mais uma tentativa de decifrar Archie Bench… a hora é agora também.

Além disso, quero que saiba que nos próximos dois capítulos seis pessoas vão usar a frase "Eu não matei ninguém". Tanta repetição não é culpa da minha falta de criatividade, é só o que aconteceu. Eu disse à minha editora, que queria saber se podia mudar as falas aqui e ali, para ela levar suas queixas diretamente às pessoas que disseram essas palavras, mas acho que ela não estava muito interessada em localizar todos os envolvidos, e muito menos em visitar a cela de um presídio e um necrotério.

Tá, voltando ao assunto.

Sem mais paradas. Direto pra Adelaide.

— ~~Henry McTavish: 331~~

— Alan Royce: 244
— Lisa Fulton: 151
— ~~Wyatt Lloyd: 138~~
— SF Majors: 111
— Simone Morrison: 108
— Wolfgang: 92
— Aaron: 77
— Brooke: 72
— Jasper Murdoch: 65
— Harriet Murdoch: 54
— Douglas Parsons: 37
— Cynthia: 29
— Clube do Livro/Veronica Blythe/Colmeia: 26
— Archibald Bench: 25
— Erica Mathison: 12
— MongrelWrangler22: 8
— Troy Firth: 4
— Juliette: ISENTA
— Noah Witrock: ISENTO
— Detetive Hatch: ISENTO

FICÇÃO LITERÁRIA

CAPÍTULO 32

Agora era minha vez de esmurrar as portas, despertando autores e vários passageiros. Em romances policiais, à exceção do detetive, todo mundo tende a passar grande parte do tempo esperando, e todos ali se encontravam em estágios variados de preguiça, contando os minutos até Adelaide. Majors escutava um podcast. Royce estava dormindo. Jasper e Harriet jogavam palavras cruzadas. Douglas não estava no quarto. Wolfgang estava escrevendo em um Moleskine e se mostrou cético quando pedi para nos encontrar no bar, resmungando que aquilo já acontecera naquela viagem. Simone estava revisando um contrato. Ela me olhou de cima a baixo, ensanguentado e sujo de poeira, me deu um tapinha no ombro e disse:

— Os riscos do terceiro ato, pelo jeito.

Brooke se atirou nos braços da mãe, mas, ao me ver, soltou-a. Então, começou a gaguejar, com um papo furado sobre as duas serem amigas e ela ter ficado esperando pela mulher no quarto.

— Não precisa fingir — disse Lisa, voltando a abraçá-la. — Ele sabe. Tá tudo bem.

Brooke me olhou cabreira, desconfiada.

— Solucionei o enigma Archie Bench — falei, como um acordo de paz.

— Olha como você é inteligente — disse Brooke, se dirigindo para o bar. — Isso vai ser divertido.

Todos estavam curiosos ou entediados o suficiente para me acompanhar. Até Aaron desistira de fazer objeções. Só quem não convoquei foram as três mulheres do clube do livro de Erica Mathison, Veronica Blythe e suas duas amigas. Não porque não fossem importantes — são —, mas porque eu não precisava delas ali em pessoa.

Dentro do vagão-bar, Cynthia passava um pano na cafeteira e o detetive Hatch, convenientemente, tomava o depoimento de Douglas. Hatch se ergueu quando todos nós entramos.

— Alto lá! — Seu protesto era fútil diante da entrada do grupo. — Eu ainda estou tomando depoimentos. Exijo que todos permaneçam dentro dos quartos.

— Ninguém te avisou? — perguntei. — Esse é um festival de escritores. Nós ainda temos um último evento. Estou anunciando meu novo livro. Se chama *Todo mundo neste trem é suspeito*.

Simone manifestou seu entusiasmo com palminhas.

— O festival está cancelado — interrompeu Hatch, indignado. — Não vai ter mais mesa nenhuma.

— Eu sou a diretora do festival — rebateu Majors, com firmeza. — E eu digo que nós temos mais uma sessão planejada. Agora. O festival está sendo retomado.

Hatch resignou-se a se sentar de novo. Fez um gesto de *andem logo com isso, então*.

— Na verdade — falei, me dirigindo a ele —, é melhor você não se acomodar assim tão rápido. Vou precisar um pouco da sua ajuda.

Hatch suspirou.

— O que é?

— Você tem uma arma?

— Não. Só um *taser*.

— Ok. Quantos pares de algemas você tem? — perguntei, apontando para a sua mochila.

— Dois.

— Vai ter que servir. — Pensei por um segundo. — Antes de tudo, preciso que você prenda o Alan Royce.

AS SETE DEDUÇÕES DE ERNEST CUNNINGHAM

CAPÍTULO 33

— Eu não matei ninguém! — protestou Royce.

— Não vou algemar ninguém só porque você quer — disse Hatch.

— Eu não falei em prendê-lo por *assassinato* — rebati. — Acho que tem um nome técnico pra isso. Obstrução de justiça? Adulteração de provas? — Eu me virei para os demais. — Henry McTavish cometeu um crime vil e Wyatt Lloyd e Alan Royce o ajudaram a encobrir.

O sangue se esvaiu do rosto de Royce. As pessoas o encararam, tentando descobrir o que ele teria feito. SF Majors olhava para o chão. Eu me virei para Lisa. Não queria que aquilo fosse mais doloroso para as Fulton do que o necessário, mas elas mereciam justiça pelo que Royce havia feito e isso implicava em detalhar todos os fatos.

— Posso?

Lisa assentiu em um gesto rígido. Brooke segurava o braço da mãe com força.

— Edimburgo, 2003. Ao contrário do que se diz, McTavish e Lisa não tiveram um caso. Ele a estuprou. — O silêncio no recinto era pesado. — Era a sua palavra contra a dele, Lisa. Você não tinha chance nenhuma contra o dinheiro e o poder por trás de McTavish, ou seja, Wyatt. Mas tinha a patologia forense. O DNA do McTavish nas suas unhas seria a prova de que você tentou resistir. Até que fizeram uma cagada: aconteceu um simples erro administrativo, que inutilizou a evidência. Como ninguém estava disposto a testemunhar a seu favor, Wyatt ofereceu um acordo. Algum dinheiro como um cala-boca. Era aceitar o cheque e varrer a história pra baixo do tapete. Você aceitou porque McTavish não só a estuprou, como a engravidou. Brooke é filha de Henry McTavish.

Fico feliz em relatar que o pequeno sobressalto coletivo foi audível.

— Embora não o conhecesse pessoalmente, você, Brooke, idolatrava o seu pai através dos livros. Mal podia esperar pra conhecê-lo. No fundo, não acreditava na sua mãe quando ela tentava te alertar sobre o Henry. E aí você chegou aqui, e ele era tudo o que a Lisa tinha te falado. E isso partiu seu coração.

— Ela me parece ter um motivo muito maior pra cometer assassinato do que eu! — exclamou Royce. — O pai dela e depois o homem que o ajudou a se safar. — Batendo com força no peito, Royce gritou: — I-no-cen-te!

— Eu não matei ninguém — disse Brooke.

— Você tem motivos, é lógico — respondi. — Todo mundo aqui tem. Mas se tivesse sido a assassina, ao menos por essas razões, eu sugeriria que o Royce também já teria sido morto a essa altura.

— Tá me ameaçando?

— Não, Royce. Estou dizendo que, se tiver alguém aqui matando as pessoas envolvidas em abafar o estupro de Lisa Fulton, você seria um alvo bem provável.

Ele ganiu algo que me soou como *não*, mas meu estoque de pena estava baixo.

— Você nunca foi um patologista formado, como consta nas suas informações pessoais. Era estagiário do laboratório. Isso foi em Edimburgo, não foi?

Royce não havia me contado diretamente, mas se gabara de ter estudado na mesma universidade de Arthur Conan Doyle, ou seja, a de Edimburgo. Não precisava ser nenhum gênio para concluir que o estágio ocorrera na mesma cidade.

— Mas você sonhava em ser escritor. Seu trabalho só acumulava poeira nas mesas dos editores, ainda que você o tivesse submetido *quatro* vezes à Gemini. Até o Wyatt finalmente o pegar. Aí um belo dia ele chega e te oferece um contrato de publicação com que a maioria dos autores sonharia. Mas pede um favorzinho. Pede a você que troque os rótulos de alguns frascos. O acordo foi esse, não foi? Você encobria essa pro Wyatt e ele te publicava como se fosse a novidade mais quente do momento. Faz sentido: por que outro motivo a Gemini mudaria de ideia depois de quatro rejeições? A área em que você trabalhava devia aparecer na sua informação biográfica. Wyatt mal deve ter acreditado na sorte que deu. E a cronologia bate: seu primeiro livro foi publicado em 2004. Mas agora os seus livros pararam de vender, o Wyatt estava perdendo o interesse e você achou que um elogio do Henry daria um jeito nisso. Se sentiu humilhado por ele elogiar a Lisa em vez de você. Você mesmo me disse que McTavish *te devia uma*.

O nariz de Royce estava escorrendo. Não vou me dignar a reproduzir aqui o que ele disse, mas choramingar e se humilhar descreveriam bem. Enquanto seu nariz escorria a ponto de formar bolhas, ele admitiu que tudo que eu deduzira era verdade. Hatch se inclinou para a frente, interessado.

Harriet se intrometeu:

— Então três pessoas participaram de uma operação secreta para abafar provas e duas delas morreram? E ainda assim o assassino *não é* o Alan?

— A acusação bombástica dele certamente foi pra despistar — disse Wolfgang. — Fazer toda aquela *mise-en-scène* acusando alguém que ele sabia estar morto. Seria uma forma de desviar o foco.

— Obrigado, Harriet, obrigado, Wolfgang. Mas não foi o Royce. Acima de tudo por ele ser covarde. Ele se une a terceiros e se esconde atrás deles. Não é o tipo de sujeito que carrega uma faca. Mas destruir a chance de uma vítima de buscar justiça em troca de um contrato de publicação me parece uma tremenda covardia. — Olhei para Hatch. — Pode algemá-lo agora, se quiser.

Hatch estendeu as algemas para Royce.

— Um crime internacional que pode ou não ter ocorrido está fora da minha jurisdição. Mas cooperar agora provavelmente vai te ajudar lá na frente.

Royce assentiu. Seu braço estava *al dente* quando Hatch o algemou ao encosto da cadeira, como se não contivesse osso algum. O homem parecia resignado àquele destino já previsto. Eu diria que ele estava caindo em desgraça, mas Royce nunca havia realmente estado em um patamar superior do qual pudesse cair e se esborrachar. A próxima coisa que ele viria a escrever seria um pedido de desculpas no Twitter, que é um formato reservado aos pedidos de desculpas mais sinceros.

— Apesar de ter chegado a uma conclusão errada, Royce elencou uma série de motivos razoáveis para os demais aqui — continuei. — Mas, Lisa, foi por isso que ele se recusou a considerar você suspeita no encerramento de caso dele. — Eu me lembrava da tentativa dela de fazê-lo morder a isca: *Conta pra eles qual a razão de eu ser suspeita, Alan.* — Ele estava descartando uma linha de investigação totalmente viável por saber que, se revelasse a sua motivação, poderia expor também o envolvimento dele.

Majors atravessou o salão com lágrimas nos olhos e abraçou Lisa.

Hatch pigarreou.

— Isso sempre leva esse tempo todo?

Todos os autores de policiais na sala responderam em uníssono:

— *Sim.*

— Preciso analisar em público os motivos e álibis de todo mundo — expliquei. — É basicamente uma exigência do gênero. — Baixei a voz em tom conspiratório. — Além disso, a minha agente literária está aqui e, considerando tudo o que ela fez nos bastidores, por assim dizer, pra que este livro visse a luz do dia, acho que vai querer um final digno de nota. Que eu explore o momento ao máximo.

Simone se contorceu no assento. Quanto eu gostei daquilo ainda não dá para elaborar, e por isso preferi me voltar para SF Majors.

— Uma coisa que o Royce acertou foi o seu motivo. Naquela mesma noite em Edimburgo, você explicou ao McTavish sua ideia pra um romance. Um ano depois, saiu o novo livro dele,

Descarrilhado, e a trama era exatamente a mesma. Você ficou remoendo isso. Não só porque era a sua ideia, mas porque era a sua *história*. Não era?

Majors mordiscava o lábio. Olhou de relance para alguém. Já digo para quem foi.

— Você cursou o primário numa escola por aqui, não foi? Consta no seu "Sobre a autora". Vivia relendo os três únicos livros da biblioteca da escola, o que me faz pensar que ela era bem pequena. Você conhece Alice Springs; até nos recomendou a melhor padaria pra comer um doce de baunilha. Foi criada nessa região.

Majors assentiu.

— Aquele ônibus escolar com que o Ghan colidiu, arrisco dizer que era da sua escola. Mas não acho que você tenha sobrevivido ao acidente; ninguém sobreviveria. Eu acho que você simplesmente não estava lá.

— Eu estava doente — contou Majors. — Se tivesse sido qualquer outro dia, meus pais teriam me encasacado, me entupido de lenços e paracetamol e me despachado pra aula, mas como era quarta-feira e eu nunca gostei de esportes, fiz o maior drama. Teria dado pra ir. — A voz dela, trêmula, me gerava uma onda de empatia: era o mesmo *por que eu?* com o qual eu tanto me digladiara. — A menina na minha história, se é aonde você quer chegar... o nome dela era Anna. Era minha melhor amiga. Caso queira saber.

Eu sabia que, para ela, tocar naquela ferida era como pressionar um dente podre com a língua, por isso voltei minha atenção para Douglas.

— Vamos falar de como vocês dois se conheceram. Seu parceiro, Noah, era professor daquela escola e morreu naquele dia no acidente. Você me disse que o motorista do ônibus, Troy Firth, tinha agido de forma inapropriada com uma aluna. Anna, como acabamos de saber. Noah tinha convencido Anna a denunciá-lo. Pra evitar que aquilo acontecesse, Troy parou o ônibus em cima dos trilhos e trancou todas as portas.

— Ele matou cinco pessoas — disse Douglas. — Quatro crianças.

— O acidente foi parar no noticiário local. Uma tragédia, mas nada além disso. Normalmente, histórias do tipo somem com o tempo, mas não nesse caso. Porque uma versão da história é recontada e se mantém viva no terceiro livro de um dos mais populares autores de romances policiais do mundo. Mas *Descarrilhado* não é só uma versão da história, é a história *real*. A história de alguém que faz um assassinato se passar por acidente ferroviário. Uma história de que poucas pessoas sabiam. A melhor amiga de uma vítima — fiz um movimento de cabeça apontando para Majors — e o parceiro do professor dela. Mas há uma diferença crucial: no livro, o assassino se safa. Se você acreditar que a história é *real*, talvez acredite em algo louco. Talvez acredite que *Descarrilhado* tenha um sentido oculto. Que Troy Firth ainda esteja vivo.

Todas as mulheres ali estudaram os homens com o olhar: Wolfgang, Royce, Jasper, Douglas. Nem Aaron escapou ao escrutínio.

— É aqui que você entra, Douglas. Você trouxe um revólver pra este trem. — Essa informação gerou um zum-zum-zum. — Não se preocupe, Hatch. O revólver está em uma lata de lixo em Alice Springs. Douglas, você me fez uma pergunta sobre vingança durante a primeira mesa. Queria saber qual era a sensação de acabar com uma vida. Você entrou neste trem pronto pra matar alguém.

— Eu não...

— Eu sei que você não é Troy Firth. Mas estava à procura dele. Dei um tempo aos presentes para assimilar a informação.

Simone soltou uma arfada.

— Troy Firth é *Henry McTavish*. A lesão dele.

— Desculpe bancar o editor — interveio Wolfgang. — Mas isso é plausível? Majors sabe que o homem que molestou e assassinou a melhor amiga dela está vivo e à solta por aí e não o entrega à polícia?

— Não tem nada de plausível — concordei. — O timing, por exemplo, não bate. Esse poderia ser um aspecto da trama dos livros de qualquer um de nós, mas não é a vida real. O problema é o seguinte: é exatamente nisso que o Douglas acreditava. Ele achava que *Descarrilhado* era a história real de como Henry McTavish tinha matado várias pessoas e se safado. Ele se convenceu de que McTavish era Firth e *Descarrilhado* era uma confissão. Afinal, havia no livro *um mínimo* de verdade pra que a tese parecesse convincente. Mas era uma verdade que McTavish roubara da história da Majors, sem ter a menor noção das consequências.

Majors pigarreou.

— A ideia do livro surgiu porque eu *achei* ter visto um homem que parecia um Troy Firth mais velho muitos anos depois. Só isso. Foi um vislumbre rápido que desencadeou uma lembrança aleatória. Isso é tudo o que nós caçamos, Hatch, caso você não entenda. Escrever é meramente empilhar gravetos e capim e torcer pra que uma microcentelha acenda a chama. Como todas as melhores ideias, ela entrou em foco do nada na forma de uma história. *E se* eu tivesse acabado de ver Troy Firth? Foi isso que eu contei ao Henry em 2003. Minha *ideia*. Mas havia detalhes da história da Anna. Detalhes reais. Suficientes para convencer o Douglas de que era tudo verdade. Aí ele me abordou no jantar depois da primeira mesa de debates, em que McTavish e eu discutimos por causa de *Descarrilhado*, achando que eu e ele tínhamos a mesma suspeita. Eu falei que ele estava louco, que meu problema com McTavish era outro e que a trama do livro era ficção.

Eu me lembrava da troca de sussurros entre os dois, excluindo Royce da conversa.

— E aí eu o descasquei na Estação do Telégrafo na noite seguinte — continuou ela. — Troy Firth era um homem horrível, mas morreu faz muito tempo. Douglas deixou o desejo de vingança misturar a ficção com o que ele *queria* que fosse realidade.

Centrei minha atenção em Douglas.

— Por isso você me agradeceu e jogou fora o revólver depois que McTavish morreu. Você *tinha* mesmo vindo até aqui para matá-lo e achou que eu tinha resolvido seu problema. A Majors estava gritando com você na Estação do Telégrafo porque achou que você o havia matado com base nas suas suspeitas. E é óbvio, você estava muito errado. Henry McTavish é Henry McTavish; em que parte daquela biografia ele arrumaria tempo pra dirigir ônibus escolares na Austrália? E Troy Firth morreu no acidente. As lesões de McTavish decorriam de um atropelamento. Isso está documentado. Mas o fato de você ter vindo pra cá acreditando que a verdade era outra e disposto a matar por isso... bem, essa parte é verdade.

— Eu não matei ninguém — disse Douglas, correndo os olhos pelo bar. — Foi como eu te disse. Eu peguei o revólver em Darwin pensando em vingança, com certeza. Mas mudei de ideia depois do que você falou. Sobre o preço que ela cobra. Eu deixei de ir a Simpsons Gap pra espalhar as cinzas do Noah e deixei esse negócio pra trás.

— Do ponto de vista legal, eu não matei ninguém também, lembrem-se — rebati.

Eu acreditava que as intenções e os atos de Douglas eram coisas separadas. É claro, perdoar fica mais fácil se McTavish já está morto, mas Douglas tivera um monte de oportunidades para atirar nele no primeiro dia e não havia feito isso. Talvez Majors tivesse plantado incerteza o suficiente na mente dele e eu o tivesse ajudado a se dar conta de que justiça de verdade não é pura e simples vingança. De qualquer forma, ele recuperara a razão e se livrara do revólver na estação de Alice Springs.

— Durante o jantar formal, você parecia ter se libertado — continuei. — Na ocasião, eu não entendi. Agora entendo.

— Você solucionou vários meios-crimes — apontou Hatch, cruzando os braços. — Mas me prometeu um *assassino*.

— Certo. Antes de eu começar a próxima parte, só queria que todos vocês se lembrassem da arma do crime cometido contra Wyatt.

— Uma caneta — disse Hatch.

— Não era qualquer caneta — corrigi. — Era uma caneta da Gemini Publishing. Um presente que todos os autores de Wyatt ganhavam e isso inclui, se entendo bem, Royce, McTavish, provavelmente

Jasper e Lisa pelo primeiro livro. Além de Simone, a quem Wyatt deu uma caneta ontem. — Eu me lembrara das palavras sarcásticas de Wyatt no jantar: *E ela não saiu totalmente de mãos vazias. Dei um prêmio de consolação pra mulher. Não que ela vá assinar contrato com ninguém com aquilo.* Wyatt não teria resistido à oportunidade de exibir superioridade perante Simone, então deu uma caneta pra ela, como quem diz *espero que tenha mais sorte da próxima vez.* — E, é claro, Wolfgang.

— Wolfgang na verdade é publicado pela HarperCollins — lembrou Simone.

Eu me virei para ele.

— Wolfgang, quão interativo é esse seu projeto de arte?

CAPÍTULO 34

Wolfgang juntou as mãos, aplaudindo de forma lenta e zombeteira.

— Você se acha muito inteligente, não é? — Ele parou de bater palmas e espalmou as mãos. — Pois o palco é todo seu. Divirta-nos.

Não hesitei: estava ansioso por aquela parte.

— Desde que vi o nome do seu projeto, *A morte da literatura*, eu soube que ele teria que compreender alguma forma de humilhação da matriz do poder. Porque você acredita que os seus livros são arte e todo o resto é... Como foi que você chamou *um escritor como eu*? — Abri aspas no ar ao lembrar Wolfgang das palavras que ele usara no debate. — Ah, sim. "*Pulp*." E quem é a própria personificação desse tipo de ficção no momento? Bem, poderíamos dizer que Henry McTavish, o escocês-sensação da literatura policial. Também poderíamos mencionar o próprio Wyatt Lloyd, que se especializa em publicar ficção comercial, o que inclui não só McTavish, mas também Erica Mathison.

Wolfgang bocejou.

— Royce já tentou esse caminho antes. Você vai precisar se esforçar um pouco mais.

— O seu projeto era claramente pensado pra humilhar o Wyatt. Você não conseguiu resistir a se vangloriar durante o jantar na primeira noite, e o Wyatt ficou horrorizado com o que você falou. Gritou com você, disse que o que estava fazendo iria arruiná-lo. E então tentou te subornar. Imagino que você tenha recusado, certo?

— O preço da preservação da literatura não é algo que um homem como ele seja capaz de pagar.

— Exatamente. Então a pergunta passa a ser: o que você poderia ter feito que tivesse o potencial de arruinar Wyatt Lloyd? A resposta é simples. Você convidou três pessoas pra esta viagem de trem: duas curadoras de arte e uma crítica literária. As três estão lendo *Os onze orgasmos de Deborah Winstock*, de Erica Mathison. Todas têm em mãos exemplares novinhos, recém-comprados numa livraria de Darwin. Um dos exemplares acabou de ser autografado, sendo que a autora é reclusa e nunca aparece em público. As três, mulheres inteligentes, respeitadas, acham o livro absolutamente genial. Por quê? Porque Erica Mathison *é* o seu projeto de arte.

Se você aí estiver acompanhando, vai se lembrar de que a contagem de menções a Wolfgang estava em 92, e a de Erica, em 12. Se somadas, de acordo com as minhas regras relativas a apelidos, chegam bem perto de certo número mágico.

— Ah, você é bem melhor que o Alan — disse Wolfgang, com um sorriso irônico.

— Por isso você tem uma caneta da Gemini — completei.

Wolfgang fez um gesto espalhafatoso levando as mãos do queixo à testa, como quem retira uma máscara invisível. Seus olhos brilhavam.

— Vocês estão olhando para Erica Mathison. Wyatt não sabia que era eu. Eu fiz tudo por meio de uma empresa, com uma conta internacional e uma caixa postal pra onde ele pudesse enviar contratos ou qualquer outra coisa.

— Tipo uma caneta.

— Tipo isso. O plano era vender os livros mais rasos de todos para ele, escritos mal e porcamente, puro *pulp*. — Seus lábios úmidos estalaram de desgosto ao som do "p". — E ele caiu direitinho. Feito um patinho. E transformou esse livro num dos maiores best-sellers do ano. Provando minha tese: a verdadeira arte é subvalorizada e arte comercial pode ser fabricada.

— Mas não é como se o aspecto comercial te incomodasse, não é? Simone me disse que seus livros devem vender migalhas. No entanto, você chegou em Berrimah ao volante de um Jaguar que custa duzentos mil dólares. Você, no fim das contas, não é exatamente um Robin Hood.

— Os lucros são parte da tese — disse ele, fazendo pouco-caso. — É ironia. Posso explicar, se quiser.

— Pode justificar o quanto quiser. Só pra ficar registrado, acho você um hipócrita. Mas é um homem de convicções, e a razão de ser do experimento sempre foi revelá-la. Era isso que você estava contando ao Wyatt no jantar: quem você realmente era. Também estava contando que iria levar a informação a público. Por isso convidou essa gente cujas opiniões você respeitava, formadoras de opinião influentes que estavam cientes de tudo. Assinou os livros delas, se refestelou na adulação à sua genialidade.

Os comentários que tanto haviam embasbacado Simone, profissionais supostamente respeitadas se derramando sobre um romance tão fuleiro — *genial, obra visionária, uma revelação* —, tudo isso agora fazia sentido.

Fiz uma pausa, contemplei o bar e me voltei mais uma vez para Wolfgang.

— Mas nada disso é *tão* desastroso assim. Era isso que eu não conseguia entender. Sua tese talvez fosse provar que qualquer um pode escrever um best-seller. Tudo bem. É o que se diz que Mario Puzo pretendia com *O poderoso chefão*. Ou talvez você quisesse destacar o lucro exagerado de alguns livros, de alguns autores. Mas, no fim das contas, nada disso importa. Milhões de pessoas vão continuar lendo Erica Mathison assim mesmo. Wyatt poderia ficar constrangido, mas a Gemini deve estar ganhando um dinheiro absurdo. *A morte da literatura* exigia algo mais dramático.

A intenção do projeto Erica Mathison era a de sinalizar um grande foda-se à matriz do poder, fazer a indústria baixar a bola. A própria Veronica Blythe havia falado para Simone: *Gente como você poderia aprender muito com este livro*. Eu caminhava pela sala, abrindo caminho para minhas deduções. Aaron fora recuando para trás de todos aos poucos. Por fim, despira-se da couraça profissional, puxando um dos banquinhos do bar e retirando a tampa de uma garrafa de vodca.

— Erica Mathison não é real. E aí é que tá: os livros que ela escreveu também não.

Pela primeira vez, a máscara presunçosa de Wolfgang caiu. Ele percebeu que eu já tinha entendido tudo.

— Nunca foi algo tão simples quanto só escrever um livro visto como inferior. Você criou *Os onze orgasmos de Deborah Winstock* com um programa de computador. O livro foi escrito por inteligência artificial. É por isso que você estava lendo um manual de programação de códigos de IA outro dia de manhã. *O preço da inteligência*. IA agora tem código aberto, qualquer um pode usar. Porra, meu tio usou o ChatGPT pra escrever o site dele. Por que não usar IA pra escrever um livro? Você mesmo disse naquele debate que em cinquenta anos livros como o meu seriam escritos por máquinas. E *isso, sim* — apontei o dedo com veemência para ele —, é dramático o bastante pra provar a sua tese. O novo best-seller de Wyatt Lloyd foi escrito por um *computador*. Ele ficaria possesso. Chega quase a justificar matar alguém.

— Você ficaria surpreso com a facilidade do processo — disse Wolfgang. — Eu só alimentei a plataforma com o que precisava que acontecesse em cada capítulo. O algoritmo me entregou tudo mastigadinho. Levou *um dia*. O texto não era perfeito, mas a equipe do Wyatt ajeitou na preparação. Ele estava tão tarado por aquela criação de segunda, com o raciocínio tão turvo pelos cifrões, que ignorou todos os alertas vermelhos. Nem sequer se importou de não termos nos conhecido. *Voilà*. Essa era a razão de ser da coisa toda. A ficção comercial é uma receita. A arte de verdade só pode ser feita — e apontou para a própria testa — aqui.

— Se eu entendi direito — interrompeu Hatch, inclinando-se para a frente como um estudante superansioso, sem mais objeções, inteiramente cativado —, isso seria um motivo para o Wyatt matar o Wolfgang. Não o contrário.

— Exatamente — ressaltou Wolfgang. — Não só isso, mas eu *queria* que todo mundo soubesse. Por isso trouxe as minhas convidadas. Sairia nos jornais assim que a gente chegasse em Adelaide. Falei bem na cara do Wyatt. Esse segredo eu sempre tive toda a intenção de revelar. Eu não matei ninguém — caso você esteja contando, esta já é a quinta vez que a frase é usada nos últimos capítulos — para encobrir isso.

— Você está certo — concordei. — Chegou a passar pela minha cabeça se o dinheiro oferecido seria suficiente pra fazer você mudar de ideia. Agora que você já gozou do sucesso financeiro que a sua carreira até então nunca havia tido, estaria disposto a matar pra mantê-lo? Mas acho que você não faria isso. E foi você quem me deu a maior pista de todas do verdadeiro assassino.

— Ao seu dispor — retrucou Wolfgang, secamente.

— É sério. Você *gostou* de fato da escrita de alguém.

Wolfgang grunhiu, ofendido com a acusação de positividade.

— Eu estou falando de *Vida, morte e uísque*. Quando você folheou o livro lá na cabine do Wyatt, achou que o texto do McTavish tinha melhorado. Não é?

— Um pouco — zombou Wolfgang.

— Sim. *Literalmente*. Você julgou que *Vida, morte e uísque* apresentava uma melhora *mínima*. Achou o primeiro livro dele, o único que leu, um horror. Todo coalhado de vírgulas, para listar tudo, como você mesmo disse. Outra coisa que você me disse é que a escrita é como uma tatuagem. Ninguém consegue se livrar dos seus pequenos tiques. A vírgula era um hábito do McTavish. A resposta estava bem na nossa cara o tempo inteiro.

Dado que estávamos discutindo técnica literária, a maioria dos escritores no bar já havia adivinhado o que eu diria àquela altura. Mas Hatch ainda precisava de uma explicação mais específica. Continuei:

— Está logo ali, na porcaria do título! *Vida, morte e uísque*, enumerados assim, com o detalhe de um "e" em vez de uma vírgula, como *Vida, morte, uísque*.

Gostaria de fazer um rápido pedido de desculpas. Vou quebrar aqui e agora uma das regras fundamentais. No fim das contas, sim, há fantasmas nesse livro.

— Henry McTavish já não escrevia mais os próprios livros — afirmei. — Quem os escrevia era Jasper Murdoch.

GHOST

CAPÍTULO 35

Um ghost-writer (ou escritor-fantasma). Era simples assim.

Deveria ter sido óbvio que McTavish não escrevia mais os próprios livros. O histórico de publicações por si só já entregava. O primeiro livro havia sido um best-seller mundial e o segundo, um fiasco, o que fez sua autoconfiança desabar. Somado à dolorosa recuperação do acidente — *Eu percebia que parir o terceiro seria como expelir um cálculo renal*, dissera Simone —, isso significara que ele precisara roubar de SF Majors só para conseguir fazer um terceiro. Mas não dava para repetir um truque como aquele. Brooke resumira tudo à perfeição no Vagão do Presidente: *Talvez agora eu ache que ele é um homem que gosta dos prazeres, mas não quer ter que se esforçar por eles.* Ele precisava de outra forma de escrever os livros.

— Achei que você tinha engolido a história da Erica Mathison — cochichou Jasper.

— Como falei na noite passada, eu sabia que você não estava escrevendo sob o próprio nome. No começo, você pareceu um pouco preocupado por eu ter descoberto, mas naquele momento, é óbvio, eu achava mesmo que você era Erica Mathison. Você me pareceu aliviado quando eu falei isso, o que me pareceu uma reação natural depois de guardar um segredo tão grande por tanto tempo, mas na verdade era porque achava que o segredo continuava protegido. Afinal de contas, o esquema só tem valor se ninguém ficar sabendo, como você me disse. E a confissão de ser Erica veio com tanta avidez quando eu te pressionei, sem saber que na verdade era o Wolfgang, porque a ideia era que eu continuasse seguindo a pista errada. Mas mesmo que eu estivesse errado, as pistas eram as mesmas. Seu jeito de agir é todo baseado no fato de nunca estar sob os holofotes. E Harriet vive tentando levantar seu moral, te fazer reconhecer essas conquistas. Isso deixa você frustrado. Imagino que a cláusula de confidencialidade do seu contrato seja ultrarrigorosa e que seja por isso que você vive tentando fazer ela ficar quieta. Você me disse que a Harriet quer que você escreva usando o próprio nome, e talvez esse já tenha sido seu sonho também. Seu primeiro romance saiu em 2009 e a resenha do *The New York Times* fazia uma comparação desfavorável com o McTavish, cujos livros também era você quem escrevia. Apesar do fato de a Harriet ter elogiado o quinto livro do McTavish, escrito por você, em 2006. Um elogio tão derramado que a frase ainda é usada nas capas dele. E é aí que a metáfora da tatuagem entra de novo. A sua voz não é algo que se consiga esconder. Você soa como você, e não tem como se livrar disso, ainda que o mundo acredite que o *você* em questão seja outra pessoa. Mas aquela resenha, foi ela que te destruiu. Foi ali que você parou de procurar a sua própria voz e decidiu que estava bem recolhendo-se ao fundo da sala. Você também fez algo que escritor nenhum jamais faria: respondeu à resenha da Harriet.

Simone se retraiu. O próprio Jasper já havia me falado: *Resenhas ruins fazem parte da vida de um escritor... Aconteceu comigo uma vez e eu escrevi pra resenhista.*

— Você disse a verdade à Harriet na sua resposta, não disse? Que você achou a resenha dela injusta porque você *era* Henry McTavish. Suponho que essa confissão tenha sido o que levou ao primeiro encontro de vocês.

Harriet assentiu enquanto Jasper explicava:

— Eu queria pedir desculpas. Ela achava que poderia ser um grande furo de reportagem e eu precisava implorar pra que ficasse quieta. Fomos tomar um café. E, de repente, essas coisinhas não importavam mais.

— Ela é a sua maior apoiadora — observei. — Desde que descobriu que você era o verdadeiro McTavish, vem tentando te dar o crédito que ela própria não tinha dado naquela resenha.

Enquanto você tentava minimizar qualquer atenção, Harriet não poupava elogios. Nem continha umas pinceladinhas de verdade. Perguntou ao McTavish no debate de onde ele tirava as ideias. Falou pra mim que você vendeu *tantos livros quanto o McTavish*. É o tipo de declaração que passa facilmente por fanfarronice básica, mas ela foi bem específica: o que você vendia *era* o que McTavish vendia. E quando eu quis saber se ela era fã dele, Harriet disse ser grande fã *dos livros*. Não do autor. Dos livros. Que eram seus.

Jasper voltou o olhar para Harriet. Eu me lembrava da raiva dele enquanto ela me dizia tudo aquilo: o momento de tensão entre os dois. Ela o queria no centro do palco, mas ele estava feliz nos bastidores, ou dizia estar. Harriet apertou o ombro dele. Difícil dizer se foi por medo ou como um pedido de desculpas.

— Mas as pistas não vieram só da Harriet. O McTavish escreve todos os livros numa máquina, faz uma única cópia do manuscrito, supostamente pra se proteger contra spoilers; na verdade, o que ele não queria é que existissem metadados do verdadeiro autor, evidências do computador de origem do texto. Teoricamente, *Vida, morte e uísque* teria sido terminado no trem e entregue em mãos a Wyatt, mas não há máquina de escrever no quarto de McTavish. E é claro, as mãos de Jasper são cheias de calos de tanto trabalhar em uma máquina antiga. E no início disso tudo ainda teve o debate.

Eu me lembrava de McTavish levemente bêbado, enrolando a língua, fazendo confusão entre *Cai a noite* e *Nasce o dia* e minimizando o fato de não saber qual livro tinha vindo primeiro: *São tantas datas de lançamento, formatos e países para ter em mente que é fácil se embananar.*

— McTavish nem sabia sobre qual livro deveria falar no debate. Não só isso, mas não parecia nem entender que a série estava terminando. — Eu havia me confundido: achara que McTavish estava irritado com Wyatt por pressioná-lo a escrever livros de Morbund, mas na realidade ele provavelmente descobrira que Morbund havia morrido em *Nasce o dia* naquela primeira mesa de debates.

Pensei em seu olhar fixo para Wyatt. — Imagino que ele tenha tido uma conversa com Wyatt sobre a surpresinha. De tão alienado que estava do processo todo, não sabia que sua galinha dos ovos de ouro estava morrendo. Mas, Jasper, esse foi o seu ultimato pro Wyatt: nada de Morbund até ele publicar o seu romance *Vida, morte e uísque*. E aí, quando você entregou o livro ao Wyatt, ele não quis. Em nome da necessidade de resolver a situação com o McTavish, ele voltou atrás no combinado: *precisava* que você entregasse um Morbund novo. Eu ouvi vocês discutindo.

Está no seu contrato. Mais Morbund, dissera Wyatt. *Pra que mudar depois de todo esse tempo?* Quando me dei conta do meu erro a respeito de Erica Mathison, a conclusão seguinte foi de que não era McTavish no quarto de Wyatt. Afinal, eu nunca ouvira o baque característico da bengala de McTavish. Só passos.

— Wyatt achou que eu iria dar mais um romance do Morbund pra ele — explicou Jasper. — Apesar de *Nasce o dia* ser supostamente o último. A única maneira de eu conseguir que ele me desse o ok pra matar o Morbund foi vendendo a ideia como um golpe publicitário. Assim, o pseudofim venderia bastante, e o retorno do personagem, ainda mais. Minha grande esperança era de que se eu desse um tempo pra ele, se apresentasse algo fantástico, poderia convencê-lo. Ou talvez fazê-lo acreditar que, tirando férias de um ano dos livros do Morbund, eu poderia fazer os dois. — Ele sugava os dentes. Estava com raiva. — Ele não passou da primeira página.

Harriet massageou o ombro de Jasper. Batia com a minha dedução. *Você me prometeu que o traria de volta*, dissera Wyatt. *Eu sei. Eu sei. Archie Bench. Que gracinha.*

— Mas Wyatt não poderia ter arrumado outro ghost-writer? — questionou Hatch.

— Ninguém seria tão bom — respondeu Harriet.

E eu concordava: Jasper tinha seu DNA nos livros de Morbund tanto quanto McTavish. Afinal, escrevera a maioria deles. Wyatt o consideraria insubstituível.

— Por isso você incluiu Archie Bench no último livro — continuei. — Foi a sua promessa ao Wyatt. Essa foi pros fãs mais atentos, incluindo Brooke, que me disse que Archie Bench seria a razão pra ela *não* o ter matado. Archie Bench é um anagrama de *Reichenbach*. Uma referência às Cataratas de Reichenbach, famosas porque foi ao cair delas que Sherlock Holmes morreu. Só que ele não permaneceu morto: Conan Doyle o trouxe de volta à vida, são e salvo. Esse é, por sinal, mais um detalhe que me fez ter certeza de que McTavish não havia escrito o livro. Encontrei um pedaço de papel em meio às anotações dele, papel timbrado do Ghan, no qual ele mesmo tentava solucionar o anagrama após o debate. Se a criação tivesse sido dele, não teria por que desvendar o próprio enigma depois.

Brooke reagiu com um sorriso.

— Jasper — agora era Hatch a questionar —, como você reagiu quando Wyatt recusou seu livro?

Jasper suspirou.

— Eu disse que acabaria com tudo. Exporia a mim mesmo, ao McTavish. O esquema todo.

Não me ameace, eu ouvira Wyatt dizer atrás da porta.

— E há uma última pista — acrescentei. Tecnicamente, não era necessária. Eu já tinha provas mais do que suficientes do trabalho de ghost-writer de Jasper. Mas como Simone se dera ao trabalho de preparar tudo pra mim, não me custa dar a ela o final que desejava. — Simone, você já sabia de tudo isso desde quando o terceiro livro foi entregue, não sabia? Sabia que *Descarrilhado* era um plágio, as acusações da Majors teriam chegado a seu conhecimento, e as negociações com o Jasper para o quarto livro já haviam tido início. Você me disse que queria trabalhar com literatura de verdade. Foi por isso que saiu daquele emprego.

Simone, surpresa com a súbita mudança do rumo da conversa, gaguejou.

— A fedentina gruda na gente e não sai nunca mais. Eu queria pular fora antes que desse merda de vez.

— Mas não deu, e você viu Wyatt e McTavish enriquecerem às custas de um segredo que você guardava. Você queria uma parte, o que implicava em convencer o McTavish a assinar com a sua agência, daí tentou um pouco da boa e velha chantagem. Você me falou que para se chegar ao McTavish era preciso falar com ele através de códigos e charadas, e foi exatamente o que você fez.

As palavras dela foram: *Pra conseguir a atenção dele, pra impressioná-lo, é preciso recorrer aos truques dele. Ele ama códigos e charadas, jogos de palavras, todas essas coisas da Era de Ouro.*

— Pouco antes de entrarmos no trem, você fez login no perfil dele no Goodreads, aquele que o Wyatt vivia implorando pra ele usar. Embora não existisse Goodreads na época em que trabalhou pra ele, McTavish usava sempre a mesma senha, ainda que você tenha me dito que não lembrava qual era. Foi você quem escreveu cinco resenhas assinadas por Henry McTavish.

As objeções de Simone murcharam antes mesmo de ela abrir a boca. Eu continuei:

— McTavish ficou confuso quando Wolfgang sugeriu que ele era um aliado no desdém à minha escrita, apesar de ele supostamente ter me dado só uma estrela. Ele nunca tinha usado a plataforma. Aquelas eram suas únicas resenhas. Por isso você não queria falar com Wyatt sobre tirá-las do ar. Porque eram um código. Uma ameaça ao McTavish.

Eu vira as resenhas no caderno de Royce, quase perfeitamente enfileiradas, e me senti um idiota por não ter matado essa charada antes.

Ernest: ⋆ Grosseiro
Wolfgang: ⋆ ⋆ Hábil
SF Majors: ⋆ ⋆ ⋆ Oneroso
Eu: ⋆ ⋆ ⋆ ⋆ Sensacional
Vagabunda: ⋆ ⋆ ⋆ ⋆ ⋆ Transcendental

— Você estava soletrando em código uma palavra de cinco letras. Por isso uma resenha de duas estrelas pro Wolfgang, que é incongruente com o termo *Hábil*, assim como o *Oneroso* da Majors é meio duro pra três estrelas. As cotações em estrelas ditam o lugar das letras na palavra em código. Usando-se a primeira letra de cada resenha, a maiúscula, na ordem, lê-se GHOST.

No bar, Aaron tomava um longo gole de vodca direto do gargalo. Criptologia não é para todos.

— É óbvio que o McTavish não usa esse perfil no Goodreads de verdade, mas você sabia que o Wyatt iria contar pra ele. E o McTavish, que tinha jeito pra decifrar códigos e experiência nisso, matou a charada. E como não poderia ter sido o Wyatt, ele teria suspeitado de você como a pessoa mais provável a ter feito login nas contas dele. Aí você vendeu seu peixe. Ele deve ter te chamado pra ir ao vagão dele por questões de privacidade; eu senti o cheiro da essência de mirtilo que você estava fumando no quarto dele. Mas a ameaça de ser exposto não bastou pra persuadir McTavish a assinar contrato com você, que saiu de lá com cara de tacho e não obteve mais do que uma caneta como prêmio de consolação do Wyatt. Só que aí ele morreu e você imaginou que eu poderia escrever a respeito. Me disse que quanto mais complexas e crípticas fossem as pistas, mais o livro venderia. Tentou me fazer refletir sobre as resenhas também, chamou minha atenção pra elas durante o jantar. *Cinco estrelas pelo esforço*. O tempo todo você apontava pro Jasper como o assassino. Se eu matasse a charada, você sairia por cima de duas formas: eu teria mais chance de conseguir um best-seller e, nesse ínterim, daria uma baixada de bola no Wyatt. Que pena que ele morreu antes de poder ver o nome dele impresso. Ou melhor, morreu no momento exato.

Simone cruzou os braços.

— Talvez parte disso seja verdade. Mas eu não vou sair matando gente só pra você poder escrever a porra do seu livro, Ernest. E só te dei uma estrela por achar que você aguentava. Não pensei que ficaria tão ofendido.

— Você não me conhece tão bem assim, né? — retruquei.

— Não significa que eu mate pessoas. — Ela foi a última do grupo a dizer sua versão de "eu não matei ninguém". Em seguida, foi pisando firme até o bar, puxou a vodca das mãos de Aaron, deu um gole e a pôs em cima do balcão. — Você não pode prender o Jasper de uma vez? — Apelou a Hatch.

Hatch deu um passo na direção de Jasper — já tinha ouvido o suficiente para que se desse por convencido. Jasper recuou timidamente, mas o próprio bar o encurralava. Não tinha para onde correr. Harriet segurou sua mão em sinal de empatia.

— O problema é o seguinte — continuei: — Jasper *concordou* em fazer um acordo com Wyatt, que dobrou o adiantamento de ghost-writer dele visando o lançamento de *Vida, morte e uísque* como romance póstumo de McTavish. Se tinha motivo pra matar McTavish, pra matar Wyatt ele não tinha. Não foi o Jasper.

Antes de eu poder anunciar em voz alta, o assassino se revelou. Sendo sincero, foi meio desrespeitoso porque estragou meu grande momento. A ideia é que o detetive anuncie a solução enquanto todos se voltam lentamente na direção do culpado. Mas quando ela pegou a garrafa de vodca do bar, quebrou-a e pressionou sua boca afiada contra a garganta de Simone, todos os olhos já estavam focados em Harriet Murdoch.

CAPÍTULO 36

— Harriet? — perguntou Jasper para mim, confuso. E então se voltou para ela. — Harriet? — O tom era de quem perguntava: *É você, sério?* E depois se virou novamente para mim: — Falando sério: Harriet?

Sua repetição incrédula do nome da esposa veio bem a calhar para os propósitos da minha contagem.

Em termos de força, idade e tamanho, Harriet estava em vantagem sobre Simone, a quem ela imobilizara prendendo seu peito com o antebraço. Todos nós recuamos, incluindo Jasper. Ainda que muitos ali fossem capazes de confrontá-la individualmente, a boca quebrada da garrafa pressionada contra o pescoço de Simone, com seus cacos afiados, mantinha todos à distância.

— Sinto muito, Jasper — respondi.

— Fala pra eles que isso não é verdade — implorou Jasper à esposa. — Fala. Ou que não foi a sua intenção. Foi um acidente. Por favor.

Harriet permaneceu em silêncio. Uma gota vermelha pingou no vidro quebrado, escorrendo para o interior da garrafa. Os olhos de Simone estavam esbugalhados. Ela fazia um sinal discreto com as mãos trêmulas junto às laterais do corpo: *fiquem longe*. Hatch largou o *taser* de forma bem deliberada na esperança de que Harriet relaxasse.

— Não foi acidente. Harriet entrou neste trem com um plano e uma bolsa cheia de flores roubadas e estava preparada pra matar com a ajuda delas. Mas, com toda a sinceridade, acho que ainda estava criando coragem quando embarcou.

— Peraí, *flores* são a arma do crime? — perguntou Hatch.

— Papoulas contêm ópio e podem ser usadas pra fabricar heroína. Dá pra fazer um chá com elas. São cultivadas na Tasmânia com propósitos farmacêuticos; não são flores que dê pra comprar em lojas. Viciados vivem tentando roubá-las pra fabricar as próprias drogas. E você, Harriet, é lógico, sabe de tudo isso, né? O que *não* sabia é que a pessoa cuja plantação de papoulas você roubou era uma velhinha excêntrica chamada Margaret com uma propensão a fazer justiça e péssimo gosto pra escolher detetives baratos.

— Tasmânia? — perguntou Jasper, encarando a esposa como se ela fosse uma pintura abstrata.

— Eu sabia que vocês tinham começado a viagem por lá — respondi. — Você falou que tinha aproveitado a chance de dirigir pela Austrália de cima a baixo enquanto terminava *Vida, morte e uísque*. E sem querer deu ao Wyatt um remédio para enjoo, e não pra rinite alérgica. O único jeito de cruzar a Austrália de cima a baixo de verdade, ao volante de um carro, é embarcar com ele na barca que cruza o Estreito de Bass e liga a Tasmânia ao continente, por isso os remédios. Wyatt, que estava no quarto ao lado do seu, teve uma crise de rinite alérgica terrível naquele primeiro dia. Porque o seu quarto e as suas roupas estavam infestados de pólen das papoulas que a Harriet havia enfiado na bolsa. Eu vi as pétalas no corredor também, mas achei que era algum tipo de fru-fru romântico.

Harriet deu um passo para trás, rumo ao vagão-restaurante. Simone tropeçou com o movimento e um caco de vidro pontudo desenhou uma linha vermelha mais comprida ao longo de seu pescoço.

— Eu fiz isso por você, Jasper — disse Harriet. — Aquela resenha de merda que eu escrevi, eu vi como ela te abalou. Acabou com qualquer ambição maior sua, fez você se conformar em ficar à sombra da carreira de outra pessoa. Sabe como eu me sinto com isso? Sabendo que eu levei você a acreditar que não era nada além do nome de outro homem? Estou cansada de ver as minhas palavras, *não tem igual...* — ela se exaltava — ... *impossível de superar*, em cada merda de capa. Essas palavras deveriam pertencer a você. Elas *pertencem* a você. Eu queria consertar as coisas. *Você* deveria ter um nome. Um sucesso seu. Um *legado* seu.

— E McTavish era um obstáculo a tudo isso, não era? — questionei. — Porque, apesar de o Jasper ter tentado dar fim à série, matando o Morbund, Wyatt nunca iria deixá-lo pular fora. Wyatt não queria *Vida, morte e uísque*; por que aceitar um livro de Jasper Murdoch se podia ter outros do McTavish em mãos? McTavish precisava morrer pra abrir caminho pro Jasper. Mas essa *ainda assim* não foi a gota d'água, certo?

Harriet balançou a cabeça.

— Como eu disse, você não sabia se seria mesmo capaz. Mas o ponto de virada, o que levou você do terreno hipotético à prática homicida, foi bem simples. Um porta-copo.

Eu me lembrava de Jasper abordando McTavish e se apresentando. McTavish escrevera no porta-copo: *Para Jasper Murdoch*. E Harriet lera a dedicatória em voz alta. *Uau. Esse é pra guardar.*

— Ele não sabia nem o seu nome! — berrou Harriet.

Ela começou a se dirigir ao pequeno corredor contíguo ao bar, forçando Simone a andar no mesmo ritmo, rumo à porta que levava ao vagão seguinte. Jasper, Hatch e eu a seguíamos devagar, um passo à frente para cada um que ela dava caminhando de costas.

— Tudo que você fez por ele. O dinheiro que ele ganhou às suas custas. E ele acha que você é só um fanzoco querendo um autógrafo? *Um autógrafo?*

Continuei:

— Você preparou o chá de ópio na minicozinha no final do vagão. Por isso a chaleira estava na lata de lixo. Você não queria que mais ninguém no trem tivesse uma overdose acidental. Misturou o chá numa garrafa de uísque, uísque de primeira, do tipo a que o McTavish não resistiria, e deixou em frente à porta pra que ele a visse de manhã. E ainda acrescentou um cartão anônimo: *De alguém que te admira*. McTavish achou que era da Brooke, em quem ele havia tentado chegar na véspera, sem saber que era filha dele. Por isso se ofereceu pra compartilhar o uísque com ela naquela manhã, logo antes de morrer. Imaginou que ela saberia do que ele estava falando.

Eu o ouvira dizer a ela: *Isso aqui é bom demais pra beber sozinho*.

— Não era a sua intenção que o assassinato acabasse sendo tão dramático. Você achou que talvez ele fosse beber um pouco antes de dormir e morresse durante o sono. Ou melhor ainda: que bebesse depois da viagem, quando você não estaria nem perto dele. Mas infelizmente McTavish era alcoólatra. Já se animou de cara e encheu o cantil.

A pressão da garrafa no pescoço de Simone aumentava.

— Harry, por favor... — pediu Jasper.

— Calma, Harriet — pedi. Não era exatamente necessário explicar seus próprios crimes para ela, mas como minha ladainha parecia estar dispersando a possibilidade de qualquer corte no pescoço, continuei: — A questão é que ainda assim talvez tivesse dado pra você se safar. O plano, afinal de contas, era bom. O único problema foi que a morte do McTavish teve efeito oposto ao que você desejava.

Segui falando:

— A ideia era *libertar* o Jasper. Só que de repente *Vida, morte e uísque*, o livro que Wyatt não quisera quando McTavish era vivo, passou a ter valor. Você não havia libertado Jasper, mas sim acrescentado um elo à corrente. Porque, independentemente do nome na assinatura, como disse a sua resenha pro *The New York Times*, Jasper escreve como McTavish. E Wyatt sabe que pode vender *Vida, morte e uísque* como se fosse de McTavish. Por isso dobra a oferta anterior pelos livros do Morbund pra poder publicar o romance agora póstumo. Um McTavish *literário*. — Agora eu sabia que, quando o vira ao telefone em Alice Springs, ele estava tentando viabilizar a aprovação de verba pra fechar o acordo. — Aí o Jasper fica mais do que feliz com o dinheiro e aceita de bom grado. Ele só quer ser publicado, não se importa com o nome na capa. Vocês dois estavam discutindo se ele deveria fechar o acordo, lá em Simpsons Gap.

E continuei a narrativa:

— Você fica furiosa. Fez tudo isso pra que o Jasper pudesse se estabelecer com o próprio nome. Vai falar com o Wyatt naquela noite. Não sei exatamente como foi essa conversa, mas acho que sei como acabou. Ele te diz que tem controle sobre Jasper e não há nada que você possa fazer a respeito. Pra reforçar essa afirmação, pega a caneta da Gemini e escreve com um floreio na folha de rosto da grande obra do Jasper: *Henry McTavish*. As únicas palavras escritas à mão em um manuscrito todo datilografado. Esse, Harriet, foi o insulto final que você não conseguiu aguentar. Arrancou a caneta da mão dele e...

— Você é livre — disse Harriet, me interrompendo. Estava encostada na porta do vagão. Só tinha olhos para Jasper. *Amor.* Lisa havia falado que esse teria sido o motivo. Amor, de fato. — Durante toda a sua carreira, todos te enxergavam de uma determinada forma. E você merece muito mais. Eles merecem tudo o que aconteceu com eles. Eu te amo tanto. Foi por você.

Jasper estava chorando.

— Isso não foi por mim, Harry. Não diz isso.

— Eu te amo.

— Não diz isso.

— Eu te amo. — Ela hesitou. Este é um momento que eu conheço bem, de tantos assassinos que já encarei. Os olhos deles chegam quase a perder fisicamente a aparência atordoada. É como acordar de um coma. — Jasper? Eu te amo.

— Harriet... Eu... eu... — Jasper mal conseguia pronunciar as palavras. — Eu não sei mais quem você é.

O movimento foi minúsculo, mas eu vi os tendões do braço de Harriet se flexionarem e percebi que ela pretendia usar a garrafa. Tomei impulso em sua direção. Harriet notou e empurrou Simone em cima de mim, o que naquele minúsculo corredor equivalia a um strike no boliche — caíram todos no chão —, e se esgueirou pela porta que ligava um vagão ao outro.

Nós nos desenroscamos. Hatch gemia e segurava o punho. Simone parecia ok; embora tivesse manchas por todo o pescoço, o sangue parara de escorrer. Ela me afastou.

— Estou bem — grunhiu. — Vai pegar ela.

Entrei a toda no vagão-restaurante com Jasper logo atrás de mim. Vazio.

— Pra onde diabos ela está indo? — perguntou Jasper.

O som de vidro se quebrando veio do vagão seguinte, acompanhado pelo uivo do vento invadindo o trem. Ao entrarmos nele, vimos folhas flutuando pelo ar e vidro no carpete sob a janela mais próxima. Coloquei a cabeça para fora e vi um dos pés de Harriet desaparecer no topo do trem. Do lado de fora de cada vagão, havia uma escada, que ela acabara de subir. Olhei de novo para Jasper e apontei para o teto. O vento soava como um tornado em nossos ouvidos.

Hatch cambaleou pela porta atrás de nós, trêmulo, protegendo o próprio punho. Encostou no meu ombro e me entregou seu *taser*. Ele não conseguiria subir a escada. Então, assenti e apontei para o fim do vagão, onde havia uma placa da qual eu me lembrava: para parar o trem, puxe para baixo.

Eu já ultrapassara de longe meu número desejado de veículos em movimento em cima dos quais me equilibrar — o número ideal, óbvio, é zero —, mas, para a minha decepção e a de qualquer um que vá transformar este livro em filme com orçamento enxuto, impeli o corpo para fora de uma janela pela segunda vez no dia.

Subi a escada rapidamente, a adrenalina disfarçando a dor na ponta ainda ensanguentada dos meus dedos. Em cima do trem, o vento mal me permitia abrir os olhos. Harriet era um borrão, por mais que estivesse a poucos metros de distância, curvada como um gato. O vento me empurrava para trás e meus sapatos escorregavam nas chapas de aço onduladas do topo do vagão. Por isso Harriet estava agachada: de pé, o impacto da ventania era muito mais forte. Eu me deitei de barriga para baixo e segui em frente, rastejando.

Ao sentir um toque no meu tornozelo, olhei para trás: Jasper também havia subido a escada. Eu segurava firme o *taser*, deixando-o rente ao topo do vagão, e me arrastava. O trem não parecia ter diminuído nem um pouco a velocidade. *Quanto tempo leva pra puxar uma alavanca?* Aaron sem dúvida devia estar se comunicando pelo rádio com os condutores. Mas imagino que não dê pra parar 1.400 toneladas do nada.

De repente, algo atingiu meu punho. Apesar dos olhos semicerrados pelo açoite do vento, deu para distinguir o contorno de um sapato enquanto o *taser* deslizava para longe. Adoraria poder dizer que ficou balançando na beirada, equilibrado precariamente, ao alcance de uma mão estendida pronta para capturá-lo no momento exato, mas se os livros de suspense costumam conter cenas de luta calcadas na sorte, este aqui contém algo de que a maioria não dispõe: as leis da física. O *taser* oscilou e voou longe.

Agarrei o ar à minha frente na esperança de conter os movimentos de Harriet. Meus olhos se acostumavam ao vento, e o borrão começara a ganhar os contornos dela, que parecia ter se virado. Na verdade, deu para enxergá-la bem o bastante para vê-la erguer a garrafa quebrada e enfiá-la com toda a força no meu ombro.

O sangramento foi imediato e sério. Parecia que alguém havia jogado um balde de água nas minhas costas. Tentei segurá-la, mas percebi que não conseguia mexer o braço direito. Senti a pele se contrair quando ela puxou a garrafa de volta e a vi se afastar cambaleando. Acabou por aí a grande cena de luta. Fiquei tonto. Nada mais poderia fazer a não ser me deitar e torcer para o vento não me jogar de cima do trem antes da próxima parada.

Senti um toque no ombro e a seguir a respiração quente no ouvido. Jasper, abaixado e bem próximo.

— Usem o meu nome — disse ele. — Meu nome verdadeiro.

E seguiu em frente. Abriu os braços ao se aproximar de Harriet, que largou a garrafa. Não dava para ouvir o que ele dizia a ela. Ela enxugou o rosto com as costas da mão. E Jasper então agiu.

Ele a abraçou.

Um abraço apertado, tão apertado que seus corações golpeariam um ao outro dentro do peito. Como um soldado que volta da guerra. Harriet aninhou o rosto no ombro de Jasper. Talvez por um segundo tenham se esquecido de tudo ao redor deles: o vento, o sangue, a morte, a dor. Apenas se abraçaram.

E então Jasper a puxou, jogando os dois pela lateral do trem.

De: EcunninghamEscreve221@gmail.com
Para: <EDITADO>@penguinrandomhouse.com.au
Assunto: Epílogo

Oi, <EDITADO>,

O epílogo está se revelando complicado, principalmente porque ainda não aconteceu.

Uma das minhas obrigações é deixar o leitor a par do que ocorreu depois do clímax. Essa parte é fácil. Não restavam tantos poços de escavação de opala assim a preencher. Royce foi preso por acobertar o estupro. Douglas, pelo que sei, foi multado por posse ilegal de arma de fogo. Lisa Fulton se livrou de um processo criminal por roubo de veículo, mas Hatch resmungou que ela lhe devia um LandCruiser novo. Agora que Brooke é oficialmente herdeira do patrimônio de McTavish (cortesia de exames de DNA), com certeza ele vai querer um modelo do ano. E Jasper e Harriet, bem, são apenas uma mancha vermelha na lateral do Ghan. Você deve ter visto a foto nos jornais.

As acusações de plágio de Majors ficaram bem mais públicas e ela vai conseguir entrar com a ação legal que queria. Não tenho provas, mas tenho a sensação de que ela iria mandar às favas qualquer acordo de confidencialidade que teria assinado ao mesmo tempo que Lisa. Além disso, não há como difamar um morto – ela pode acusar McTavish do que quiser agora. Suspeito ainda que soubesse um pouco mais a respeito da situação do que deixava transparecer. Por que outra razão teria convidado McTavish, Royce e Lisa para a mesma viagem? Talvez ela e Lisa tivessem planejado tudo: uma oportunidade de expor McTavish de uma vez por todas por ambos os crimes cometidos. Quanto aos outros convidados, no fundo éramos só cracas: Wolfgang foi convidado, como ela havia me dito, pelo pedigree que acrescentava na hora de tentar conseguir subsídios, e quanto a mim, bem, agora eu sei que jamais fui convidado. Majors tinha um lugar sobrando e queria um elogio de Juliette para seu livro.

Sei que você acha que estou sendo rigoroso com Simone. Para a resenha de uma estrela, eu não dou a mínima, sério. Mas se ela tivesse me contado antes sobre o ghost-writer, em vez de ficar torcendo para eu resolver uma charada só para tornar o livro mais complexo, Wyatt e Jasper ainda estariam vivos. Provavelmente Harriet também. E talvez ela devesse ter sobrevivido para receber a justa punição. Embora a mentira de Simone esteja bem longe de ter sido a pior contada naquele trem, abriu um estranho abismo entre nós dois e por isso acho melhor que encerremos o nosso relacionamento profissional.

Mas quanto ao final em si... aí é que está o problema.

Uma das falácias da maioria dos livros escritos na primeira pessoa é a percepção de que tudo ocorre em tempo real. É por isso que leitores acreditam no suspense quando um personagem, digamos, se arrasta pelo topo de um trem – é um acordo tácito de que vão ignorar que o autor está sentado em seu quarto de hotel, de tipoia, martelando as teclas. Mas, no fundo, sempre sabemos. É por isso que os leitores anteveem que eu chego vivo ao fim do livro.

Estamos o mais perto possível do tempo real, já que não me deixarão sair do hotel. Não sei quanto tempo vai levar até checarem os fatos do caso, mas sei que Hatch não é o tipo de detetive digno de ser tema de livros. O que quero dizer é que ele pode muito bem ser preciso, metódico e competente, mas rapidez não é com ele, né? Fora que os remédios que me deram para o ombro (que eu ainda não consigo mexer, por sinal – deveria estar preocupado?) fazem meus dedos voarem. Foi assim que consegui colocar toda a história no papel tão rápido.

Outra vantagem é que tive tempo suficiente para fazer umas pesquisas no Google. Sabia que Mathison é o nome do meio de Alan Turing? Sabe quem é? O sujeito que criou a máquina para decifrar os códigos dos nazistas – é considerado o pai do aprendizado de máquina. Ou, como o conhecemos hoje em dia, IA. Rá. Típico de Wolfgang.

Sobre as suas queixas: sim, eu disse que sete escritores embarcariam no trem. Mas McTavish já não era mais escritor fazia tempo, não é? Somando

Juliette e Jasper, a conta fecha. Também falei que cinco sairiam vivos quando o trem chegasse ao fim da linha. De novo, e sem contar McTavish como escritor: Jasper morre na queda – sim, eu vi as rodas passarem por cima dele (eca, já é o meu cadáver nº 10) – e Juliette vai embora na metade do percurso. Que tal manter essa como uma pista para os matemáticos?

Quanto a Aaron e Cynthia, nenhum passado sombrio a reportar. Mas não posso omiti-los por completo do livro. Alguém precisa trabalhar no trem, não é? Não posso simplesmente ignorar que estavam lá. Se o leitor quiser considerá-los uma pista falsa com base tão somente no fato de existirem e não fazerem nada para contribuir com a trama, problema do leitor por consumir um excesso de livros com reviravoltas sem justificativa. Eu disse lá no começo que não seria um esquema foi-o-mordomo.

Outra coisa que eu disse foi que em livros como este dois casos sempre acabam se entrecruzando. Ao que parece, o telefone de Andy não parou mais de tocar depois que se descobriu que sua ladra de papoulas havia cometido múltiplos assassinatos. Deixei que ele controlasse a narrativa. Disse até que dessa vez ele pode ficar com toda a imprensa – e com os festivais.

Enfim, de volta ao epílogo. Eu sei que você quer o grande evento: meu reencontro com Juliette. O abraço, as lágrimas, o joelho no chão (recado para mim mesmo: fazer pilates). Obviamente nós conversamos e eu pedi desculpas. Mas existe um limite para o que se consegue obter via FaceTime. Daqui a pouco ela chega aqui. Foi um inferno sair da prisão em Alice Springs, e depois não havia voos por causa do combo incêndios-policiais-imprensa. Ela alugou um carro, mas são quinze horas de estrada e é mais seguro fazendo algumas paradas.

Eu brinquei, dizendo que talvez ela devesse pegar o trem. Não caiu *nada* bem.

A questão é que o grande encontro ainda não ocorreu. Sei que você adoraria uma dose de romance para fechar o livro, mas só posso te contar o que aconteceu de fato e, neste momento, não há nada para contar. Sim, já é melhor do que o último pedido de casamento, mas isso não quer dizer muita coisa.

É óbvio que eu sei como vou pedir desculpas. Ter posto toda a história no papel me fez pensar muito nisso. Quando comecei, achava que era uma história sobre legados. Afinal, é por isso que autores escrevem. Da vaidade de Royce à verdade de Majors, dos princípios de Wolfgang à ira de Lisa, passando pelas minhas memórias. A ideia é que algo fique quando você se vai. Eu achava que *isto* era um legado: pôr o seu nome em algo.

Mas um legado não é um carimbo registrado em tinta. Não tem a ver com deixar impressões digitais, mas, sim, com as de outras pessoas ficarem na sua pele. No caso de livros, não se cria um legado escrevendo as histórias, quem o cria são as pessoas que os leem, que expandem, enriquecem e iluminam suas palavras através da forma como as reinterpretam, se lembram delas e as revivem. É a paixão, são as lágrimas. São os fóruns na internet, é MongrelWrangler22. É Juliette me concedendo em segredo o convite que recebeu. Jasper Murdoch sabia que seu nome era o que havia de menos importante em seu trabalho, e hoje eu sei disso também. Um livro só se torna um livro quando é lido.

Digo tudo isso porque tive tempo para entender o que Juliette havia me falado. Ela me perguntou de quem era esta história.

Agora eu sei a resposta.

Grande abraço,
Ernest

Obs.: Por falar no diabo, tem alguém batendo na minha porta. Talvez você vá conseguir seu epílogo, afinal.

COAUTORA

EPÍLOGO

Aqui não é o lugar para me vangloriar, mas eu avisei ao Ernest que as regras estúpidas dele ainda acabariam matando-o.

Quantas vezes eu não avisei que a vida real dele não se desenrolaria como se fosse um romance de mistério? Mas ele escuta a própria namorada? Não. Eis aqui a prova: narrativa em primeira pessoa não equivale a sobrevivência. É óbvio que não se pode escrever sobre a própria morte, isso seria impossível. Mas um livro *pode* terminar antes de sua história acabar. Você pode ser atropelado por um ônibus a caminho da editora, quando iria entregar o manuscrito. Ou, como aconteceu com Ernest, ser atacado em seu quarto de hotel por uma mulher que você viu cair de um trem quatro dias antes.

Não sei como Harriet o localizou, mas sei que foi por esse motivo que Hatch o manteve isolado primeiro no trem, depois no hospital e por fim no hotel. Para protegê-lo. Adiantou que foi uma beleza. Os corpos foram difíceis de encontrar, despedaçados que estavam sob o trem, mas logo ficou nítido que, por algum golpe de sorte da física e do fluxo de ar, só Jasper tinha ido parar debaixo das rodas. Hatch disse para Ernest que ainda estavam tentando achar todos os pedaços dos corpos. O que tecnicamente não era mentira, mas o pedaço de maior tamanho que de fato estava faltando era um só: Harriet.

Enfim, de volta ao quarto do hotel. Harriet roubou um carro, chegou a Adelaide e bateu na porta. Sangue e sujeira espalhados por todo o rosto, dois dentes faltando e um braço pendendo tão distante do ombro que mais parecia uma biruta num dia sem vento. Mas o outro braço estava funcionando muito bem. O suficiente para empunhar a faca que ela havia levado.

O suficiente para esfaquear Ernest bem no estômago.

Tenha sido o destino ou só um timing milagroso, eu cheguei e me deparei com a porta do quarto aberta e um caos do lado de dentro. Harriet estava em cima de Ern, seu braço podre balançando como uma tromba de elefante e o outro erguido, pronto para enfiar a faca em Ernest, berrando que ele havia tirado Jasper dela. Eu nunca tinha socado ninguém antes e me surpreendi com a rapidez com que a nocauteei. Outra coisa que fiz foi quebrar quatro ossos da mão. Isso eles não contam nos livros.

Ern não está morto, por sinal. Cheguei bem a tempo. Só queria deixar o meu argumento registrado. E ainda que seja meio infantil esfregá-lo na cara dele enquanto o tal está dopado até a alma, com mais de um litro de sangue de outra pessoa nas veias, bem, ele deveria ter pensado melhor antes de me acusar de ser uma assassina.

Portanto, chegamos de fato ao fim. Ern está acordado e falando, mas me pediu para escrever este capítulo por ele. Para dar um desfecho à história. Aproveitei e ajeitei a contagem de nomes também. O de Harriet aparece exatas 108 vezes (cinco incluídas por mim), para quem estiver contando em casa.

Só uma última coisa. Continuações nem sempre decepcionam, sabe? Às vezes uma segunda tentativa é exatamente do que a gente precisa. É uma chance de consertar os erros cometidos da primeira vez. Ou de repetir uma determinada pergunta. Eu falei que sim da segunda vez, é o que estou querendo dizer.

A razão para isso é bem simples. Imagino que seja a mesma razão pela qual ele me pediu para escrever este epílogo.

Ernest finalmente me contou de quem era esta história. É a nossa.

(ilustração)

EM BREVE

Vida, morte e uísque

"Um suspense matador. Literalmente."

ERNEST CUNNINGHAM

Jasper Murdoch

NOTA DO AUTOR OU UM PEDIDO DE DESCULPAS AOS FERROEQUINÓLOGOS

Aqueles que entendem de trens terão reparado que fiz algumas mudanças deliberadas em relação ao Ghan da vida real para atender às necessidades da trama. A mais óbvia é a inexistência de um fumódromo no Ghan verdadeiro. O Vagão do Presidente também foi teleportado por mim de um outro trem. Que fique registrado que as minhas imprecisões se estendem ainda ao pendor homicida da clientela, bem como a quaisquer deficiências retratadas no conforto da jornada. Em particular, sou grato à tripulação verdadeiramente excepcional que não chamou a polícia nenhuma vez ao ser submetida às minhas perguntas sobre a viabilidade de assassinatos com as características mais variadas.

AGRADECIMENTOS

Nenhum dos personagens deste livro se baseia em pessoas reais e, na verdade, são o exato oposto da comunidade incrivelmente acolhedora de autores talentosos, livreiros e profissionais do mercado editorial que me encorajaram de formas tão diferentes não só com este livro, mas ao longo de toda a minha carreira.

Nesta história, Ernest aprendeu algo que eu sempre soube: ninguém escreve um livro sozinho.

Sou grato por ter sido beneficiado pelos talentos de diversas pessoas: minhas formidáveis *publishers* (Beverley Cousins, Katherine Nintzel e Grace Long); minhas brilhantes agentes (Pippa Masson, com a ajuda de Caitlan Cooper-Trent, para livros; Leslie Conliffe, com a ajuda de Kris Karcher, para o cinema; e meu eterno obrigado a Jerry Kalajian); editores soberbos (Amanda Martin); as incríveis equipes de marketing e comunicação (Tavia Kowalchuk, Tanaya Lowden, Hannah Ludbrook e Jennifer Harlow); o pessoal que trabalha com direitos internacionais (Sarah McDuling, Neil Godwin e Anna Ristevski, da Penguin Random House Australia, e Kate Cooper e Nadia Mokdad, da Curtis Brown, em Londres); meu capista (Adam Laszczuk); minha preparadora (Sonja Heijn); e meus tipógrafos (Midland Typesetters).

Agradeço a cada livreiro que pôs *Todo mundo da minha família já matou alguém* na mão de alguma pessoa ao longo do último ano e meio e, novamente, por apoiarem esse livro com tanta paixão e carinho. Obrigado também a cada leitor: o que Ernest diz sobre impressões digitais e legados é verdade — portanto, obrigado por deixarem aqui as suas.

Por último, e sempre, obrigado à minha família solidária e acolhedora: Peter, Judy, Emily e James Stevenson; e Gabriel, Elizabeth, Lucy e Adrian Paz.

E Aleesha Paz. Minha história favorita é a nossa.

intrinseca.com.br

@intrinseca

editoraintrinseca

@intrinseca

@editoraintrinseca

intrinsecaeditora

1ª edição	JANEIRO DE 2026
impressão	IMPRENSA DA FÉ
papel de miolo	IVORY BULK 65 G/M²
papel de capa	CARTÃO SUPREMO ALTA ALVURA 250 G/M²
tipografia	SABON E AVENIR NEXT